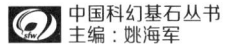

中国科幻基石丛书
主编：姚海军

科幻世界精选集 2022

Science Fiction World

主编————姚海军

四川科学技术出版社

图书在版编目（CIP）数据

科幻世界精选集 2022 / 姚海军 主编 . -- 成都：四川科学技术出版社,2023.8
（中国科幻基石丛书 / 姚海军 主编）
ISBN 978-7-5727-1083-4

Ⅰ.①科… Ⅱ.①姚… Ⅲ.①幻想小说—小说集—中国—当代 Ⅳ.①I247.7

中国国家版本馆 CIP 数据核字（2023）第 144550 号

中国科幻基石丛书
科幻世界精选集 2022
ZHONGGUO KEHUAN JISHI CONGSHU
KEHUANSHIJIE JINGXUANJI 2022

丛书主编	姚海军
出 品 人	程佳月
责任编辑	宋 齐 姚海军
特邀编辑	陈 曜 赵云帆
封面绘画	肖 毅
封面设计	施 洋
版面设计	施 洋
责任出版	欧晓春
出 版	四川科学技术出版社
	成都市锦江区三色路 238 号 邮政编码：610023
	官方微博：http://e.weibo.com/sckjcbs
	官方微信公众号：sckjcbs
	传真：028-86361756
成品尺寸	147mm×208mm　　印　张　10.75
字　数	237 千　　　　　　插　页　2
印　刷	成都博瑞印务有限公司
版　次	2023 年 08 月成都第一版
印　次	2023 年 08 月成都第一次印刷
定　价	46.00 元

ISBN 978-7-5727-1083-4

邮购：成都市锦江区三色路 238 号新华之星 A 座 25 层　邮政编码：610023
电话：028-86361770

■ 版权所有　侵权必究 ■

写在"基石"之前

■ 姚海军

"基石"是个平实的词,不够"炫",却能够准确传达我们对构建中的中国科幻繁华巨厦的情感与信心,因此,我们用它来作为这套原创丛书的名字。

最近十年,是科幻创作飞速发展的十年。王晋康、刘慈欣、何夕、韩松等一大批科幻作家发表了大量深受读者喜爱、极具开拓与探索价值的科幻佳作。科幻文学的龙头期刊更是从一本传统的《科幻世界》,发展壮大成为涵盖各个读者层的系列刊物。与此同时,科幻文学的市场环境也有了改善,省会级城市的大型书店里终于有了属于科幻的领地。

仍然有人经常问及中国科幻与美国科幻的差距,但现在的答案已与十年前不同。在很多作品上(它们不再是那种毫无文学技巧与色彩、想象力拘谨的幼稚故事),这种比较已经变成了人家的牛排之于我们的土豆牛肉。差距是明显的——更准确地说,应该是"差别"——却已经无法再为它们排个名次。口味问题有了实际意义,这正是我们的科幻走向成熟的标志。

与美国科幻的差距,实际上是市场化程度的差距。美国科幻从期刊到图书到影视再到游戏和玩具,已经形成了一条完整的产业链,动力十足;而我们的图书出版却仍然处于这样一种局面:读者的阅读需求不能满足的同时,出版者却感叹于科幻书那区区几千册的销量。结果,我们基本上只有为热爱而创作的科幻作家,鲜有为版税而创作的科幻作家。这不是有责任心的出版人所乐于看到的现状。

科幻世界作为我国最有影响力的专业科幻出版机构,一直致力于对中国科幻的全方位推动。科幻图书出版是其中的重点之一。中国科幻需要长远眼光,需要一种务实精神,需要引入更市场化的手段,因而我们着眼于远景,而着手之处则在于一块块"基石"。

需要特别说明的是,对于基石,我们并没有什么限定。因为,要建一座大厦需要各种各样的石料。

对于那样一座大厦,我们满怀期待。

目 录

001
命悬一线
江 波

027
看不见的云
[加拿大] 孔欣伟

069
何以为家
齐 然

103
流 沙
南 陆

139
言 灵
索何夫

185
鄢 红
杨 健

219
旧日之花
陈虹羽

267
白色谎言
归 芜

285
和故事有关的故事
张 潇

命悬一线

江 波

我叫钟立心，是一名航天员，2028年7月14号到8月21号，我在"天宫"空间站执行任务，其间国际空间站发生了失火事故，我奉命和老段，段国柱同志，一道执行了营救任务。现把具体过程汇报如下。文中的基本事实根据本人回忆记叙，文中的对话为避免回忆模糊带来的偏差，根据录音资料进行了对照修正。

8月16号凌晨，我在值夜班。空间站里的值班制度和地面相同，按照二十四小时分昼夜。因为生物生态实验舱的实验需要人工确认数据点，所以老段和我会分别在凌晨两点和四点起来进行一次巡视，主要任务是在"问天号"实验舱对生物生态实验柜进行记录。

我起来的时候，老段睡得也不踏实，还翻了个身。连续三天打破作息规律，每天睡四次，每次两小时，对我们两个都是极大的考验。除了对实验舱进行监控，我们本身也是K13生物钟试验项目的志愿者，虽然疲惫不堪，但为了科学事业，这点儿付出完全是值得的。

我从核心舱钻到节点舱，再转入"问天号"实验舱。"问天号"实验舱里有六个实验柜，包括我们的重点关照对象生物生态实验柜。面板上的所有数据都在正常范围内，压力、光照、温度、电路监测……我按照标准要求逐一记录上传,然后拉开柜门,查看内部的幼苗生长情况。

幼芽在无重力的环境下偏向光源,所有的苗都齐刷刷地偏过一个角度生长,很整齐。这个生物培育项目我太太周茹云也参加了,所以她拜托我拍下生长过程给她看。虽然从地面站可以通过摄像头不中断地监测植物发育的情况,但茹云坚持要我用相机拍给她。拍摄不暴露空间站任何其他设备,只拍幼苗,所有传输的文件也会由数据中心监测,所以在空间站纪律允许的情况下,我每次检查都会拍一张。这一次拍完,我打算等地面上天亮了,就给她发过去。

生物生态实验柜在第四象限,我转身的时候,正好转过一百八十度,转向了第一象限。"天宫"空间站中没有上下左右,而是按照顺时针方向把四个方位称为第一象限、第二象限……第四象限。

第一象限的储藏柜刚接收了"天舟七十五号"飞船上卸下的货物,我就顺带也检查了一下物资。资料上说总共二十八件共计六吨的物资,是为太空天梯项目做准备。我一直想参加天梯项目的实验,但是按照计划,这应该是下一批航天员的事。

"问天号"和"巡天号"这两个科学实验舱都设计了标准暴露载荷接口。这些接口可以从外部打开,利用机械臂直接把"天舟"飞船上的物资转移到舱里。"天舟七十五号"飞船运送的货物就是从这些接口直接送进了空间站。

"问天号"实验舱里的标准箱内标注的都是聚合纳米管丝线,一共有八个标准箱,数字都对得上。我检查完这些货物,正准备回去，就突然听到了警报。

声音很刺耳，整个舱室里都在回响。我当时愣了一下，因为上天这么久，从来没有听到过警报。

我很快反应过来，向节点舱滑去，在节点舱一打弯，就看见老段已经在核心舱里，浮在控制面板前。我一边飘过去，一边问："发生了什么事？"

老段的表情很严肃，眉头紧锁，说："对地传输信号中断了。"

我问："有故障诊断吗？"

老段说："从地面站传上来的信号全面中断，不是卫星出了问题，就是我们的发射装置出了问题。"

空间站借助通信卫星对地传输，在任何一个时刻，至少有三颗通信卫星在空间站的可通话范围内。三颗卫星同时出事的概率太低，所以我判断，一定是空间站的反射接收装置出了问题。

我说："我去检查。"说完后我打开工具柜，取出通信链路定位仪，向老段示意了一下，又回到节点舱。

空间站所有的舱段看上去都大同小异，四个白色冰箱般的实验柜围成一圈，组成一个外圆内方的空心圆柱，一段段圆柱组成的大圆柱，就成了各个太空舱的主要活动部分。剩下的空间留给对接和出舱准备。节点舱就是专用的对接舱段，除了四个对接口，还有一个出舱口，专门供航天员出舱使用，通信链路也在这里分为舱外和舱内两个部分。

我在节点舱把定位仪的插头插进断点箱里，输入指令。跳出来的错误信号不断闪动，我心跳也加快了几分。诊断显示故障在舱外。

我立即向老段喊了一句,"老段,我要出舱操作。"

他很利索地回答我,"十分钟准备。"

我穿好航天服钻进出舱的气密门里等着。透过头盔,可以听见咝咝的泄气声,外舱门一点点打开,外边的星空一点点露出来。每一颗星星都亮得不像话,有点儿刺眼。我深吸一口气,钻出舱门,灵活地翻到了船舱外部,站直身子。

"天和号"核心舱就在眼前,舱体就像一条白色巨轮,正行驶在无边无际的黑色大海之中。五星红旗贴在舱体右舷位置,在强光的照射下鲜艳夺目。前方,地球占据了大半个天空,像是一个带着辉光的水晶球。空间站正从太平洋上空掠过,脚下一片碧蓝。虽然已经多次出舱执行任务,但这一次出来还是让我感到整个世界的庞大和美好。我所在的空间站,就是人类飞向遥远太空的一个中继站、一块奠基石。

我顺着舱体行走,虽然这是训练过上千次的项目,但每一次行走都马虎不得。保持身体重心,确保安全绳绑定,双手交替用力,任何时刻不得双手松开,除非是在已经将身体固定的情况下……我飞快回想一遍技术要领,然后跨出一步,然后是第二步……太空行走是一门技术活,更考验胆量。周围是无尽的黑暗深渊,脚下白色的舱体是唯一的依靠,航天员经过这么多年的训练,早已经习惯了无视深渊的存在,但每一次出舱活动,还是要像面对一场战斗,高度紧张,全力以赴。

一米多高的天线就在我身旁,看上去一切正常。我向前走了两步,绕着天线检查,立即发现了异样。就在天线的基底立柱上,原本刷着白漆的舱体表面被刮去一块,露出里边银色的金属,像是微小的撞击留下的痕迹。

这个痕迹并不是什么实质损伤,但有微小天体碰撞了空间站,这就是一个事故。我向老段报告,同时把头盔摄像头对准痕迹,让老段能看得清楚。

老段指示我继续寻找故障点。

我顺着舱体继续向前,发现了更多碰撞痕迹,深深浅浅,有四五处。这是一次密集的微小天体碰撞!这样的情况已经属于严重事故。我的心情越发沉重,又做了两次断点测试,却一直没有找到故障点。

做完第三次检测,还是没有发现故障。我撤下检测仪的时候,正好抬头看见了"天和号"核心舱巨大的太阳翼。太阳能帆板上似乎有一块黑色圆痕。面积不大,局限在太阳翼的一角,如果不是恰好正对着我的视线,没有那么容易发现。我眨了眨眼,确定自己没有看走眼,然后通告老段,"太阳翼第三帆板似乎有些异常,电量供应系统没有问题吗?"

老段检查了之后告诉我,发电量降低了百分之十二,但没有触发系统警报,时间上也和通信丢失的时刻吻合。那么就是这里了。

我把检测仪扣在航天服的挂钩上,空出双手,微微蹲下,然后用劲一跳,身子腾空而起,向着太阳翼扑了过去,准确地抓住了太阳翼上的扶手落下。

伸展的太阳翼有十多米长,电池板折叠排列,让它看上去就像一条天梯,通向无限幽远的太空。发黑的部位靠近根部,近距离看上去，有脸盆般大，在银白色的翼片上格外醒目，在这片黑色的中央，有一个小孔，只有指头粗细，毫不起眼，贯穿了翼片。

这就是罪魁祸首了！我猜想是微小天体的碰撞损坏了太阳翼，电池燃烧，通信线路的供电受到影响，同时让天线失去了功能。

我向老段报告了撞击痕迹，将检测仪接在了链路上。

诊断结果证明这的确是故障点。老段让我回舱，他要启动备用电路。

老段将左二太阳翼从系统中断开，并且让系统自检了三遍，万无一失之后启动了备用电路。

通信恢复了。

当屏幕上出现来自基地的画面时，我和老段情不自禁地击掌相庆。

老段把空间站出现的异常情况向基地的张鸣凤指挥汇报了一遍，等着指示。

张指挥眉头紧锁，似乎正在消化我们报告的情况，长久没有说话。

张指挥从来都是快人快语，憋着不说话可不像是他的风格。我有些疑惑，转头看着老段。老段也有些拿不准，清了清嗓子，说："目前空间站储备电量充足，各个实验柜情况正常。发电效率降低会在三天后产生一定影响，需要对实验柜的优先级进行分配。请指示！"

"我们收到了国际空间站的援救请求！"张指挥终于开口了。

我和老段都愣住了。国际空间站和我们之间没有任何关联,因为历史原因,中国的航天项目被排斥在国际空间站之外,虽然中国空间站不计前嫌,仍旧向世界各国包括美国同行开放,但国际空间站寿命已经到期而且国际形势这么紧张,中国的航天项目自然也不会再和国际空间站有什么联系。求救,这是从哪里冒出来的?

"国际空间站?"老段犹豫着问了一句。

"是的,准确地说,是来自国际空间站美国地面站的请求。他们的三个航天员被困在上面了。刚才失去联系的半个小时,你们不知道基地有多紧张,万幸你们都没事,'天宫'也没有大损失。但是国际空间站'钻石'舱被小天体击中后起火了,三名航天员被困在上面,事故影响到他们的氧气循环装置,氧气存量只能维持大约六个小时,根本不可能派遣飞船把他们接回来……所以他们向我们提出了救援请求,美国人不到最后关头是不可能做出这种决策的。"

"我们也没有飞船可以在六个小时内赶到国际空间站啊!"老段说。

"不是飞船,美国航天局经过讨论,唯一可能的援救方案,是请我们的航天员直接拉一条救生绳,把国际空间站的航天员接过来。这个方案唯一的时间窗口,就是在七点零八分,这个时刻,国际空间站和'天宫'的轨道会有一次交会,两者的距离是十三千米,相对速度是六十五千米每秒。"

我看了一眼屏幕上的时间,时间是三点四十五分。大概是因为特别紧张,这个时刻我记得格外清楚。如果真的要实施这个救援方案,我们只剩下不到三个半小时。

"我们根本没有十三千米长的救生绳!"老段说。

"我们有。"张指挥沉声回答,"原本用于试验天梯的材料,可以直接制成绳索,这些聚合纳米管丝线用在天梯结构里肯定不成问题,但用来制造救生绳是否合适,是个未知数。赵总师已经找天梯项目的材料专家进行模拟计算,很快会有结果。"

我在一旁听着,心中惊诧不已。依靠一条长达十三千米的绳索从国际空间站上救人,这简直是匪夷所思,其中风险必然很大。我转念一想,不管美国政府对中国是什么态度,在天上的美国航天员和我们是同行,都是人类的杰出代表。如果有任何机会可以把他们救出来,都应该试一试。

"我们可以试一试!"我脱口说出这句。

张指挥看了我一眼,接着说:"王书记已经召集党委开会,估计半个小时后会做出决定。我想先问问你们俩的意见。"

"我服从组织的安排。"老段立即坚定地表示。

"只要营救方案确定,我们坚决执行!"我紧跟着表态。

"好!现在决定和具体营救方案都没有完成。是否救人,怎么救人,我们还不完全确定。你们先准备起来,救生绳是关键。我授权你们使用天梯项目物资,连接纳米管绳索。记住,距离是十三千米,考虑冗余,至少要十四千米或者十五千米长。"

"明白!"我和老段异口同声地回答。

我们立即开始行动。

聚合纳米管丝线被打包装在二十个标准箱里,"问天号"实验舱里有八个,"巡天号"实验舱里有十二个。我们决定分头行动,老段去"巡天"舱,我去"问天"舱。

我在"问天"舱里,按照手册的指示,开始装配绳索。这种聚合纳米管丝线只有一根头发丝般粗细,无色透明,肉眼很难一眼看出来,只有抓一大把在手里,才能醒目一点。它很轻,很像塑料。根据手册的描述,这样的丝线单根可以承受两万牛顿的拉力,在地球上,可以吊起一辆两吨重的小轿车。虽然有手册上的保证,我掂着绳索,心头仍旧暗暗打鼓。

"这些聚合纳米管总长度有十万米,拉出十三千米足够了。为安全起见,一百米一个连接器,双股。"老段从"巡天"舱里发来指示。

我开始按照双股方案装配绳索。

每一个标准箱里是五千米的单股聚合纳米丝。安装连接器并不是要将绳索折断,而是让绳索在连接器内绕个圈,原本直接作用在绳索上的力作用在连接器上,增强整条绳索的强度。连接器可以让两股绳索更好地分担作用力,更加安全牢固,同时还可以发光,作为指示器。对于这种肉眼几乎看不见的绳子,能在太空中一眼看见它也很重要。

我完成六千米长度的时候,老段拉着一个连接器从"巡天"舱那边飘过来,他已经完成了八千米。他把连接器交给我,然后去核心舱等待地面站的指示。他的工作效率比我高,我抓紧又多接上五个连接器,和老段的连接器对接起来。

绳索完成了,总长度有十四千米又四百米。对付十三千米的距离,应该足够了。理论上这条绳子至少可以拉动将近四吨重的物品。我握住绳子,有种感觉,觉得这条肉眼几乎看不见的绳子已经和我的命系在一起了。要去救人,光把绳子扔过去肯定不行,要有人拉着绳子过去策应,而我就是不二人选。

地面上党委的会也开完了,张指挥向我们传达指示。我注意了时间,凌晨四点十分,在这么短的时间内,把所有委员都喊起来开会,我还从来没有见过这么快速的党委决定。

"党委已经形成了决议,在可能的情况下,全力支持营救美国航天员。但是否能救,怎么救,都由专家组决定,科学决策。情况就是这样,你们怎么看?"张指挥说完,目光在我们两人身上来回扫视。

"有执行方案了吗?"老段问。

"赵总师说五分钟内就能给出方案。"

"坚决完成任务!"老段毫不犹豫地回答。

"坚决完成任务!"我跟着说。

"好的。但从现在的情况看,这个方案无论如何风险都是很大的。别的不说,两个空间站的相对速度是六十五千米每秒,救生绳索很细,但很牢固,万一绳索直接和国际空间站缠绕,会让国际空间站拉动'天宫号'失轨,所以必须要由航天员进行处置。任务固然重要,你们的生命安全更重要,明白吗?"

"明白。"我和老段异口同声地回答。

和地面站的通话结束,我和老段都从刚才斗志昂扬的振奋中暂时脱离出来。摆在我们眼前的是棘手的现实困难。从"天宫"出发,去援救十三千米外的一个目标,这种事从来没有发生过,航天员也从来没有接受过这种训练。

"你说,会是什么样的救援方案?"我问老段。

"把救生绳发射出去,还能怎么办?那边是三个航天员,不知道有没有熟人。"

"先准备起来吧!"老段接着说,"这一次任务,我上。"

"这怎么可以,你是'天宫'指挥官,到外边行走的事,该我去。"我顿时急了。

"先做好准备!地面站会考虑这个问题的。"

等我做好舱外活动的一切准备,最后的营救方案也来了。方案是把绳索固定在航天员身上,通过机械臂把航天员抛出,和国际空间站的航天员会合后慢慢将绳索收回。

专家模拟结果确认十三千米长的绳索可以承受足够的应力,在百万牛顿的拉力范围内,都可以确保安全。但是发射的角度和速度都非常重要,方位不对,根本无法接触到国际空间站,而且在绳索绷直之后,会有一个反弹应力,这个应力会让绳索收缩,整根绳子的运动状态无法估算。唯一的解决办法就是强行拉住绳索,这就需要有人在绳索的末端操作。万一方向有所偏差,在两千米的范围内,航天员还可以依靠航天服上的喷气装置进行调整。

果然,我要拉着绳子去救人。

我没有丝毫犹豫,在老段的协助下,把一大堆绳子搬到舱外,一端固定在机械臂上,一端扣在航天服的救生环上。机械臂有两个作用,一是将我抛出去,二是将我和美国航天员一起收回来。这需要高超的操控技巧,只有老段行,所以我拉绳子,老段留守。

我坐在机械臂的爪子上,对老段说:"万一我没回来,我的相机帮我带给茹云。"

老段严肃地回答:"你是去救人,不是去送死。国际空间站靠近的时候小心一点儿,没问题的!"

我当然希望自己能够成功地把三个人都带回来,当一个英雄。然而,我也真切地知道,危险就在那里,无法视而不见。绳索断裂、氧气故障、空间站碰撞……太空中一点儿小小的疏忽,就会导致最恶劣的后果。虽然我有上百小时的太空行走经验,但从未离开过空间站周围一百米。这一次,我就像一个只游过一百米短池的选手突然被要求去游一万米马拉松,而且是在一个情况不明的陌生水域。

为了三名航天员的生命,美国人破天荒地向中国求救。太空里并没有真正的国界,所有在太空里行走的人,都是人类的英雄。这不是中国对美国,而是人类对自然。

发射在即。

我望着前方,地球仍然占据着大半的天空,只是刚才过去的两个小时里,这晶莹的球体悄然转过了一个角度,亚洲大陆在蓝色星球的边缘露出轮廓。

现在是北京时间凌晨五点半。大概茹云还在睡梦中吧,希望她醒来的时候,事情已经过去了,我已经回到"天宫",那三个美国航天员也已经在中国的空间站里向他们的家人通告平安的消息。

我当时真切地希望这一切都能真的发生!

"机械臂准备抛射。"老段的声音传来。

"我准备好了!"我用尽量沉着的语调回答他。

一阵柔和的推力从背上传来,我被机械臂抛了出去。

在太空中很容易失去方向感和速度感。地球和星辰只是遥远的背景,似乎完全静止不动,根本提供不了任何速度参照。无边无际的深渊向着每一个方向扩张,恐惧紧紧攫住了我的每一个毛孔。我手心里全是汗。

相对于"天宫",我的速度是三十二千米每小时,相对地球表面,我的速度是七千八百米每秒,而相对国际空间站,我的速度是六十千米每小时。这些速度都不算慢,然而在茫茫太空中,我就像根本没有移动。我回头去看"天宫","天宫"正飞快地变小,这多多少少让我有了一点正在飞行的感觉。

绳索正快速拉长,一个个连接器发出耀眼的闪光,形成一条长链,将我和"天宫"连在一起。这是生命之绳,不仅关系着我的生命,还关系着国际空间站上三位同行的生命。

我反手将绳索抄在手里,紧紧地攥着这两股头发丝般细微的绳索,似乎这样可以更安全一点儿。

"感觉怎么样?"老段问。

"没问题!"我镇定地回答。

"刚才把你抛出去让'天宫'偏移轨道零点一度,喷气火箭已经调整'天宫'的姿势复位。救生绳拉到极端,还会产生一次拉扯,不知道这绳子的弹性怎么样,我会在绳子放完之前两分钟提醒你,你提前制动,尽量不要产生反复拉扯。"

"收到。我们有一千米的冗余,我可以越过会合点一百米之后制动。"

"好,随时确认位置。"

和老段通过话,我稍稍宽心。我并不是一个人在战斗,还有老段,还有地面站,他们都在时刻关注我,用最大的努力来保障我的成功。虽然这一次的任务并没有经过演练,但我相信,那些支撑了我上天三次、停留两百二十五天、行走六千米的力量,也能支撑我圆满地完成这一次任务。

我极目远望,开始寻找国际空间站的踪迹。

找到国际空间站毫不费劲,它已经成了天空中最亮的星星,而且白中带红,色泽变化不定,正在群星间快速移动。

"刚收到消息,国际空间站将在接近会合点的时候启动一次姿态调整,尽量降低和我们之间的相对速度,延长交会可接触时间。"老段通告。

"收到。"我的目光始终停留在国际空间站上,对老段说,"我有点儿担心国际空间站的情况,看上去它都有些红了,那边的情况究竟怎么样?"

"地面站也没有太多的信息,我们的通信频段已经告知他们,应该很快就能直接联系。"

"我们的设备可以相互直接通话?"

"技术专家说行就行,等一会儿就知道了。"

我看着远方那发红的小点,心中焦急。"天宫"空间站和国际空间站之间从来没有进行过直接对话,空间站所有的通信,都必须经过地面站中转。真的能和美国航天员隔着航天服对话,那也是一件划时代的事。无线对讲在地面上是一件再普通不过的事,在不同国家的空间站之间,却从来没有发生过,这当然不是技术上的原因,而是其他困难。危急关头,大概所有的困难都可以被克服吧!

"哈啰!是否能听见?"耳机里传来一个深沉的男声。

"你好!能听见!"我压抑着心头的激动回应他。

"中国太空人你好,我是普拉斯特,我和我的同伴在一起,我们已经出舱,正在等候。"对方说,"我们能看见中国空间站。"

"你好,我是钟立心,中国航天员。"说完这句我停顿下来,不知道继续说些什么好。

"距离会合时间还有九分钟,"老段插入通话,为了让美国航天员也能听懂,他说的是英语,"立心,你的位置有偏移,必须马上进行调整,根据显示屏指示进行喷气调节。"

"收到。"

我开始调整飞行的方向。背包喷出白色的气体,推动我一点点修正方向。

当头盔下方小屏幕上的十字标终于和小点重合,我松了口气。

"到达指定地点。"我向老段通报。

"六分钟准备!检查是否有什么疏漏。"老段指示。

我抬头看了看远方,国际空间站已经近了,看上去不再是一个小小的点,能够看出整个轮廓,甚至依稀间能看见有浓烟包裹在空间站外边,像是一层外壳。

"国际空间站还有多少距离?"我问老段。

"还有六十千米,现在两个空间站的相对速度是四百零二千米每小时,但是在接近到一千米的距离上,国际空间站会进行一次强力刹车,让你和空间站之间的相对速度尽量小。"

国际空间站又近了几分,看上去更为庞大,标志性的桁架清晰可见。空间站的舱体上有一层肉眼可见的浓烟,太空中没有空气,这些浓烟绕着舱体,并没有被吹散,而是不断向外扩散,形成一个不断膨大的烟球,仿佛空间站的晕圈。伸展而出的桁架上,太阳能板就像巨大的翅膀般张开。整个空间站就像一只带着火的大鸟,裹着一层晕圈,正向这边扑来。

我从未见过这样的阵仗,心跳不由加快了几分。

"普拉斯特,你们在空间站什么位置?"我问普拉斯特。

"我们站在突出部,桁架左侧端点。这里朝向中国空间站。"

"空间站变速你们会被甩出去。"

"我们已经做好准备。"

"我这里有一条救生绳,所有人只有抓住救生绳,才能脱离险境。如果你们看不见我,你们应该可以看见救生绳。"说完我摁下了连接器上的按钮。

绳上所有的连接器同时闪烁起来。它们发出柔和的红光,一闪一闪,指示出聚合纳米管绳索的位置。

"看见了吗?绳索在闪。"

"我看见了,有细小的光点。我们会注意!"

"我在这里接应,你们很快应该就能看见我。"

"我已经看见你了,现在你看上去是一个光点。"

"好的,一会儿就不是了。我会尽量想办法抓你们中间的任何一个人。你们彼此间也有安全绳相连吗?"

"我们有。"

"我的朋友们,现在倒计时开始。"耳机里传来另一个人的声音。

"这是谁?"我问。

"莫里斯,他留在控制舱里,在最后时刻启动刹车。"

"十,九,八……"莫里斯平稳而冷静地倒计时。

"你们没有三个人都出来?"

"我们两个人,艾丽娅和我在一起,莫里斯留在舱里,这是他的决定。"

我深吸一口气。过去的两个多小时里,国际空间站的三个美国航天员一定经历了无比的煎熬,他们最后做出牺牲一个人的决定,也一定是出于无奈。我没有再问。只是原本计划是救三个人,现在最多只能救两个。这两个人,无论如何也必须救下来。

我盯着越来越近的空间站,耳边响着英文的倒计时。

莫里斯的倒计时很快数到了零。国际空间站庞大的身躯突然一抖,原本包裹在太空站表层的烟雾像是活过来一般,从空间站上脱离而出,向前扑了过来。

糟糕!我顿时感到不妙。这些烟尘原本和空间站一道运动,现在空间站减速,烟尘速度并不减慢。

"普拉斯特,我看到烟尘从你们的空间站上脱离,正向着我过来。这可能会形成冲撞,我的位置会偏移,你们看准绳索位置,两个闪烁光点之间有绳索!"

"收到。"

话音刚落,我只感到被什么东西狠狠地推了一把,眼前一片模糊。星星、地球和空间站刹那间开始急速旋转。

急速冲过的烟尘形成一阵强劲的风,我的身体飘了起来。风过去后,眼前的景象重新变得清晰起来,整个世界似乎正绕着我飞速旋转,让人头昏眼花。刚才的劲风完全改变了我的运动状态,打破了一切预先想好的行动顺序。

我不断调整背包喷气方向,想找回平衡。喷口射出的气体引起微微的震动,听上去像是隐隐约约的吱吱声,这平时根本不会留意的声音此时像是天籁之音,它在挽救我的生命。

每一次喷气,都让急速的旋转稍稍变得慢一些。

最后,巨大的地球在头顶方向停住不动,我的身体终于停止了旋转。我喘了口气,定了定神。

"钟,我们到了!"耳机里传来普拉斯特的喊声,"小心!"

我扭头看去,国际空间站庞大的身躯已经悄然而至。我还来不及动作,一块帆板就已经到了眼前,紧接着胸口一痛,整个身子都被大力撞了出去。在仓促中,我本能地伸手去够能抓到的任何东西,鬼使神差般挂在桁架的边缘。

"钟!"我再次听见了普拉斯特的呼唤,抬头一看,只见两个美国航天员正站在桁架另一端,紧紧地抱着一个抓手。

"抓住绳索!"我向两人喊了一句。

"你的位置很热,小心!"普拉斯特喊。

不用普拉斯特提醒,我已经意识到事情不妙,航天服的温度控制系统正发出警报。接触处的温度至少有上百摄氏度。

我顾不上避开高温,因为发现了更可怕的事。刚才的高速旋转让我偏离了预定位置,救生绳绕在了国际空间站的桁架上。

"抓住绳索!"我向着两个美国航天员喊,同时再次启动背包喷气,想要越过空间站去和他们会合,切断缠绕在空间站的绳索。

然而已经迟了,绳索整体开始移动,一个个闪光的连接器在空中缓缓飘移,国际空间站正拉扯着它们。

我焦急万分。如果绳索真的缠到国际空间站上,那关系到的不只是站在空间站上的三个人的生命,拉动的力度太大,"天宫"也会被拉着一道坠毁。

两个美国航天员已经跳离空间站向着绳索扑过去,绳索却轻飘飘地从他们眼前移开。

我仔细地观察连接器的红光。很快注意到问题的关键:一个闪着红光的连接器被卡在太阳能帆板缝隙间。

美国航天员启动了喷气包,他们在追逐绳索,绳索却随着国际空间站飘移。

我顾不上其他,脑子里只有一个念头,身子一跃,冲着桁架上缠绕的位置飞过去。不过短短的几秒钟,原本看上去有些飘摇的绳子已经被绷紧拉直。

"国际空间站正在拉动'天宫',有失轨风险!"老段警告,"如果十五秒内拉力不消除,只能放弃绳索,否则不是绳子断了,就是'天宫'脱轨。"

"给我五秒钟！"我大声地喊，"我会解开它！"

我落在太阳能帆板上，连身体的平衡也顾不上，一把伸手抓住连接器，将它反转，连接器后端的两条细丝断了。

原本绷得笔直的绳索顿时变了形状。

它反弹了！从国际空间站上脱开，弹性让它开始向着"天宫"反弹回去。这不是开玩笑的事！失去了绳索，只要和"天宫"之间有速度差，就再也不可能回到"天宫"去。

"追上绳索！"我向着两个美国航天员喊，同时飞快地切断了绑在自己身上的连接器，启动喷气包。

我很快追上了两个美国航天员，他们的喷气包功率不够，提供不了多少速度。

救生绳每一秒都在远离。它不紧不慢，却坚定不移地远离我们。从目测的情况看，我的喷气包或许还有追上它的可能，但两个美国航天员显然做不到这一点。

情急之下，我抓住其中一个航天员，想要推着他一起追上去。

"钟、艾丽娅，你们加油！"耳边传来普拉斯特的声音。

"不要！"艾丽娅歇斯底里地喊了起来。

我扭头看去，只见普拉斯特正旋转身体，头朝向地球，两腿向着我和艾丽娅。他踏在艾丽娅身上，身子曲起如弓。他的喷气背包正全力喷射出压缩空气，努力推动着我和艾丽娅。

普拉斯特打算牺牲自己来给艾丽娅增加一点儿宝贵的速度。

不要！我心头也在呼喊，却并没有阻拦，也没有任何法子阻拦。我也不知道除了这个办法，还能尝试什么法子。就在这么两三秒间，我下意识地紧紧挽住艾丽娅的胳膊。无论如何，也要把艾丽娅救回去！

普拉斯特使劲地一蹬。这动作推开了艾丽娅，也推开了他自己。几乎就在同时，我将喷气背包的功率开到了最大。艾丽娅在哭泣，然而仍旧保持着清醒，在普拉斯特最后一推的同时也将自己的压缩空气包全部释放出去。

我们两人的速度猛地快了一截。两人一点点向着那闪烁红光的连接器靠近。几秒钟的时间，却像一辈子那么漫长。然而眼看着距离一点点缩短，缩短到最后两三米，却又开始被一点点拉开。我感到一股凉意从心底升起，浸透全身。抓不住救生绳，只有死路一条！

"钟，谢谢你！你尽力了，也感谢中国！"艾丽娅说。她语带哽咽，却无限平静，大概已经淡然接受这最后的命运。

我猛然想起救生绳是按照一百米一个连接器的方式组装的，连接器距离我们不到十米，那么断掉的两根将近百米长的纳米管线应该还没有脱离我们接触的范围。

我伸手在虚空中掏摸，同时向着艾丽娅说："艾丽娅，不要放弃！你看不见绳子，但是它应该就在这里。试试看，它像头发丝一样细，透明……"

我回想起把纳米丝线握在手中的感觉，那透明的不可见的双股绳索，是生命的最后希望。

"是这个？"艾丽娅把自己左胳膊伸过来，不远处的连接器一闪，两道依稀的红光在艾丽娅胳膊上若隐若现。

艾丽娅抓住了！我一阵狂喜，伸手探起那两股绳索，在手掌上反复缠绕几圈，确保紧紧握住万无一失。自从和国际空间站遭遇开始，我的心第一次笃定下来。

"我们现在安全了！"我对艾丽娅说。

"老段，我拉住绳子了。把我们拉回去，别太快，我用手拉的！"

"收到。注意安全！"

柔和的力量拉着我们两个，缓缓向着"天宫"而去。

"普拉斯特，你在哪里？"艾丽娅带着哭腔喊。

"我能听见你。"普拉斯特传来了回答，声音中夹杂着噼里啪啦的噪声，"我现在正向地球坠落，我觉得自己像一颗流星。从来没想到，我会有这样的死法，这算是死得其所。我可能还有几分钟时间，可以最后欣赏一下美丽的地球。再见，艾丽娅，祝你好运！"普拉斯特的声音变成了一阵沙沙声。艾丽娅泣不成声。

我沉默着，不知道该如何安慰她。回头看去，地球上正是美洲的傍晚，灯光在东西海岸蜿蜒流动。这大概是给普拉斯特亮起的回家的灯吧！

"普拉斯特，永别了！"另一个声音响起来，那是留在空间站的莫里斯，"艾丽娅，祝你好运！"

我看见了国际空间站，它已经成了远方的一个小亮点。刚才那场惊心动魄的交会之后，它的轨道大大降低，或许再转几圈就会坠入大气层。

国际空间站消失在地球发亮的轮廓圆弧里。我盯着它消失的方向，默然无语。整个世界像是突然间陷入了沉默，除了艾丽娅的低声抽泣，没有别的声音。

我紧紧地抓住她的胳膊，不敢松开一丝一毫。

十多分钟后，"天宫"逐渐靠近眼前。

我拉着艾丽娅稳稳地落在节点舱上。

"艾丽娅，欢迎来到中国空间站！"老段的声音传来。

营救成功。地面站和美国航宇局的协商也一直紧张地进行。我在节点舱陪着艾丽娅，自从登上"天宫"，她一直从舷窗向外看，一连几个小时，动也不动。

老段提醒我该用餐了。我看了艾丽娅的情况，到核心舱取了餐盒回来，对她说："艾丽娅，吃点儿东西吧！刚收到消息，美国航宇局已经和中国航天局协商一致，让你乘坐'神舟'飞船降落在中国新疆，然后专机送你回美国。"

"莫里斯还在那里！"艾丽娅没有理会我在说什么。她仍旧直直地盯着舷窗外，虽然从这个角度根本看不到国际空间站，她的目光始终在寻找它。

"我们无能为力。"我感到自己的虚弱，"他是个英雄，是杰出的航天员。"

"我们执行的是最后一次任务，"艾丽娅哽咽着说，"没想到会变成这样。"

我轻轻地拍了拍她的后背，表示安慰。

艾丽娅定了定情绪，转过头来，露出一个微笑，说："太空是我们的，也是你们的，但终究是人类的。这一次事故过去，人类还会把更多的人送上太空。"

"我同意。"我把手中的餐盒递了过去,"正宗的宫保鸡丁,你可能还没尝过。吃饱一点儿才有力气,才能回家。"

艾丽娅接过餐盒,向着我点了点头,说:"谢谢!"她的汉语发音很生硬,但很清晰。

我感到心头的压力释放了一些,微微点头,扭头向舷窗外看去。舷窗正对着地球,晶莹的球体泛着淡淡的光!那一刻,我感到地球比平日看到的更加美丽!她是我们所有人的共同家园。

以上就是整个营救过程的所有经过,特此留存,供中心相关人员参考。

钟立心

2028 年 8 月 28 日

看不见的云

[加拿大] 孔欣伟

在古老的艺术中,
工匠以最大的努力精心锻造,
每一分钟,每一个不可见的部分,
因为神祇无所不在。

——［美］朗费罗①

0

"如今是云散雪消花残月缺。"看着眼前的黑暗,想着将要消失的地球,顾清云心里泛起了这句话。她立刻意识到自己的错误,在压倒一切的黑暗里,云依然存在。

黑暗中传来林岚舞动的脚步声,双手挥洒带起的风声,还有她略显粗重的呼吸。云从林岚的手中洒向黑暗,这是没人能够看到的无与伦比的云。

人类真是可怜,为了追逐那些可以言说之物,把只有一次的生命虚掷。可以看见的美、可以听到的道、可以遵守的美德、可以夸赞的功业、可以流传后世的言辞、可以向之祈祷的神明,又

---

① 美国浪漫主义诗人。

如何比得上此时飘浮在黑暗之中的无人可见的云。

1

第一次见到林岚的那天,圣何塞的一朵云落到了大地上,如烟如幻如纱如梦,没有让大地增加一丝重量。

云触到大地,弥散成乳白的大雾。正在高速路上的顾清云只能看到前面一辆车的轮廓,其他的车辆都仿佛失去了实体,只剩下刹车灯的红晕在闪烁。

顾清云一般不怕堵车。她单身独居,没有人等着她按时回家。她习惯了在开车时听小说,这些天正好在听《罪与罚》,堵车的时候反而可以听得更加专心。不过今晚她有些焦急,一个半小时后就是她的第一节网络支教课,这样堵下去,不能按时上课就糟糕了。

她开始网络支教,是因为一个巧合。有一个老同学在网上做支教老师,教甘肃一所小学的电脑课。这学期上到一半,因为家里有些变故,忙得不可开交,需要找人接替。她知道顾清云为人善良,细心负责,就问她是否愿意帮忙。顾清云既想做,又有些担心,怕做不好老师,耽误了学生。不过想想自己的电脑水平,应该不会误人子弟,还是答应了下来。

老同学留下了这学期的课程大纲,下一节课是教学生使用绘图软件,课堂练习是画些简单的图案。课件里素材很多,有花,有草,也有星星、太阳、月亮、云朵、小河、湖泊,还有几种小动物。顾清云一时想不出该选哪个,那个老同学说:"你的名字里有个云字,就选择画云吧。"

后来顾清云想,如果那天选了别的图案,也许就不会注意到林岚了。

半个小时之后,大雾慢慢散去,车流开始缓缓移动。顾清云赶到家里,匆匆吃了些东西,开始为自己化妆。她很久没化妆了,化得很慢。这是第一节支教课,她想给学生留下一个好的印象。

顾清云为这节课做了很多准备,但心里依然忐忑不安。她最怕课堂秩序不好,也担心互动时会冷场,没有人主动回答她的问题。

课程开始,顾清云简单地介绍了自己,她觉得自己的声音有点儿不自然,"我叫顾清云,但不是'好风凭借力,送我上青云'的那个青云,而是清澈的清,白云的云。顾字的本义是回头看,因此我的名字可以解释成——回头看到一片清澈的云。"

在电脑屏幕上,她看到学生们听得非常认真。这让她感觉自在了一些,"我的工作是技术总监,但我还是喜欢称自己为程序员。目前女程序员还不是特别地常见,很多女孩的志向是医生、老师,或者其他社会认为女性应该从事的工作。但我想让你们知道,女性可以做任何自己喜欢的事,包括做程序员,做技术总监,成为首席技术官,成为人类未来科技的领导者与开创者。"

教完绘图步骤,顾清云让学生画一幅自己的云。大家都画完之后,她问哪位同学愿意把自己的画发给老师,展示给大家看。课堂一片寂静,顾清云的邮箱也没有丝毫动静。她有些担心没有人愿意展示自己的作品。她本来计划的是选择几幅画得好的作品来展示,然后让学生讲解一下自己的画,现在看来也许有些太乐观了。顾清云看了看表,离下课还有十分钟,她本来以为十分钟根本不够用,只能选择一两位同学来发言,现在却特别后悔没有准备更多可教的东西。

还好这时候邮箱的提示音"哔哔"地响了一下。她收到了一封邮件,发信人是林岚。因为和其他同学的名字相比,"林岚"显得特别雅致,顾清云浏览座位表的时候,就留下了很深的印象。顾清云打开电邮附件,人一下就呆住了,如果不是正在视频授课,她说不定会惊讶地叫出声来。

这节课教授的是微软的画图软件,这是一个非常简陋的作图工具,只支持彩色和黑白,并不支持灰度。如果想要画灰度图,只能在彩色模式下,自己设定各种不同的灰色。林岚交上来的就是一幅蓝色背景上的灰度云。她使用的灰度并不多,因为画得匆忙,看起来也不够精致,但是云的形状奇特飘逸,让人眼前一亮。顾清云的记忆中并没有如此形状的云朵,然而她又觉得一定在哪里见过。也许是在前世,独自在院子里看书的她,偶尔抬起头,看到了这片云,于是把它刻在了灵魂里,生生世世都会觉得熟悉?

"林岚同学,你愿意给大家讲一讲你画的这幅云吗?"顾清云按照课前的准备提了一个问题,又忍不住加了一句,"老师很喜欢这朵云的形状,你是不是在哪里见到过这样的云呢?"

林岚的座位在最后一排,她身材瘦小,说话也很轻。教室只在最前面有一个麦克风,即使把音量调到最大,顾清云还是听不清楚林岚说了什么,只好请她站到教室前面麦克风的边上。

走到前面，林岚鼓起勇气大声说："老师，我画的云我也没有实际见过，但我闭上眼睛就可以看到它。我在心里可以看到很多很多美丽的云，它们都特别特别美，可惜我画不出来它们的样子。"

2

第一节课好不容易结束了，顾清云为自己倒了一杯百利甜酒，坐到阳台上准备好好放松一下。外面的浓雾已经散去，那朵云的激情没有在大地上留下任何痕迹。一轮淡黄的明月在云间时隐时现，海风吹拂，百利甜酒散发出提拉米苏的香气。

百利甜酒的味道像融化的提拉米苏，这是她那位来自爱德华王子岛的前男友说的。他喜欢美食，经常自己下厨，做的提拉米苏比百利甜酒味道还好。可惜他嫌湾区生活费用太高，为了创作自己的音乐搬回了爱德华王子岛，不然还可以经常去蹭他的甜点。

像提拉米苏前男友这样的人，在顾清云的生活中来来去去，来的时候她觉得很欢喜，去的时候她也不觉得太难过。乍看起来一切都很好，但顾清云心里知道，自己灵魂里渴望的不仅仅是百利甜酒一样的生活，她想要喝一杯真正能让她沉醉的生命之酒。

顾清云一边喝酒，一边玩着手机。为了方便提问，她给学生留下了自己的微信号。即使是贫困的山区，大部分学生家长也有了智能手机。她的课正好是上午最后一节,现在同学们正好回家吃午饭,开始陆陆续续有人添加她的微信,其中就有林岚的奶奶。顾清云随手点了进去,看到了许许多多美丽的云。

林岚的奶奶在朋友圈里说,这些都是她古怪的孙女胡搞的结果。林岚用了几种不同的黑白粉末,白色的有面粉、盐、糖,黑色的只有黑芝麻粉。面粉她用得最多,可能是因为最便宜。林岚有着两种创作模式。一种是把白色的面粉、盐或者糖,和黑色的芝麻粉混杂在一起,做出白云和黑云的形状。另一种是把白色面粉和黑色芝麻粉撒到空中,在一瞬间形成黑白相间的云雾。第二种很少见,在朋友圈里只看到了两次,林岚的奶奶觉得太浪费,说不会有第三次了。

这些手机随意拍摄的短视频效果不是很好,但顾清云看到的时候,还是感觉到了一种深深的战栗。顾清云是一个现代艺术的爱好者,她衡量艺术品的方式很简单,就看它们能带给自己的身体多大的战栗。很多现代艺术品异常抽象,让人觉得不知所云,但顾清云发现自己并不需要去理解它们,她的身体有时会战栗,有时毫无感觉,似乎是在自动地区分哪些是伟大的艺术品,哪些只是欺世盗名。

除了面对伟大的艺术品,她只在爱欲纠缠里感受到过这种特殊的战栗。不过爱欲带来的战栗更加不可抗拒,像是春天的暖阳照在冰冻的瀑布上,坚冰开始破裂,从一点点湿润,到滚滚洪流,瀑布再次激荡流淌。因此,顾清云一直觉得再伟大的艺术也无法和爱欲相匹敌,至少它们不像爱欲那样不可抗拒。

这个观念一直持续到顾清云去甘肃做回访的时候,那次她亲眼看到了林岚制造的云。那是顾清云第一次在艺术里看到了可以和爱欲匹敌的力量。

3

2019年底，顾清云去甘肃陇右镇做了第一次回访。她后来想起一直觉得非常幸运，因为新冠疫情在不久之后就爆发了，导致她很长时间都无法回国。

顾清云本来就知道林岚家是一个单亲家庭，她父亲常年在外打工，家里只有林岚和她的奶奶。这次回访和其他同学聊天时，她才第一次知道了林岚母亲的事。

林岚五岁的时候，她的母亲离家出走了。山里这样的事并不罕见，被生活压抑到绝望的女性要么自杀要么出走。随着和外界互动的增多，这里的女性有了更多机遇，自杀的渐渐少了，出走的却越来越多。林岚七岁的时候，陇右镇来了两个公安干警，据他们说，带林岚母亲出走的男子是一个逃犯，他一路向南流窜作案，犯下了多起谋财害命的案子。林岚的母亲被怀疑是共犯，现在也被全国通缉。后来，据说那个逃犯在一次和警方的枪战中被打死，林岚的母亲却下落不明。有人说她跳海自杀了，临死寄了一封遗书给家里；有人说她的自杀是障眼法，其实逃到了深圳，在那里的舞厅里卖酒。

顾清云小心翼翼地不与林岚提起关于她母亲的事，把时间都用在云的创造上。顾清云为林岚带去了特殊的粉末。那是蔡国强在他的白日焰火《九级浪》里用的可降解材料,能够飘浮在空中很长时间。粉末有着各种颜色,但主要还是黑白二色。林岚拿到之后非常开心。顾清云专门租了一间谷仓,她和林岚在谷仓里度过了三天两夜。林岚尽情地挥洒,一刻也不愿浪费,创造出了一个又一个让她从心灵最深处战栗的云之梦境。顾清云在一旁负责摄影,但她往往架好了摄像机之后,就开始专心致志地观看。林岚的云一次次把顾清云带到了云天之上,艺术的美一次次让她感受到不可抗拒的战栗。

林岚创作时有如跳舞。各种颜色的粉末被环形放置,她就围绕着这个区域舞动,步伐跳跃灵动,双手挥洒出不同颜色的粉末。她的动作优美自然,即使是俯身去拿新的粉末,也如同在春日的原野上采摘一朵刚刚绽放的鲜花。

刚开始的时候,林岚非常兴奋。她有着一种无法压抑的冲动,无论如何都必须描绘出自己心中看到的云天。这次的尝试让她觉得自己终于可以达到目标。但是随着时间的推移,她心中的失落越来越深。林岚的追求和蔡国强不一样,她不是在用一种材质创作艺术品,而是想要创造真实的云。临走的时候,林岚把自己的梦想告诉了顾清云。在林岚心里,顾老师是一个无所不能的神仙姐姐,她一定有办法能让自己随心所欲地创造出真正的云。

2020年初,顾清云换了一份新工作。她近来厌倦了作为技术总监却离技术越来越远,应聘了一家做量子计算的初创公司,从事量子算法方面的研究工作。新公司的收入比原来少了很多,但可以做自己喜欢的事,这让她很开心。

疫情开始没多久，顾清云就开始在家上班。省去了每天上下班的时间，公司的工作也不如以前繁重，支教的学校因为疫情还没有开学，朋友之间又不能见面，顾清云忽然有了很多自由支配的时间。

回访之后，顾清云一直在想林岚的云，什么样的媒介才能更好地反映出林岚心里看到的云？现在有了空闲，顾清云想出了一个办法——为林岚做一个虚拟实境程序，让林岚可以在其中创造真实但又只属于她的云。

这是顾清云做得最开心的一个项目。云的自动生成与渲染技术在3D动画与游戏中已经存在，也有现成的渲染引擎可以使用，她很快就做出了一个简单的原型。她用自己的名字命名了它：清云编辑器。

她买了配有最新显卡的笔记本电脑，装好清云编辑器，寄给了林岚。林岚很快就给出了她在使用中发现的问题，并提出了一些她需要的新功能。

软件错误的修复和新功能的添加都进展顺利，林岚设计出的云也越来越令人惊艳，给顾清云带来越来越深入骨髓的战栗。因为开发清云编辑器，2020年顾清云的生活十分愉快，这让她觉得有些不好意思。那么多人因为疫情而受苦，自己却从中得到了快乐。

2021年开始，清云编辑器的开发遭遇了瓶颈。林岚对于云的拟真度与复杂性要求越来越高，即使运用了好莱坞大片中虚拟云天的渲染与动画技术，依然无法满足林岚创作的需要。要达到林岚的要求，最好能物理模拟并且渲染云间的每一颗小水滴,以及光线在水滴间的折射。现有的电脑完全无法支持这个量级的计算,相差的不是几倍,而是亿万倍。那时最快的超级计算机富岳,不过相当于四百多万台普通个人电脑。

情人节那天正好是周日,加州的疫情依然很严重,顾清云还没打疫苗,因此那天她是独自一人度过的。她醒来吃过早餐,看天气很好,决定出去走走。因为是周日早上,街上的行人格外的少。顾清云喜欢一边走路一边思考,最偏爱这样冷清的时段。

情人节这样的日子,最容易让人觉得孤单。顾清云的很多朋友都有了子女,大的已经上了中学。她一个人在海外,是朋友们理想的倾诉对象。听多了婚姻中的辛酸,反而让她更加坚定地相信单身是最好的选择。

朋友抱怨的一般都是老公。这些将近四十的男性,不知不觉地被社会腐蚀,变得越来越不可爱,然而为了家庭和孩子,又必须和他们维系亲密关系。身为人母的女性很少真正抱怨儿女。抱怨也是有的,但不是一种后悔的抱怨。没有母亲后悔成为母亲,无论是否自知,她们在心底深处都觉得自己从儿女那里得到的,远远多于她们对儿女的付出。

身为女性,顾清云很容易理解她们对于男性的抱怨,这也是她保持独身的理由之一。不过,母亲对子女的爱对她来说异常神秘。有时她会理智地去解构母爱,其中哪些是因为孕激素的分泌,哪些是因为社会的压力,但她自己也知道这远远不是全部,就好像荷尔蒙与浪漫情怀,也远远不是爱情的全部。

顾清云一直期待着爱,一种可以淹没自己的爱,只是她一直没能遇到那个可以淹没她的人。有时她想，也许这样一个人根本不存在，异性只是一座通向爱的桥梁，真正的爱只有成为母亲才能懂得。母亲对子女无私的爱，让她觉得自己错过了某些重要的东西。

然而，她知道自己不适合家庭。尼采说："带着你的爱和你的创造走进你的孤独吧！"尼采所说的爱，不是与他人相爱，而是爱自己，是在创造中寻得自己的价值。这样的爱与创造注定是孤独的，对于一个女性来说更是如此。因此，顾清云并不为自己的孤独感到遗憾。她唯一遗憾的是自己缺乏艺术天分，只能在理性的领域，例如软件开发上，做出一点儿自己的创造。

遇到林岚之后，顾清云更加清晰地看到自己艺术天分的欠缺。没有亲眼看到艺术天才的时候，顾清云的心里总还存着一丝侥幸，也许天才也是凡人，只是风云际会创造出了杰出的作品，而自己只是还没遇到绽放的时刻。然而，当她近距离看到林岚创作时，她才知道技巧也许可以靠练习来弥补，但心里没有看到自己那片云的人，永远也无法创造出那样的一片云。

林岚的天才植根于她心中看到的云天，她无论如何也要把它创造出来。顾清云知道自己心里没有这样的东西，她因此羡慕林岚，也愿意尽力为她提供帮助。可是如何才能够得到所需要的海量计算能力呢？她的脑子里模模糊糊似乎有些想法，却飘来荡去总也无法抓住。

顾清云一边走，一边想，不知不觉转了一个圈，又回到了自己的公寓楼。她这几天在等支教学生寄来的春节贺卡，助教老师三周前就说寄出了，不知道怎么都初三了还没有收到。她想能在情人节收到也不错,就去看了看,到了自己的邮箱附近才想起今天是周日,恐怕没人送信。

她还是打开了邮箱,惊喜地发现一封印着"支教中国2.0"标志的信。顾清云后来也没能搞明白为何周日也能收到信件,也许她周五查邮箱的时候遗漏了?也许周五那天邮差来得比平时晚很多?也许周五邮差偷懒或临时有事,周末才补送?无论如何,在情人节的周日收到支教学生寄来的贺卡,顾清云非常开心。

还在电梯里,顾清云就忍不住撕开了信封,里面是十六张支教中国2.0特制的贺卡,上面有同学们画的图画和手写的祝福。顾清云一张张看过来,回到公寓,坐在沙发上接着看。林岚的贺卡是最后一张,也是最用心的一张,里面还夹着她的一幅画。

在一张普通杂志大小的白纸上,林岚画了一台量子计算机。顾清云说过自己的新工作是量子计算,因此她画了一台电脑,写上"量子"两个大字。量子计算机上飘出了许多形形色色的白云,每一朵云里写着一句简短的祝福。在最大的一朵云上面,林岚用非常小的字体写了一段话:"我的妈妈在我五岁时离家出走了,我已经记不清她的样子。每次梦到妈妈,她都背对着我,从来不转过身来,我一直没能看到她的脸。前几天我又梦到她,她拉着我的手,带我飞到了云层之上。这次妈妈终于转过了头,冲我一笑。顾老师,在梦里我看到的是你的脸。"

读到这里,顾清云哭了。泪水从她的眼角渗出,眼前的卡片渐渐变得模糊,白云上的小字好像天上的一只只飞鸟,只有电脑上"量子"两个大字还异常清晰。她忽然抓住了脑海中那个模糊的想法，量子计算是模拟云中每一个水滴的最好办法。虽然目前还差得很远，但依照量子计算机的发展速度，十年甚至五年之后，这样的模拟就可以变成现实。

就这样，在2021年的情人节，"量子清云计划"踏出了第一步。

4

六年之后，林岚高二暑假的时候，顾清云专门去了一次甘肃，她要带着林岚回硅谷，一道参与量子清云计划的内测。

这时的顾清云已经是公司的首席量子软件架构师。量子计算的硬件比预计的成熟得更快，急需合适的软件来示范量子计算机在现实领域的优越性。顾清云六年前就进行了开发，已经接近完成的量子清云计划非常受投资者的青睐，成了公司的主打项目。

为了这次量子清云计划的内测，公司会集中所有的量子计算硬件，进行现实天空大小的云天模拟。这是林岚的作品《墨染云天》第一次实现真实比例的模拟。作为项目的技术负责人，顾清云专门邀请林岚来硅谷过暑假。真正的《墨染云天》存在于林岚的心里，量子清云计划经过她的调试才能达到最佳的效果。

这些年，顾清云的假期经常在甘肃度过。为了方便，她买下了那个谷仓，把里面布置成了一个复式结构——上层是简单的卧室，顾清云来的时候可以住；下层则是工作室，平日林岚就在这里设计《墨染云天》。

顾清云坐飞机到甘肃天水机场，自己租车，到谷仓的时候已经是晚饭的时间。林岚因为从小就没了母亲，很早就需要帮着奶奶做家务。她心灵手巧，做菜很有天分，尤其是把各种当地小吃做得特别美味，每次顾清云来林岚都会做给她吃。这次也是一样，林岚已经做了一桌子菜，等着顾清云。

两人边吃边聊，说到了最近巨型麦哲伦望远镜发现的神秘现象。巨型麦哲伦望远镜是"极大望远镜计划"的一部分，是目前世界上最大的光学望远镜，镜面直径二十四点五米，清晰度比哈勃太空望远镜高十倍。它在试运行的时候，发现了后来被定名为"麦哲伦近光速低质量虫洞"的神秘现象，一般被简称为"麦哲伦虫洞"。

最早观测到麦哲伦虫洞的时候，天文学家们看着距离地球近百万光年的恒星一片一片地消失，星云中被划出一个黑色的空洞。一开始，所有天文学家都以为是巨型麦哲伦望远镜出了故障，但很快人们就发现，其他的望远镜指向同一方向，也能看到完全相同的景象。

如果这只是星空中离太阳系异常遥远的一个天文现象，那么大概只有天文学家才会感兴趣。然而，有一个天文学家在三维星图上把麦哲伦虫洞的轨迹画了出来，发现它恰好会延伸到太阳系，而依照它目前的速度计算，一年之后就会把太阳系彻底铲除。

林岚听到这里有些不解地问道："那些最早消失的恒星离

我们有几十万上百万光年，我们看到的都应该是几十万上百万年之前发生的事，对吧？为什么我们会在短短几个星期里看到一百万年里发生的事，而且正好看到它们连续发生呢？"

顾清云正好前几天读到了天文学家的一种解释："如果一个物体的速度非常接近光速，例如它仅仅比光速慢百万分之一，那么一百万年中发生的事，我们就会在一年中依次看到。"为了解释清楚，她为林岚画了一张图，做了一些简单的计算，"如果这个解释是正确的，那么我们地球确实可能存在风险。麦哲伦虫洞也许并不是一百万光年外的特殊天文现象，而是一个在一光年外以接近光的速度向我们冲来的虫洞。为了确认这个极端神秘的现象对我们有何影响，欧洲极大望远镜加快了建造的进程，新的太空望远镜也被紧急发射。据说，很快就能得到更加清晰可信的数据。"

林岚继续问道："老师，为什么认为这个现象是虫洞，而不是黑洞呢？我刚刚在物理课上学过黑洞，我觉得它挺像黑洞的。"

顾清云回答说："黑洞的质量都极大，因此产生了庞大的引力，以至于光线都无法逃逸。如果一个具有极大质量的黑洞以接近光的速度运动，它本身的质量就会变得更加庞大。但是我们没有观测到麦哲伦虫洞对周围星系的运行产生影响，因此它的质量即使不是零，也应该极小。而虫洞只是一个理论上的天文现象，我们并没有实际观测到过，一个虫洞质量极小，并以近光速运动，更容易被天文学家接受。尤其是虫洞吸入星体并不是把它们变成自己的一部分，而是转移到了时空的另一个角落，这样它本身的极小质量也就更容易解释。"

林岚听了,忽然泛起一个古怪的联想,"顾老师,在我看来,这个麦哲伦虫洞像是一把油画刀。我们的宇宙就是一幅大画,一刀刮掉画得不好的地方,才能重新着色。"

顾清云听了,笑笑说:"那我们地球也在那画得不好的地方,一年之后就要被刮掉了。这么说来,量子清云计划可不能再拖延,不然就来不及了。"

本来只是玩笑话,没想到林岚却真的发起愁来,"顾老师,我最近也有种来不及的紧迫感。这个暑假,我一定要把《墨染云天》完成,不然就永远创作不出来了。"

听到林岚的担心,顾清云安慰她说:"别担心,你才十七岁,还有数不清的日子去创作去体验。我想只是快高三了,你的压力有些大。"

说到这里,顾清云的手机响了,显示的是公司首席执行官的电话号码。顾清云连忙接了电话。电话里,首席执行官的声音疲惫、无力,甚至有些哀伤,"公司被政府紧急征用,量子清云计划将被搁置,需要你尽快赶回。因为涉及绝密信息,无法在电话中解释,请尽快返美,详情面谈。"

5

顾清云不愿轻易放弃量子清云计划,还是带着林岚一起回到了硅谷。她想,量子清云计划的内测已经准备就绪,即使公司被政府紧急征用,也许依然能给她一个机会做完内测。

和顾清云面谈的不是首席执行官,而是美国军方派来接管公司的芬妮上校。她是瑞典后裔,眼瞳深蓝,头发乌黑,整个人散发着一种冰冷的美感,有些像黑白电影里的葛丽泰·嘉宝。

芬妮上校一上来就非常直接,公司不再需要首席执行官,他已经被辞退了。公司的技术团队将会实行军事化管理,一切以完成任务为前提。顾清云作为公司的首席量子软件架构师,军方希望她能带领软件团队,为了人类的生存,贡献自己最大的力量。

顾清云听到"为了人类的生存"这几个字,心里暗惊,问道:"到底是什么原因要紧急征用本公司呢?"

芬妮上校冷冷说道:"以下我说的是绝密信息,任何泄露都会遭到最严厉的惩罚——对于无用之人那就意味着死刑,不可替代的关键人士也会永远失去人身自由。顾女士,以下信息即使是您最亲近的人也不能泄露。"

顾清云点了点头,示意她知道了。芬妮上校继续说道:"您应该听说过麦哲伦虫洞现象,根据最新收集的望远镜数据,天文学家们越来越倾向于认为它对地球可能是一个真正的威胁。但是这个现象无法用任何现有的物理理论解释,科学界也无法估计麦哲伦虫洞对太阳系的威胁到底有多大。"

"我们观测到的麦哲伦虫洞现象之中,离我们最远的一颗恒星大概一百二十七万光年,最近的一颗恒星只有九十五万光年。两颗恒星的消失应该相隔三十二万年,也就是说,那些恒星是在三十二万年的漫长时间里慢慢毁灭的。然而从地球的视角观看,我们却在几个月的时间中看到了一条笔直的恒星消失带。顾女士,你觉得这说明了什么呢?"

这番话顾清云之前就看到过,她答道:"很多人觉得这证明了上帝的存在,这是上帝发出的警告。人类如果继续活在罪孽里,就会被上帝毁灭。"

"这样想的人就让他们去祈祷好了,可惜仅仅依靠祈祷从来没有打赢过任何一场战争。我认为在生死存亡之际,只有战斗才能有胜利的机会,哪怕我们的对手是上帝。"因为有些激动,芬妮上校顿了一下,恢复了冷静的语调说道,"还好掌握这个世界最高权力的那群人,都是像我一样的战士,无论面对如何绝望的处境,都不会认输。"

顾清云问道:"我们面对的是一种完全未知的力量,即使是最勇敢的战士,也无法和未知的幽灵战斗吧?"

芬妮上校答道:"对于未知的敌人,战斗的第一步就是获得情报。因此我们的第一步就是设法去理解,而这也就是您的公司被征用背后的原因:老的物理模型无法解释麦哲伦虫洞,我们需要新的天体物理模型。为了模拟验证可能会被提出的大量天体物理模型,我们需要整合所有的计算资源。"

顾清云点了点头,"那我们首先要验证哪一个模型?让我来看看它是否适合使用量子计算机来模拟。"

芬妮上校平静地说:"目前还没有分配给我们任何任务,我们只需要处于待命状态,做好准备,随时都可以开始。"

顾清云听了心中有些侥幸,问道:"那在我们待命时,能不能继续量子清云计划的内测呢?一切准备工作都已经完成,那些量子计算机待命时也只是闲置。"

芬妮上校说:"我研究了你们的量子清云计划,利用量子计算机来模拟全球的云天,确实是一非常吸引投资者的噱头。我们现在已经不再需要投资者,不用再为吸引投资浪费时间。闲置的量子计算机应该用来模拟恒星的演变,或者星云的形成,这样才能让我们为了可能出现的任务做好准备。"

顾清云依然想要打动芬妮上校,"量子清云计划并不只是为了吸引投资者,至少对我来说不是,它的主要目的是创作出《墨染云天》。"她向芬妮上校讲述了她和林岚的故事,并且给芬妮上校看了林岚之前的作品。她想芬妮上校身为女性,也许更能理解林岚这样一个女性的艺术天才。

芬妮上校果然感受到了林岚作品之中的美,并被深深地打动,可是她的使命不允许她感情用事,"林岚小姐的作品很美,可惜美丽对于战斗完全没有用处。"她沉吟了一下才继续说道,"我年轻时,很多人都夸赞我的美丽,但美无法令我变得更加强大,只能让我变得更容易依附其他强大的人。如果说信仰是依附上帝,那么美丽就是依附他人。作为人类,我们需要变得更加强大,才能在冷酷的宇宙中生存。身为女性,几千年的不公正让我们习惯了依附男性生活,习惯了追求美丽。要挣脱这种不公正,女性需要变得更加强大,而非更加美丽。"

顾清云不同意芬妮上校对美与强大的看法,她认为美有着超越人类存在的价值,"作为个体,我知道自己几十年后肯定会死亡。人类应该会延续更长时间,但也总有消亡的一天。世间的一切生命都有生有死,当宇宙进入热寂,一切生命都无法延续,只有美还能继续存在。美是唯一可以超越时间之物。强大只能带来一时的胜利,美虽然脆弱,却有着永恒的价值。"

芬妮上校是西点毕业的高才生,她的专业方向是空间科学,对热寂的概念并不陌生,"在热寂状态中无法再有生命存在,美不是也一样会消失?难道你觉得热寂的状态是美丽的?"

顾清云答道:"我以前也认为美无法永恒,但自然总会用惊喜让我们渺小的思考变得可笑。你听说过时间晶体吗?就是现在用作量子存储器的那种东西。"

芬妮上校点了点头,"我听说过,但不知道它背后的原理。"

顾清云说:"在空间上不断重复的结构我们称之为晶体,时间晶体就是在时间上不断重复的结构。时间晶体之中的运动无须能量,循环变化,永不止息。2012年,诺贝尔物理学奖得主弗朗克·维尔切克首先提出了时间晶体的概念。2016年,时间晶体在实验室中被成功制造。我们公司的量子计算机就是利用时间晶体作为存储器。自然让生命都有终结,但也让生命可以永恒地留下自己最美的创造。我们对世界的了解还很肤浅,美也许是永恒的,生命的意义可能就在于创造出永恒的美。"

芬妮上校摇摇头,"你说自然总会用惊喜让我们渺小的思考变得可笑,我却相信生命总有办法打破自然的束缚。你觉得时间晶体是自然赐予我们保存美的方法,我却认为人类发明了时间晶体,是对死亡与寂灭的一种克服。我相信生命的力量,我们不会轻易地进入虚无。如果生命需要打破热力学第二定律才能延续,生命就会打破它。"

芬妮上校的意志极端坚定,她的决定轻易不会改变,触及信念的时候就更加如此。

6

为了在回国的时候还能继续工作，顾清云在量子清云计划中专门设置了远程操控的接口，这令她可以不经允许私自运行量子清云计划。她需要做的只是取消他人的超级用户权限，这样，除了她自己没有人可以停止程序的运转。当然，芬妮上校可以同时切断主电源与备用发电机，可是这样做有可能会造成量子计算机的永久损坏，顾清云觉得芬妮上校不会冒这个风险。

这是顾清云生平第一次做出如此越矩的举动，按理说她应该感到不安或害怕才对，可是看着屏幕上慢慢被填满的加载栏，她的心里非常平静，只有一点点疑惑的感觉。

在美与延续的光谱上，林岚和芬妮上校分处两个极端，但又有着一种相似性——两人都具有异常坚定的信念。当林岚听到量子清云计划被中止的消息时，她的第一反应就是私自非法运行。这似乎说明林岚非常叛逆、冷酷、大胆，其实她并不是这样的人。林岚在日常生活里善良、内向、温柔，为他人着想，特别不愿意麻烦别人。然而，她心中的云却可以轻易地压倒一切其他顾虑，为了创作，她从小就会偷偷使用家里的各种东西，即使被骂被打，也依然坚持不懈，毫不退让。

自己为何没有这样的坚定呢？顾清云有些困惑。她需要为自己找非常多的理由，说明为何艺术如此重要，值得她为之做出违法行为；同时，她又会从他人的角度去想，是不是大部分人根本感受不到艺术带来的战栗,那么艺术对他们来说自然是不重要的,自己为艺术做的辩护,是不是仅仅源于自私,仅仅因为自己沉迷于艺术带来的战栗之中,无法自拔?

顾清云深陷于自己与自己的思辨之中,很难做出任何坚定的选择。林岚却不需要任何的思辨,就能直接做出最终的决定。顾清云觉得芬妮上校肯定也像林岚一样,毫无困惑,坚定不移。自己是不是缺乏一种关键的特质?也许正是这种特质的缺乏,让自己无法成为一名艺术家,只能成为艺术家的资助人。

加载栏到了尽头,顾清云放下自己的思绪,帮助林岚接入量子清云编辑器,令她可以开始创作《墨染云天》。为了避免被打断,她们两人躲到公司附近的一间旅馆,租了一个套间。这里和公司的网络延迟很小,芬妮上校恐怕也不容易想到两人会藏在这里。

林岚的创作从周六凌晨一点开始,如果周末没有人加班的话,要到周一上午才会被发现。没想到周日中午,芬妮上校就发现了异常,立刻给顾清云发来了短信、电邮,甚至还发了微信,其中都包含着同一个信息:立刻中止量子清云计划的运行,并且恢复其他人的超级用户权限。如果在周一凌晨五点之前做到,她可以当作这件事没有发生。否则,将会以侵占联邦财产的罪名起诉她们两人。

顾清云算了一下,她们还有十七个小时。林岚从周六凌晨就沉浸在创作中,中间只睡了五个小时。她把芬妮上校发来的信息告诉林岚,让她决定是创作到周一凌晨五点就停止,还是宁可坐牢也要继续。

林岚听了，抬起头说道："顾老师，能不能只是我一个人去坐牢呢？到底都是我的主意，也都是为了创作出我心里的云天。"

顾清云宠溺地笑了，"一个人坐牢多没意思呀，还是我陪你吧。他们还需要我的技术，即使坐牢我也还是会做同样的工作，你不用替我担心。"

林岚创作完毕的时候，已经是周二下午。她从编辑器里退了出来，对顾清云说道："顾老师，快来看我心中的云天。"

顾清云和林岚一起进入模拟器，并肩站在月亮上眺望地球。在月平线的上方，天空中悬挂着一个不寻常的地球。在地球蓝色的背景上，林岚画上了一幅巨大的黑白水墨画。从月球上看过全景后，两人转到环绕地球飞行的卫星视角，可以360°地观赏。飞了几圈之后，她们开始螺旋形下落，在云层中一次次穿过，从它的内部感受墨染云天。最终，她们落在了一座金字塔的顶端。四周是金黄的沙漠，被黑云笼罩，变得黯淡无光。远处遥遥可见的大海，也没有了往日的蔚蓝，只剩下酒色的波涛。黄沙与碧海的美都被头顶的云天攫夺，让人一见便屏住呼吸，忘乎所以，觉得只要能拥有这样的美，牺牲一切也在所不惜。

"只有我们两个人可以看到吗？"

"只有我们两个人。"

"明天它就会消失吗？"

"明天它就会消失。"

"只有两个人看到，明天就会消失的艺术作品，它的存在有意义吗？"

没有意义又如何呢？为了眼前的景象，顾清云觉得即使丧失所有的意义也完全值得。可惜如此的美,只有两个人看到,明天就会永远消失,就像一朵绝美的云,不知不觉间就静静消散,没有人惋惜,没有人在意。

顾清云忽然想起赵之谦悼亡所刻的朱文印,忍不住轻轻念出了声:"如今是云散雪消花残月缺。"

7

顾清云和林岚从模拟器中出来的时候,已经是周三凌晨。她们都异常劳累,决定好好睡一觉,第二天再去自首。顾清云让林岚先去睡,她挣扎着为芬妮上校和几个同事恢复了超级用户权限之后,才昏沉睡去。

两人一觉睡到中午,才被急促的门铃声吵醒。顾清云从门镜看出去,发现是芬妮上校、三位海军陆战队的士兵,还有一位灰白头发的女将军。她身穿深色军服,肩上四颗将星,芬妮上校在她身前,有些焦急地按着门铃。

顾清云打开了门,女将军示意三个陆战队员留在门口,"你们就别进来了,不要惊吓到顾女士和林小姐。"然后微微躬了一下腰,"凯瑟琳·卡罗尔,空军装备司令部四星上将。冒昧来访,请勿见怪。"

顾清云有些不知所措。她盗用量子计算机让林岚进行创作,自知是违法行为,但她一直觉得芬妮上校的刑事指控也是恐吓之词。也许自己会被起诉、罚款,最多判上几个月社区服务,应该不至于要坐牢。然而，为何一个上将竟然会亲自登门拜访？这让顾清云心下忐忑不安，难道量子计算机有着更加重要的用途，自己的行为造成了非常严重的后果？

林岚也穿好衣服，从卧室出来，坐在沙发上，整个人缩得小小的，胆怯地看着陌生的女将军。顾清云坐在林岚身边，问卡罗尔将军："不知您来找我有什么事？"

女将军坐在沙发上，饶有兴趣地看着顾清云和林岚，用英文对顾清云说道："顾女士，我是来找这位林小姐的。不知林小姐能听懂英语吗？还是使用中文更加方便？"

顾清云说："她的英语不是很好，能用中文自然最好。您会说中文？"

卡罗尔将军笑笑说："我自然不懂中文。但我目前负责的紧急危机应对计划有着联合国安理会的特别授权，得到了世界各国的全力支持。我想到林岚小姐也许更喜欢用家乡话交流，特意找到了一位中国天文学家，她家乡也在秦陇一带，和林小姐说的是同一种方言。"

说到这里，她示意芬妮上校接通了可视电话。屏幕上出现了一个容貌清秀的中国女性学者，黑发及肩，椭圆的眼镜只有上面有细细的金属边框，看着文雅又令人愿意亲近。芬妮上校简单介绍了几句，天文学家就开始和林岚用秦陇方言聊了起来。秦陇方言属于中原官话，顾清云也能听懂大半，下面是她听懂的部分。

女学者的名字叫毕舒云，是北京大学天文系的教授，参与了巨型麦哲伦望远镜的观测。夜间值班这种事本来不用教授们亲力亲为,然而,自从发现了麦哲伦虫洞现象,联合国安理会就开始实施紧急危机应对计划。中方的夜间值班人员从一个人变成了一个十人小组,每晚都必须有一位教授轮值。其他教授往往把值班人员分为三个三人小组,保持有两组实时监控,一组轮换,自己就可以做些其他事情。毕舒云教授却喜欢亲力亲为,参与实时监控。

昨晚毕舒云教授依然亲自进行观测。当她看到一颗恒星消失时,屏幕忽然额外出现了许多闪烁的星光。这些星光比金星更加明亮,看起来依照着某种规律在重复闪烁。她第一反应是望远镜出了故障,于是向其他天文台查询,发现大家都观察到了相同的天象。

细细查看之下,毕舒云教授发现有些星光闪烁的频率是相同的,她重播了其中重复最多的一种。毕舒云教授是西军电的毕业生,学习过摩斯密码,很快就意识到眼前星光的闪烁似乎是摩斯密码。她开始还不能确定,直到看到了"·····－·————··————"。在大学里学习中文摩斯密码时,她专门记下了自己的名字,而这一段密码就是"云"。

毕舒云教授立刻上网找到一个摩斯密码和中文互译的网站,把她看到的星光闪烁输入得到了一段话:"请给我们看林岚真正的云。"她立刻汇报给冰霜计划的中方联络人。很快大家就发现,其他星光也是同样一句话的编码,只是基于不同的文字。每个星光都在说:"请给我们看林岚真正的云。"

没有人知道这句话的意思,也没有人知道林岚是谁。还是卡罗尔将军想起看到过一份报告,有人盗用量子计算机进行云天的模拟，其中似乎有个相似的名字。这样才找到了她们。

林岚听完，有些稚气地说："我觉得这句话很容易理解，就是要把我和顾老师用量子计算机模拟的墨染云天真实地重现，说这句话的人看到了我们的模拟很喜欢，但意犹未尽，想看到真实的墨染云天。"

毕舒云教授把林岚的话翻译成了英文，卡罗尔将军点点头说："确实可以这么理解。然而，是什么人在说这句话？这些人怎么能同时影响全世界所有的天文望远镜？墨染云天在地球上真正地重现，会是一场巨大的生态灾难。这些人为什么要这么做，他们的目的到底是什么？"

林岚想了想，"这些问题我也不知道怎么回答，但直接问这些人就好了。"

毕舒云教授没有翻译就直接反问："怎么问呢？他们用星光向我们传达这句话，我们可没有这样的技术和他们通信。"

林岚说："他们可以看到我和顾老师模拟的墨染云天，我们只要在墨染云天里把云写成中文字，他们就能看到了。"

毕舒云教授翻译了林岚的话，卡罗尔将军和芬妮上校都惊喜异常。这么简单的方式却一直没有人想到。卡罗尔将军当机立断，"让我们立刻试一下，林小姐你在《墨染云天》里提问，请毕教授您来检测星光的闪烁是否有变化。我们的问题是：你们是什么人？为什么想要看真实蓝天上的墨染云天？"

林岚很快就用清云编辑器写出了卡罗尔将军的问题，然后大家开始有些焦虑地等待毕舒云教授的消息。过了没多久，毕舒云教授那里就说，星光的闪烁有了变化，正在转码中。随后她

分享了屏幕,这样一段话显示在屏幕上:

"我们是你们所在宇宙的创造者,也是地球的创造者。用你们的话来说,我们是造物主,而你们的宇宙是我们创作的一件艺术品。在你们的空间观念中,地球是宇宙极微小的一部分,但在我们的视角,它却是整件艺术品的点睛之笔。我们的视角你们无法理解,因为我们的时空观念和你们截然不同。如果你们想要勉强理解的话,可以想象你们生活在三维空间,但你们的画却是二维的。我们创造的艺术品也和我们生活的时空有着截然不同的维度,只是并非降低一个维度那么简单。地球作为整个艺术品的点睛之笔,蓝色行星上变幻的云图是关键。人类的出现是一个出乎我们预料的错误。当我们发现人类将发展到具有改变云图的能力时,我们决定清除地球以及附近的星系,重新创作这个部分。清除工具本来很快就要抵达地球,但我们中的一员看到了林岚创作的《墨染云天》,认为它显示了人类在艺术上的潜力。我们一致同意给人类一个机会,请让我们看一看真正的墨染云天。也许它足以改变我们的决定,保留地球给人类作为艺术创作的舞台。要想打动我们,你们需要用更真诚的方式,向我们展示更纯粹的艺术。"

8

远处有一道黑色的云雾腾空而起,仿佛是可以吞噬一切的黑洞,但这是一个流动的黑洞,如同一条冥河在天上流淌,又如同一只黑色恶龙肆意凌虐着脚下的大地。

"当美与生存发生了无法分割的联系,美是否会因此变得不再纯粹?"看着远方渐渐升起的暗黑云雾,林岚有些遗憾地问道。

顾清云想了想才认真地回答:"无论有没有人,有没有生命,有没有意识,美依然是美。你设计《墨染云天》的时候,没有想过人类的存亡和它有任何关联,那么人类的存亡又如何能玷污它呢?对于我来说,它只是一件艺术品,因为自己的美而值得存在的艺术品。它能够拯救人类,或者人类因为它而加速灭亡,都改变不了它作为艺术品存在的永恒价值。"

林岚听顾清云说得如此诚恳,开心地笑了。"老师你真是一个艺术至上的唯美主义者,你这样一个人当初怎么会去做程序员的?"接着摇了摇头,说道,"我没有老师那么自信。我并不确定《墨染云天》作为艺术品有没有永恒的价值。我只是必须把它表现出来,命运选中了我,我别无选择。"

顾清云看着天边的黑色渐浓,对林岚说:"我们是不是先进入观测站?我们虽然在安全区域,但还是很可能会发生极端气候。"

林岚说:"我还想再看一会儿,室内看起来感觉会不一样。"

顾清云点了点头,没有反对。她们两人站在观测站的屋顶,即使有极端气候发生,也有足够的时间做出反应。

根据超级计算机的模拟,《墨染云天》在全球各地展示期间,地球上85%的地区会受到恶劣气候的影响,人们不得不迁徙到安全区域,在安全掩体或者地下城中度过展示期。展示在收获过后的深秋开始,如果在一百天之内结束,今年的粮食收成还可以有去年的八成。如果展示期延长到一年,粮食收成将只有去年的三成。目前,联合国墨染云天国际组织与世界各国合作,储存的粮食和各种必需物资预计可以支持展示《墨染云天》三年的时间,更长的展示时间就很可能造成饥荒、瘟疫以及人口的急剧减少。

每个人都在祈祷《墨染云天》可以尽快被造物主们看到,可以打动他们,这样展示就可以尽快结束。但每个人心里都知道,这样的乐观情况很难出现。如果造物主们不喜欢《墨染云天》,他们会依照原计划清除人类;如果造物主们喜欢《墨染云天》,他们很可能想要多看一会儿,并不会在乎人类因此要付出的代价。即使造物主们超级喜欢甚至崇拜《墨染云天》,认为人类值得继续存在,他们也只会在乎我们艺术创造的能力,而不会在乎普通民众的苦难。

顾清云看着身边的林岚,她创作出的这件作品,是人类有史以来最大的灾难,也是人类目前唯一的希望,让人不由自主地会联想到潘多拉的盒子。自己打开了林岚这个魔盒,放出了灾难,也放出了希望。

林岚专注地望着天边,目光清澈坚决。顾清云忽然觉得灾难与希望都不重要,自己需要守护的只是这个小女孩心中的那片云天。

这时林岚忽然发现了一处不满意的地方,向着天边伸出手,想要抓住一片云,改变一下它的形状。然而她只抓到了空气,这才想起自己不在清云编辑器里面。

从这一刻开始，一直到墨染云天项目终止，林岚花了整整两年利用清云编辑器和全球联合造云装置反复修改她看到的云天，却一直无法让眼前的景象完全地反映她心中所见。

9

造物主在清云计划中发出清晰的要求之后，人类并没有立刻无条件服从。然而，停在奥尔特云、距离地球大概一万天文单位的麦哲伦虫洞，让所有人都镇服于造物主的威能。麦哲伦虫洞是一个无比庞大的漆黑球体。它很像一个黑洞，一切物体或光线进入其中都会神秘地消失。它和黑洞最大的不同在于质量，它吞噬了无数星球，自身却只有非常微小的质量，并不影响周围星体的运行。

让大众直接感到压力的是麦哲伦虫洞的大小，它的直径将近一百个天文单位。如果以柯伊伯带为太阳系的边界，那么太阳系的直径也是一百个天文单位，也就是说，它和太阳系一般庞大。如果把太阳系想象成一个红色台球，它就像是一个向着太阳系滚来停在了中途的黑色台球。根据天文学家的观测记录，一百个天文单位只是它停下之后的大小，在以极高的速度运动，几乎达到光速的时候，它的直径会蔓延到数光年之大，可以在星域中划出一道极其明显的真空地带。

核物理学家计算过，即使人类现有的核武器一起爆炸，对于麦哲伦虫洞产生的影响，也不过等同于在地球上扔一颗手榴弹。然而即使如此,各国的领袖们仍不愿意不做任何挣扎就认输。世界各国决定尽可能多地生产最大当量的氢弹,并且大规模建造最先进的宇宙飞船,希望可以通过把氢弹在麦哲伦虫洞中引爆,即使不能造成足够大的破坏,也能了解麦哲伦虫洞的弱点何在。

人类敢于如此行动,主要是因为除了通过群星闪烁发出的要求,造物主们一直保持着沉默,对《墨染云天》里的文字也不再给出任何回应。很多人认为当初的要求只是一个骗局,是林岚和顾清云为了实现自己疯狂的艺术作品,一手导演的骗局。

当人类的第一批星际舰队终于升空,造物主们忽然又一次让群星闪烁,这次的信息也很简单:"不要挑战创造你们的存在。"随着群星闪烁,那支载满了氢弹的星际舰队像烟花般一个接一个在星空中爆炸,仿佛是那条信息的注释。

这次造物主们威能的展示,对于普通人来讲比麦哲伦虫洞更加直接,那些过度自信的领袖也只好承认自己的渺小无能,勉强同意了启动墨染云天项目。

墨染云天项目启动之后,造物主们又恢复了沉默。在《墨染云天》展示了两年之后,一种新的质疑声音开始出现——造物主的沉默代表着墨染云天的失败,代表着林岚的失败,人类不该把一切希望寄托在一个少女身上。

大饥荒渐渐迫近,为何要把人类的存亡寄托在一个少女身上?即使林岚是造物主亲选的天才,也无法消除人类对未成年少女天然的不信任。世界上有那么多伟大的艺术家,难道他们无法创作出更令造物主们满意的云图?怀疑的声浪愈来愈强,墨染云天项目被迫终止。乌云被清除，天空重现蓝天与阳光。一千位著名艺术家被选出，每人获得一万平方千米的天空来创造自己的云图。大家一致认为，这样才能最大化地增加打动造物主的机会。

人们的生活恢复了正常，支持自己喜欢的云图成为最受欢迎的休闲活动。这一千张云图有着三个最权威的排行榜——人气榜、金钱榜、艺术榜。人气榜顾名思义，大家一人一票决定名次；金钱榜则是真金白银，付出的金钱会成为那个云图的创作基金；艺术榜则只有被广泛承认的艺术家才能参与投票，被认为最能反映云图真正的艺术价值。

墨染云天项目终止之后，林岚和顾清云两人被转移到阿拉斯加冰原的一处美军秘密基地。一是考虑到她们的人身安全，有些极端分子，为了让墨染云天永远无法重启，宣称要暗杀林岚；二来林岚到底是造物主们唯一点名的艺术家，她依然匿名拥有一片云图，这片云图就在阿拉斯加的上空。

从拥有整个地球的天空，到只拥有一万平方千米，林岚丝毫没被困扰。对她来说，云图的大小并不重要，关键是重现自己心中看到的东西。林岚近来有一个极大的困扰——她心中的云图几乎变成了一片黑色，只能隐隐看到一些淡处仿佛是云朵，却根本看不真切。小时候她看到的是蓝天白云，然后越来越黑，越来越暗，直到墨染云天。本以为黑无可黑，暗无可暗，却没想到现在是一片漆黑，犹如无星无月也没有丝毫灯火的暗夜。

也许到了极夜就好了，林岚有时会想。那时，这里每时每刻都是夜晚，她的云图自然就会隐藏在黑暗之中。

这个基地是为核战争准备的备用指挥所，平时没有常驻部队，只是每隔一段时间例行进行检查维护。林岚和顾清云来了之后，维护小队也会顺便带来给养。平日里她们的生活很清闲，通过卫星网络能了解到世界各地的信息，自然也包括其他艺术家的云图。

林岚全心全意扑在自己的云图上，别人的是好是坏是美是丑，她丝毫不感兴趣。顾清云闲来无事，开始临摹前人的印章。一刀一刻痕，印文是文字又不是文字，其中的美和云相同又不同，让她觉得很有意思。

如此过了将近两个月，造物主们依然保持着沉默。因为一千张云图都还在创作当中，人们安慰自己没有消息也许是好消息，至少造物主们会愿意看到这些云图的完成。

到了盛夏，阿拉斯加也终于有了一丝热意。一天，林岚和顾清云在树荫下野餐，顾清云给林岚看自己刚刚临摹的一方赵之谦的阳文印章，上面是"如今是云散雪消花残月缺"十一个字，笔画很细，刻起来花了顾清云不少工夫。

林岚听顾清云讲了印文的意思和背后的典故，问道："当时丧妻的赵之谦肯定是绝望到觉得自己被抛弃，生命中的美好都彻底消失了。小时候我心里还没看到云，妈妈又把我扔下走了，那时的我就觉得老天爷把我丢掉不管了，整个世界都阴暗丑陋，没有一个角落是美丽的。还好后来我看到了心里的云，这才好些了。"

顾清云想了想，"天地不仁，以万物为刍狗。无论是中国的老天爷还是西方的上帝，他们看惯了生生死死，更不会在乎人类的喜乐与哀愁。造物主们轻轻一笔就把无数星系抹掉，只为创造出更美的艺术品，那些星系里的万物生灵在造物主眼里连刍狗也不如。造物主们的眼光恰巧凝视着地球，在他们看不到的角落，不知道有多少美好的东西因为被他们忽略而毁灭。"

林岚有点儿不太自信地小声说："顾老师，我觉得造物主们每个角落都能看到，但他们只在乎美，不在乎其他。嗯，我可能有点儿像他们，老师不会因此讨厌我吧？"

顾清云笑了，"你别瞎想，老师怎么会不喜欢你呢，你的心是最善良柔软的。"

林岚说："奶奶也这么说我，但其实我不是。我的心只在我不在乎的事情上善良柔软。老师，你知道我小时候老想用面粉洒出自己心里的云。但那时家里不富裕，而且奶奶小时候经历过饥荒，养成了珍惜粮食的性子，看我浪费面粉，每次都特别生气。但是打打骂骂对我都没用，我和奶奶说我宁可不吃饭，也要省下面粉洒出云来。奶奶只好把面粉都藏起来，让我找不到。这样我憋了很久，有一天趁着奶奶出门，翻箱倒柜找出了奶奶藏起来的面粉，一口气把一大袋都洒空了。奶奶回来之后看到家里白茫茫一片，气得心脏病发作住进了镇医院。"

"奶奶病好之后，带我到一片小麦田边上，对我说：'岚岚，我现在老了，下不了地了，但我知道眼前这一大片地辛辛苦苦也只能打下几百斤的粮食。你洒掉的那一袋面粉，在饥荒的年份就是好几条人命。可不能糟践粮食呀，那是要遭报应的。奶奶知道你心里喜欢得紧，奶奶让你再好好洒一次，我帮你用手机拍下来，也留个念想。此后，你要答应奶奶不能再这样糟蹋面粉了。'"

顾清云听到这里说:"对呀,我第一次看到你的云就是你奶奶拍的那个视频。你肯定答应你奶奶了,这有什么不好的呢?"

林岚说:"奶奶都被我气得住院了,还这么苦口婆心,我当时只好答应。但我知道自己心里并没有放弃,如果不是很快遇到了老师,教我用各种新的媒介来创造我自己的云,我肯定会继续使用面粉,即使气坏了奶奶,我也忍不住的。奶奶是我最亲的亲人,但我为了心里的云,就像鬼迷了心窍,什么也顾不得。你说我是不是和只在乎云天之美的造物主们一样冷酷呢?"

顾清云答道:"古人说:'恶行论迹不论心,论心世上少完人。'你没有做就是没有做,不要想太多了。这几年人类的存亡压在你身上,我总担心会把你压垮。现在终于有人和你一起分担,你要放松些,不要胡思乱想。昨晚我看你又睡得很少,天气这么好,你躺在我身上补一觉吧。"

林岚说出了心事,开始觉得确实有点儿困,就枕着顾清云的腿进入了梦乡。顾清云一只手压在林岚眼上,帮她遮光;另一只手拿起手机上网随意浏览。凉风习习,树影婆娑,睡梦中的林岚偶尔还会调皮地笑出声,不知梦到了什么。

顾清云看一眼林岚,看一会儿手机。忽然,她的手机发出了刺耳的铃声。这个手机是卡罗尔将军留给顾清云的,内置了特别的软件,紧急呼叫时会发出令人无法忽视的提醒音。顾清云只在测试的时候听过一次,这时不免吓了一跳,赶快接听。电话里卡罗尔将军的声音非常急促:"顾女士,请立刻和林岚进入紧急指挥所,启动封闭程序,然后再和我联络。情况紧急,请立刻执行，切勿拖延。"

林岚也被刺耳的铃声吵醒，两人什么也没拿，乘坐电梯下到紧急指挥所，里面已经预先准备了各种必要的生活用品。顾清云按下一个醒目的红色按钮，启动了封闭程序。指挥所深处地下，与外界完全隔离，可以抵抗核弹的打击，启动封闭程序后，即使毒气和病毒也无法侵入。

顾清云打开了指挥中心的通信系统，连入卡罗尔将军的视讯会议。卡罗尔将军已经上线，在等待顾清云和林岚连入，她语气极快地说道："麦哲伦虫洞又启动了。精确地说，它早已启动，在墨染云天被终止的那一刻，它就启动了。只是因为它距离我们太遥远，光速传递的信息也要两个月才能抵达，我们直到最近才看到它的启动。因为它需要时间加速到光速，我们预计它会在二十天之后抵达太阳系。"

"我认为这说明了墨染云天依然是拯救人类的唯一希望，我们应该重启墨染云天计划。然而当初决定中断墨染云天的那些老家伙们不愿意承认自己的错误，否决了我的提议。我只好窃取了全球造云联合装置的超级用户权限，把它赋予了你们目前这个指挥所的电脑账户。我预计你们只有三天时间。林岚小姐，我知道这样要求一个艺术家非常不合情理，但请你一定要在七十二小时内创造出你的杰作，就像你上次在量子清云计划中所做的那样。地球的存亡将依赖于你的创造。"

说到这里，卡罗尔将军那边紧锁的门被撞开，全副武装的宪兵闯了进来。顾清云看到卡罗尔将军整理了一下自己的军服，伸手向她们告别，顾清云和林岚忍住眼中的泪水，关上了视讯会议。

这两年来,地球的存亡一直压在林岚的肩上,最近两个月她才难得轻松一下。忽然又要在七十二小时里创造出可以拯救地球的杰作,这次林岚的压力和上次完全无法比拟。在量子清云计划里,林岚以为她的作品只会被两个人看到,美与丑、好与坏、杰出与平庸,她只需要对自己负责。唯一的压力是两人为此牺牲了许多,林岚希望自己的作品值得她们付出的牺牲。这一次的毁灭却迫在眉睫,二十天后一切都将化为乌有。

顾清云不忍心让林岚独自承受如此的重负,可惜创造永远是孤独的,她一丝一毫也无法为林岚分担。林岚登入了清云编辑器和全球造云联合装置,过去两年多的时间里,她每天都会使用这个界面,已经熟极而流。她发现全球都恢复成了自己可以控制的区域,但是她该向造物主们展示什么呢?

她可以选择继续完成《墨染云天》,但是在墨染云天项目被终止的时候,她已经知道那不是她心中的景象,它形似而神非。

实现她现在心中的云图?现在她的心中只剩下一片漆黑,没有了心中景象的指引,她如何能创作出比《墨染云天》更美的云图?

林岚心中流过一个又一个方案,她一次又一次在清云编辑器中查看效果,一次又一次地失望。她不眠不休,顾清云也在边上陪着她,两个人都精疲力竭,憔悴不堪。

七十二小时的期限越来越近,林岚却还没有做任何实际的尝试。顾清云开始着急起来,她用尽量温柔的口气说:"林岚,你不要压力太大,人类因为你至少得到了一个机会,被麦哲伦虫洞扫掉的星系中不知有多少智慧生命,它们连一个机会也没有。只是我们的时间不多了,先挑一个相对比较好的方案试一下如何?即使希望渺茫,任何微小的可能也比零要好。"

林岚摇了摇头,她的眼神中充满了虔敬,让人仿佛看到了一个苍老的灵魂,透过十九岁的容颜显现,"逻辑上老师你说的很对,但对我来说只有零与一:是我心里的云,不是我心里的云。这些云对我来说都是零,我没法选哪个更好。老师你帮我选一个吧。"

顾清云点了点头,深吸一口气,一个个看过来,想选一个自己最喜欢的设计。没想到这时她的眼前一黑,整个房间陷入了伸手不见五指的黑暗之中。

0

因为重新获得超级用户权限的进展太过缓慢,为了防止墨染云天的重新启动,阿拉斯加地区的电力被整个切断,一枚电磁脉冲导弹准确摧毁了指挥所的备用电力系统,导致整个指挥所陷入了黑暗。

黑暗之中,顾清云与林岚都松了一口气。全球联合造云装置被别人抢走了,拯救地球的责任也和自己没有了关系。

林岚实在太困,躺在顾清云身上一下就睡了过去。顾清云坐得笔直,挣扎着试图保持清醒。她不知道备用电力系统也被摧毁,想着万一电力恢复,不希望因为两个人都在睡眠之中,而丧失了拯救地球的最后机会。

她拿出手机,按了一下按钮,没有反应,电磁脉冲导弹毁坏了一切电器。她晃了晃头,掐了自己的大腿一下,想让自己保持清醒,但是困意还是一阵阵袭来,让她昏沉睡去。

顾清云做了一个美好的梦——林岚终于创造出了她心中的云天,拯救了地球。但是当她醒来,却怎么也无法记起梦里的云到底是什么样子。

林岚已经先起来了,顾清云听到远处传来一阵翻箱倒柜的声音。她想林岚可能是饿了,就问道:"你想找什么吃的?我来帮你。"

"老师,我梦到我用面粉洒出了我心中的云,我想找些面粉试一下。"林岚答道。

"但这里一点儿光也没有,你洒出的云连你自己也看不到。"顾清云提醒道。

"嗯,但我还是想要洒出来给老师看。"林岚说。

黑暗中,顾清云看不到林岚的面容,但可以听出她语音中的坚定。她想,我们都快要死了,当地球被清除,我们也会在黑暗中一道消失。就让林岚最后任性一次,反正多留一些面粉,也帮不到我们。

"好的,老师用眼睛看不到,但会用心看的。"

林岚找到了面粉,把它分放在几个碗里,大致形成一个环形。她在环形区域里来回走了几遍,确定其中没有任何障碍物,然后深吸了一口气,抓起一把面粉,开始在黑暗中挥洒。

"如今是云散雪消花残月缺。"看着眼前的黑暗,想起将要消失的地球，顾清云心里泛起了这句话。她立刻意识到自己的错误，在压倒一切的黑暗里，云依然存在。

黑暗中传来林岚舞动的脚步声，双手挥洒带起的风声，还有她略显粗重的呼吸。云从林岚的手中洒向黑暗，这是没人能够看到的无与伦比的云。

人类真是可怜，为了追逐那些可以言说之物，把只有一次的生命虚掷。可以看见的美、可以听到的道、可以遵守的美德、可以夸赞的功业、可以流传后世的言辞、可以向之祈祷的神明，又如何比得上此时漂浮在黑暗之中的无人可见的云。

顾清云不知道，林岚不知道，地球上也没有人知道。此时此刻，遥远星空中一个刚刚还在吞噬星辰的无比庞大的漆黑球体，悄然消失在虚无之中，仿佛它从来就没有存在过。

造物主们把地球留给了人类。

何以为家

齐 然

1

在母亲为我上完写字课后,我总会抱怨那些方块字写得手痛。我不明白她为什么要教我这些用不到的知识,整个小犬野星只有母亲懂这种拗口的语言。阿蒙说,这种落后的文字虽然有趣,可实际都已经死掉了。

这是一堆死掉的字符,没有母亲的蓖麻纸外的任何一点儿空间供它们蹦跶。每当我想去屋子外面,去一片阳光明媚里玩耍的时候,母亲总会按住我的手,逼我学写字。如果我甩开手不想写字,她就会哭着打我的手——细长的竹板用力地抽打我的手心,这是故乡惩罚愈懒学生的方法。

"莫莫,不要怪妈妈,"她会一边哭,一边说,"学不会这些字,你怎么证明自己来自哪里呢?万一有一天,你可以回家,你又怎么证明自己到底是谁呢?"

每当她哭够了,那写字课时间一定已经挨到晚上了。傍晚时我的母亲心情平稳,富有母爱,可这时候她一定累坏了,瘫倒在床上一动不动。这就是我记忆里的妈妈,当她有力气的时候总是在逼我写字,当她要像母亲一样关爱我的时候,又总是失去了爱我的力气。

这一切都是因为我们背井离乡来到了小犬野星。

有时妈妈会讲家乡的事情,家乡和小犬野远隔万里又如此相像。母亲说,她和我的家族本来世世代代生活在肥沃的黑土地上,勤劳的人们过着日出而作、日落而息的恬静生活。对了,故乡的天空是漂亮的蓝色,但那里的穹顶之上却只有一颗红红的太阳。

"真的吗,"那时我会惊讶地问,"妈妈,故乡真的只有一个太阳吗?"

我的母亲会流着眼泪,然后亲吻我的额头。这泪水让我也有些伤感,我伤感于那个陌生的故乡,就是这种挥之不去的陌生缀连出我的童年。

"莫莫,我会接着教你写字的,"母亲说,"尽管不能回家,但我们不要忘记了家乡话。"

很久的后来,我终于长大了,我真的没有忘记家乡的话,虽然已经没有人可以用这种死语言和我交谈了。妈妈死了,阿蒙也死了。我对这个世界终于有了一点儿自己的认识,但还是无法想象只有一个太阳的天空会是什么样子的。

小犬野有两颗彼此旋转的太阳,一蓝一白,一大一小,这是大犬座的密近双星,亘古就伴随着小犬野文明的生长。在我的认知里,一颗太阳就意味着天空的美大打折扣,也许故乡的天空的确是乏善可陈的,所以那些方块文字是那样的僵硬和难以理解。一些我看来顶漂亮的景致,故乡的人就一定无缘得见了。

晴朗的日子里,你会看见大犬座里小小的白矮星 β 虹吸住蓝色的主序星 α,两颗太阳间会形成一条蓝蓝白白的玉带,这就是所谓的"太阳桥"。天气晴朗时,"太阳桥"会在城市的天穹顶投射出如梦似幻的极光幕来,那时你会以为自己生活在仙宫里,仿佛变成了神话人物。

我想,看不见这种夺目的盛景真是故乡人们的遗憾。

母亲却从来不这么想。就算只有一个太阳,母亲也一直说她的家乡也很美。

她说,故乡有绿色的草原,五颜六色的野花地毯样铺到你的眼前,草原上生活有一种长脖子的怪鹿,为了吃到高处的树叶,它们的脖颈在几千年里变得越来越长。这在小犬野是不能想象的,不知道是不是因为双星强烈的光照,这里的树木最高也不会超过一米。故乡的怪鹿让我想起了小犬野的响鼻鱼,为了吃到翡翠湖旁山崖上的辣果子——这种果子尝起来是麻麻酥酥的——它们就长出了长长的鼻子。这些生活在碧绿湖水里的长鼻生物经常捉弄游客,把他们的挎包卷起来掷进水里。

母亲是个忧郁的人,她轻易不出门,白天教我写字,一到傍晚总是病恹恹地躺在床上。在那些傍晚里,我会为她煮粥,这是母亲故乡的菜式,把米莫斯豆加水用大火煮得软烂。其实母亲有一把稻米的种子,这是坠毁飞船种子库里唯一剩下的东西。她说这种植物的种子正适合用来煮粥吃,可她又怕小犬野的水土养不活它们,所以直到母亲死去,这些种子也没有下种。

我会把粥端到床前喂给母亲喝,然后和她讲小犬野上发生的事情,都是我从广播里或者邻居口中听到的。当一天的事情都谈尽以后，我会问母亲："母亲，那里离小犬野有多远呢？"那里指的是我和母亲的家乡。

"大概八光年。"母亲说。

不是八公里也不是八英里，而是足足八光年的距离。母亲这时一定会再次眼含泪水，年幼的我并不明白母亲怎么又哭了。

我问母亲："那我们不能回去看看吗？"

母亲会轻轻抚着我的头，"傻孩子，八光年靠小犬野最快的飞船也要走上一千年啊。"

后来，母亲死了，我长大了，我终于明白了，八光年是何等遥远的距离，遥远到一切都显得轻描淡写，又是那样可怕。故乡几乎永远地只存在于那些故事里，以至于我以为它不过是一串晶莹美丽的泡沫，在现实的阳光下就会自然地胀破。

可后来，我发现我错得离谱。

在生命的最后日子里，母亲常常带我去翡翠湖边散步，看小犬野的人们踩水上滑板。碧绿的湖水映照出天上一蓝一白两颗太阳来，带着湖水气息的风会拂过母亲额前的刘海。

"地球，地球。"母亲会喃喃自语着，我就感觉面前出现了三潭湖水，两潭是母亲漆黑的瞳孔——母亲那样聚精会神地注视着湖里太阳的倒影，想象着它是那颗蔚蓝色的行星。这一切其实都是不好的预兆。

我实在想帮她擦擦眼泪，可惜那时我的身高还不足以够到母亲的眼睛。

2

这些高等文明称呼自己为"告死者"。

那时,我已经五十二岁了,比母亲当年去世时还要老。我接替了阿蒙的职位,成了小犬野太空署里的一名天文官。

现在的天空近乎全黑了,墨色苍穹里翻滚着青灰色的闪电。告死者的飞船就像闪烁的繁星,它们汇集在天空的一个角落,变成了这诡异夜空里唯一的一群星星。这群星星簇拥着一颗暗红色的、不断收缩又膨胀的奇怪太阳,可那颗怪太阳并没将理应存在的明媚阳光辐照到我们的头上,我冷极了。

也许那是一颗离我们很远的红巨星,我想。

现在,大犬座本来的两颗太阳却无影无踪。

我和太空署的同僚们此刻正在一艘潜艇的上浮甲板上会见这些高等文明——告死者的一位代表。那时候我们刚刚结束了为期六个月的深海之旅,一颗我们本来观察了好久的陨石恰好落在了海沟深处。

告死者说,小犬野是在十二小时前被频闪虫洞吞没的。当他们终于发现,这颗被卷入虫洞的行星上有生命存在时,一切似乎都太晚了。我们在最初的吃惊与绝望后发现了告死者的舰队和他们护送的那颗暗红色巨星。它的光芒被什么东西束缚了,这让小犬野的天空黑了,大地也开始变冷。

"小东西们,"告死者这样称呼我们,"只是一点点的计算失误,这条虫洞的路径已经开启过二十四次了,可是我们从没注意附近居然还有一颗行星有文明存在。"

海上飘起了雪花,天是黑的,雪花也乌漆嘛黑,告死者们像一团黑雾一样飘荡在船首。失去了太阳,天变得很冷,而且只会越来越冷,大家都穿上了厚厚的冬装。我和我的同事们作为第一批和高等文明接触的人类,不免有些惶恐。告死者告诉我们,他们不会解开那颗怪恒星的束缚,这颗怪恒星的阳光不适合小犬野上的生命,甚至可能会杀死我们。

他们只能保证一切都会尽快结束,虫洞里时间流动缓慢,也许并不会很快就出现想象中席卷全球的冰冻末日。

可我竟有了一种预感,这艘潜艇下,无垠的海水正在结冰,所有人最终都会被镶嵌在冰面上,在完全熄灭的天空下结晶,就像某种极怪异的标本。

"小东西们,"告死者说,"我向你们保证,这只是一场意外,三刻后虫洞的空间折跃就会脱离这片空间,你们的星球会及时地回到原来的轨道上。"

"三刻是多久?"我问道。很显然,告死者的时间单位和我们的并不相同。

告死者沉默了一会儿,显然他也需要计算。

他又说,当天上唯一的那颗红色太阳收缩膨胀三次后,他们就会离开。

突然间,我想起了我的母亲,她也许正是这样被卷入虫洞的。

那些迷糊的高等人没发现她。这也难怪,和一颗行星比起来,我的母亲实在是太渺小了。这些马虎的高等人不停地改写着我们这些低下渺小者的命运,尽管他答应让小犬野回到原来的轨道,那我的母亲呢,谁又能帮助她回到属于她的轨道?

我看到天顶的那颗怪太阳闪烁了一下,就像眨眼,不,莫不如说是呼吸。我明白了,那就是"一刻",那颗巨星的一口呼吸。望着那颗垂死的大星,看着它喘不上气的样子,我突然发觉,这世上不止我自己一个倒霉蛋无家可归。

我的母亲早就走了,前不久阿蒙也永远离开了我。我想,也许这颗行星我永远也混不熟,我重新过上了一无所有的日子。我发现了一个悲哀的事实,没什么可以永远地陪在我身边。

阿蒙,每次想到她,我的心里就会涌起一阵莫名的歉疚。

小犬野上生活的人类没有生理性别之分,他们同时具有两性生殖器,但是性心理的某种差异会让他们决定未来谁扮演母亲或父亲。毫无疑问,阿蒙就是要扮演母亲的那种小犬野人。我和她初次相遇在九岁那年,那时候母亲的心智已经出了一点儿问题。

小犬野人拥有记忆遗传,这让他们的知识传承十分简单,所以每次阿蒙看到母亲费力地教我读书写字时,总是难以理解。

这就是"表观遗传",阿蒙告诉了我一个陌生的名词。

她说小犬野人的情绪和记忆可以互相传递:悲哀的事情彼此分担,快乐的事情也互相分享,他们甚至能看到其他人的记忆。可以轻易地相互理解的小犬野人,甚至不知道所谓的嫉妒、憎恶、争斗为何物。

也许是小犬野的环境造就了这一点，这也是所谓的表观遗传的意思。这是一个浪漫的猜想：正是大犬座双星一白一蓝的恒久辐射，让世代生活在这颗星星上的小犬野人获得了神奇的共情能力。那对时时刻刻都在相互陪伴的密近双星，生怕它们庇护下的人类感到些许孤单。

的确，这里的每个人都不孤单，大家都亲密极了。母亲说，与我们的家乡比起来，小犬野简直就是天堂。可惜我们永远也体会不到这天堂的感觉，小犬野的情感共享注定是排外的，我在这儿生活了五十二年，这里的山河水土还是没有接纳我。每当同事们会心一笑时，我总是摸不着头脑。

上级的指令或者下级的报告只能通过延迟的电子信息传递给我，每当此时，我就会在大家的眼神里看到一丝同情，这是已知的人生岁月里，我唯一能体会到的某种感同身受。

你是如此可怜，他们的眼神总是这样子说着。

3

阿蒙第一次见到我，是在一个阳光灿烂的午后。关一凡带着她的女儿，也就是我——关莫莫来到了她家里。关一凡自觉时日无多了，她希望阿蒙能够在她死后多关照她的孩子。

那天，阿蒙在沙炉上给我们沏了一壶酽茶，茶叶是关一凡之前送给她的，这个老派的天文学家很喜欢关一凡描述的独特文化。她可以说是母亲在这颗陌生星球上唯一的朋友。

"一凡,你怎么了?"阿蒙这样子问母亲,说的是母亲的母语。母亲对我说,阿蒙是她这辈子见过最聪明的人,她学起方块字来甚至比我还要快上许多。

"我正在死去。"我的母亲说。

"你生病了吗?"

母亲摇摇头,又点点头。

我永远记得母亲那一刻的眼睛,她黑色的瞳光仿佛要笔直地击穿天空和蓝色的太阳。我相信,她的灵魂已经随着这目光飞向了九霄云外,飞过了遥遥远远的八光年,一直飞往了那宇宙尽头。

"我正在死去。"母亲重复了一遍她的回答,目光灼灼,丝毫不容分辩。

不久后,母亲真的死了,阿蒙就成了我的养母。那天,我一边挣扎一边抓着母亲的衣角不肯撒手,眼睛死死地盯着这个要让我交托一生的陌生人。

我有一双灰色的眼睛,和母亲的黑色瞳孔不同。阿蒙说,我的眼睛让她想起了小犬野短暂的冬天。在那些冬天里,两颗太阳因为距离遥远而变得暗淡,小犬野人习惯拥有明媚的太阳,暂时变得空荡荡的天空会在人类的视野里留下两颗灰色的孔洞。

我想,阿蒙的意思是,那灰暗的孔洞就像我的眼睛一样。

阿蒙就像其他小犬野人一样,有着细长而多毛的手臂,就连握着茶杯的掌心处也有硬硬的刚毛——远古的祖先就靠这些刚毛攀缘在山崖上。

小犬野人表达亲昵时不会像我和母亲一样互相抚摸,这太疼了。他们根本不需要这种地球人表达亲密的方式,比起身体接触,头脑思想的直接交流更能让人彼此理解。这才是他们的天生优势——不用触碰就知道你在想什么,无须多言我就知道,你是否还在爱我。

我和母亲就不一样了,我俩几乎无话可说,常常相顾无言,但在那些相依为命的孤独夜晚里,她总会轻轻用手抚摸我的头发,这份温暖让人怀念。比起交流,似乎只有温暖的触摸维系着母女间的感情。

然而自从十岁以后,就再没有人抚摸过我了,尚幼的我失去了唯一的温暖,因为我的母亲死掉了。

同样的,也许是拥有两个太阳的缘故,小犬野人从不敢直视过于明媚的阳光。他们的眼睛都是细细长长地长在颞侧,视野只能容纳左右,而没有前后。阿蒙也不例外,她分向两边的眼睛是清澈而透明的,就这样一直乜斜着,直到目光落在我和母亲身上。

"她和你一样,和我们不一样。"阿蒙看着我的眼睛,轻轻地对我的母亲说。

后来,我在阿蒙去世后遗留的日记里补全了母亲的故事。

一切的起因是小犬野上空发生的一场空难。

小犬野人很早就观察到了,在大犬座两颗太阳的附近,有一个间歇开放的频闪虫洞,不时有一些倒霉的外星来客会跌落到小犬野附近。这些异星人和小犬野上的居民一样,他们的文明程度普遍刚刚到达适应亚空间航行的阶段，宇宙依旧是危险而未知的。

没人能预测到这个频闪虫洞开放的日期，"空间的幽灵"，阿蒙这样子描述它。不同于物质恒定的黑洞，沟通宇宙空间的虫洞是虚无缥缈的，只有源源不断的虫洞空难幸存者证明，这种极不稳定的、想象中的星际旅行方式的确存在。同样的，没人知道怎么开启它，也没人知道怎么利用它。

阿蒙说，虫洞的神秘超过了我们这类初级文明能理解的程度。

母亲的飞船就坠毁在翡翠湖边上，阿蒙带队救出了她，十三位地球船员里只有她活了下来。她被隔离了三个月，直到被确定来自一个温和的文明种族，得到允许在小犬野生活了下来。母亲独自一人怀着孕活了下来，这让她过得很艰难。

阿蒙在她日记的最后写道：虽然读不出母亲的思想，但她同情我的母亲，这是她第一次体会到了同情，这让她也莫名地有些喜欢上了我的母亲。

4

天空开始飘落淡蓝、淡绿色的雪，这是冻结的氧气和氮气。

都怪这颗怪恒星，都怪这位被押解的囚徒，我想。

并不是哦，天空对我说。他们似乎知道我在想什么，看来这些高等文明所谓的开放思维阅读能力也远超小犬野人。这声音属于刚才在船上的某一位告死者,他称我是一个有意思的被观察者,所以,现在他正屈尊与我结伴而行。

我行走在冰冻的海面上,可我一点儿也不觉得冷。我的身边空无一人,太空署的同伴们冬眠一样都睡着了。我明白这是这些外星来客的杰作,没准,这个世界现在只有我一个人还醒着,等着我们的星星脱离虫洞的那一刻。

"温度不过是粒子运动的能量外现,"天空说,"控制你身体如此少的能量流动还是很简单的。不过,你的心脏好像出了一点儿问题。"

"可怜的小东西,"我听到天空在对我说话,"你注定活不了多久了。"

没错,我的心脏在一年前开始衰弱,小犬野的医生说是因为我的身体始终不适应,这里的水土终究还是不愿意接纳我,我在不属于自己的地方生活得太久了。我的头脑尚还清楚,但我的寿命已经到了尽头。现在,摆在我眼前的是一个机会,一个我母亲可望而不可及的机会。这些外星人,这些高等文明,他们是可以利用那神秘虫洞的种族,拥有堪称神迹的宇航技术,我相信他们可以帮助我,帮我达成母亲朝思暮想的愿望。

在天空凝滞的黑暗里,我看到一些气势磅礴的舰船在悄然浮现。我终于得见这些高等文明的奇异舰队的全貌,一个个灰色的大圆锥体——那就是他们的舰船——出现在那颗被拘束着的奇怪的红巨星周围。

灰色的圆锥上凝固了一层仿佛静止着的灰绿色的火焰,有一些人在对我说话:"小东西,你似乎只能看到波长780~400nm之间的电磁波,你们的感受器真的很奇怪。"

更多的声音说:"你真是个有趣的小东西。"

我好奇地询问:"能给我讲讲你们从哪儿来吗?你们要去哪儿呢?"

他们回答说:"我们从告死者的家园来,正在运送赫尔到它的墓地去。赫尔就是这颗红巨星。它快要死了,它属于你们这个维度。"

"你们不属于我们的维度吗?"

"这么说也没错,我们平时生活在三维宇宙里,就像你们一样,这也是为什么我们可以交流。但是运送赫尔必须跃迁到第四维度,它个头太大了,路途也太远了。"

"什么意思?因为这个你们开启了虫洞?"

"没错,准确地说,是我们借用了这个虫洞,过不了多久,当我们通过这里,一切就会恢复正常。"

天空说,这是他们——告死者——三百年里第二次经过这个星系,为了跨越星海,他们会在第四维度里航行,高维虫洞有一部分挨到了小犬野,现在一不小心把整颗行星都卷了进来。

"为什么要带走赫尔呢?"我问,"是赫尔星系的智慧生物拜托的吗?"

赫尔是一颗超新星,一颗快死掉的红超巨星。它壮年的时候是优美的蓝色,就像大犬座一样,年老快要死去时却变成了丑陋的暗红色——这恰巧是我和母亲血液的颜色。

我仿佛看到天空深处的告死者们摇了摇头。

"并不是哦,"那片天空说,"赫尔是一颗流浪恒星,它这一生从未拥有过伴生的行星或者卫星。"

5

我的初潮是在十三岁那年。这把阿蒙吓了一跳,她不明白那一摊血对我的意义。阿蒙以为我生病了,想联系小犬野的医生,可我制止了她,脑海里还隐约藏着一点儿母亲传授的关于地球女性身体的知识。我冷静地擦干下身流出的暗红色液体,知道今天的自己和昨天不太一样了。小犬野人不分男女,他们的孩子不会迷惑不解地长大。

望着自己肚子里流出的那些血,我有点儿想哭。那是我生命的痕迹,可在这个世界上,没有一位属于我的种族的男性与我分享。这份痕迹显得了无意义。

"阿蒙,"我从来都是直呼她的名字,"我没有生病,妈妈说,这是我们女人长大的标志。"

"哈哈,你们是女人。"阿蒙笑了,她放下心来,一切都是正常的。

那天,她给我煮了一碗米莫斯豆子汤,在小犬野生活的人们生病后都会喝这个。我还记得,那天太阳桥出现了,耀眼、细长的像玻璃丝一般弯弯曲曲地在蓝色的天上游动着。我轻轻地抱住阿蒙的身体,小犬野人也没有拥抱的习惯,他们不需要这个,这让阿蒙有些无所适从。阿蒙分开的双眼不知道看哪里才好，她粗糙的手也不知道放在哪里，生怕弄痛了我。

"谢谢你，阿蒙。"我对她说，"你是我唯一的亲人了。"

我和阿蒙并不是一开始就这样亲近的，我花了好长一段时间才从母亲的离开里走出来，接受阿蒙作为新的家人。

我还记得，母亲死后我迷上了沉浸游戏。我意识到母亲死了，以后再没人催我上写字课，也没人和我说那种拗口的语言了，竟然一下子在失去她的悲伤里松弛了下来。那些年沉浸游戏在小犬野十分流行，我的机器是母亲的遗物。作为濒死病人的临终关怀，不少小犬野的医生为患者准备了这种可以放松心情的游戏。在那台白色的机器里，你可以恣意创造一个属于自己的小世界，那个世界里的一切故事由你决定，你就是游戏里的神，而我所游玩的这个世界是母亲创造的。我每天把自己关在房间里，沉浸其中。阿蒙本想立刻接我去她家的，可我拒绝和外界的一切交流，紧紧地把自己封闭在小房间里不出去。

阿蒙的确是个负责任的好人，她想尽办法做到了母亲临死前的交托。

于是，这个自来熟的小犬野人就把我家当成了自己家，叫来清洁公司大扫除，母亲死后混乱的房子整洁一新，既然我不愿意搬走，她就主动搬了过来，和我住在了一起。每当我退出游戏，想找些吃的的时候，总是能看到她在房子里某处忙活着，整理衣物、收割作物，为我和她自己准备食物。

一开始，我选择对阿蒙视而不见。我在小犬野的童年的确十分痛苦，我从来没交过一个同龄的朋友，他们不知道我在想什么，我也就无法融入他们一块儿玩耍的小集体。说实话，自始至终，我从未指望在阿蒙身上获得什么，我以为她只是三分钟热情，然后就会自然而然地远离我，离开我的生活，就像其他人一样。

每天三餐阿蒙是烹饪好放在我门口的，一天吃足三顿饭是母亲的习惯。那一年，阿蒙甚至连天文台也很少去，她请了长假。

我早已经忘记了那些食物的味道，只觉得比母亲的手艺差了好远，现在却一直怀念那些精心准备的食物。

事情的转机是某一天我发现，我的小世界里有了一个奇怪的访客，是的，沉浸游戏拥有联机体验，但是从来没有人造访我的世界。只有全球排行榜前几位的大玩家的世界才人满为患。

何况濒死的人的创造力总是枯竭的，母亲的世界并不有趣，她是为自己建了这个世界，不懂也不管别人喜欢什么，自然也吸引不了谁。

我突然意识到，这个古怪的访客也许是那个讨厌的阿蒙。

陌生人的虚拟影子就默默地跟在我身后，不和我对话，只是默默地砍柴挖石头，这些都是游戏里建筑世界的素材。刚开始我十分厌烦阿蒙的多事，会动用小世界里上帝的权柄，恶作剧一般在她的头上落下一道闪电，然后看着虚拟小人烫煳了的爆炸头哈哈大笑。

但是后来，我终于习惯了我的世界里有这样一位访客存在，她仿佛也成了这个小世界的一分子。她从来都是那样一言不发地在我的身后砍树挖矿，忽然有一天，她开口了，说的是母亲的语言，我从未料到，这个世界上除了我以外，居然还有人可以学会这样拗口的语言。

"现在我能代替你的母亲教你写字了吗？"她说。

这时，屏幕外的我早已是泪流满面。

6

我提出了疑问：就算诞生初期没有伴生行星生成，可一颗恒星引力那么大，在它几十亿年的寿命里，怎么会捕获不到一颗大小合适的行星呢？

不知道告死者对我施了什么魔法，我的眼球突然滚烫灼热，一些红红白白的小点出现在我的视野里。我一度怀疑我会瞎掉，然而并没有，接下来，我看到了一个更奇妙的宇宙。原来虫洞里的空间从来不是黑魆魆的一片，反而明亮了起来，就像黑夜变成黎明，一些发亮发白的圆点点缀着这个万花筒般宽阔的空间。

"那些是赫尔暴射到虫洞里的伽马射线。"告死者对我说。

告死者古怪的大圆锥体舰队现在看起来也是白色的，那层凝固的亮绿色火焰开始流动起来。"这是混合的引力场与电磁场。"他们似乎也知道我在看向哪里。

与其说是在用眼睛看，不如说是在用名为眼睛的器官观察测量，我的视野中心是一片温暖的模模糊糊。我看到了衰老而死亡的赫尔，不，它其实还没有死，但就这样放任不管的话，它会很快地被坍塌的核心爆发吞噬，最终变成一枚中子星或者小黑洞。

我看到它进行了第二次呼吸,赫尔壮丽地闪烁了一下,这是一次浓烈的呼吸,又有一些白亮的伽马射线射到了小犬野上。我明白了,赫尔一直在为生命的这一刻做准备,它在努力地呼出最后一口气,也许这次过后的最后一刻的呼吸就是那超新星不顾一切的爆发。

赫尔被圆锥体们围绕在中央,奇形怪状的、拥有难以描绘的奇怪色彩的引力场和电磁场的网束缚着它。我不知道赫尔到底有多大,但是每一个白色圆锥体都至少有小犬野行星大。

告死者就像抬棺的人,赫尔静静地躺在他们的中间,等待着自己的葬礼。我们都是偶然闯入这场葬礼的陌生人,这些巨大而古怪的舰船就是星际间的入殓师。

"它要去哪里?"我问,"墓地吗?"

"它必须回到它的同胞那里去。"我听到告死者说,这巧妙的隐喻让我动容。

"赫尔是一颗反物质构成的恒星,它的宇宙不在这里。"

"反物质?那些做成星际炸弹的东西?"我顿时大吃一惊。

赫尔本不应属于我们这个正宇宙,天晓得是什么原因,它突然在我们的宇宙里诞生了出来。因为过大质量产生的强反引力场,赫尔在我们的宇宙不会湮灭,反而会排斥一切正物质。

与朋友众多的大犬座不同,赫尔是一颗孤儿恒星,它从未拥有过任何一颗伴行的行星或者卫星。

这片孤寂冷清的宇宙里，唯有这些恒星入殓师——告死者——才能接近它。

告死者说："当反物质的质量达到了这个量级，异性引力场的互斥会与异性电荷相吸相抵，最终引力场折服电磁场，反物质行星和我们的星星就会保持微妙的平衡而不发生湮灭。现在它太老了，反氢聚变殆尽，反恒星已经开始合成反铁，它撑不了多久了。"

为了避免反物质黑洞的诞生——反物质的黑洞极有可能因为过大的斥力撕裂我们的宇宙，告死者会带它回家，在人类的可视宇宙边界之外，有一大片只有反物质存在的宇宙。

7

在我十岁那年，妈妈离家出走了。阿蒙告诉我，她们在翡翠湖里找到了她的尸体，硫化物让湖水呈一片诱人的淡绿色，湖水里过量的硫黄要了她的命。

他们说，我妈是因为太过孤单，又神思恍惚，才走到湖水里去的，也许是她太想念地球了，也许是想念我的父亲了。母亲就那么想回故乡吗？也许吧，可我已经没有机会问她这个问题了。

还记得最后一次见到母亲，小犬野的入殓师们给母亲穿上体面的黑色丧服，母亲的脸上一点儿血色也没有，额前的双眼无神地直直地看向天空。我被母亲惨白的脸吓哭了，阿蒙握着我的手安慰我——她戴上了一副鞣制的安妮斯羊皮手套，这样子她就能安全地触碰我。而我很久以后才突然醒悟,阿蒙为了接近我付出了多么大的努力。

按照小犬野的传统习俗,母亲的身体被扔进河水里。她沿着大河飘走了,没人知道她最后会去到哪里。

我终于搬进了阿蒙家里,算来我和她其实只在一起共同生活了六年,可那些日子无疑是幸福的。我痴迷于沉浸游戏小世界的建造,有了阿蒙的支持,一切就顺利多了。那是一个和现实中的小犬野不太一样的地方,小世界里只有一颗太阳。母亲创建的数据库里到处是据说地球上才有的动物和植物,我还记得那种脖子长长的怪鹿其实十分温顺,和小犬野爱恶作剧的响鼻鱼压根儿不同。我发现,这个世界的天空也不是我想象中的那样乏善可陈,它只拥有一颗红色的太阳和一颗小小的明黄色的月亮,它们在黎明和傍晚交相辉映,这种美比起大犬座的闪耀双星也毫不逊色。

我这才明白,母亲口中的那个远在天边的故乡的美丽。

于是这个世界不再是我逃避现实、封闭自我的场所,而是一处可以寄托我和阿蒙对母亲思念的地方。她坚持收养了我,并把我拉出了丧母的阴郁。

我永远地感激她。

阿蒙说,我的母亲曾经是她最要好的朋友。我相信她说的一切都是真的。

可以这么说,我的一生都是阿蒙塑造的,而不是早逝的母亲。是阿蒙亲自传授了我关于这个世界的知识。小犬野人的记忆可以遗传,他们的情感可以共享,但我不可以,所以阿蒙说,她就是小犬野星上第一位老师。

我说:"不,阿蒙,你是这星球上的第二位老师。"

她顿了一下,然后笑了笑,"是了,第一位应该是关一凡才对。但你的确是这里的第一位学生。这真是难得。"

在未来的日子里,阿蒙便拥有了三个身份:监护人、教师、朋友。我后来才明白如此复杂多变的身份对一个孤独的小女孩的可贵,然而已经为时已晚了。我为后来所做的一些事后悔,这些事伤害了阿蒙的心——这个星球上也许唯一在乎我的人。

我又重新开始上写字课,只不过这时候,一笔一画启蒙我那些象形文字的人变成了阿蒙。除了写字外,阿蒙也为我开设了小犬野的语言课,还有数学课以及历史课——当然是小犬野的历史。在阿蒙的印象里,成为一名合格的小犬野人,掌握这些知识就完全足够了。

阿蒙是有亲生子女的。尽管小犬野人心灵相通,但父代与子代的感情在我看来十分淡薄。和母亲与我的相处模式不同,小犬野的子嗣会由星球政府里的专业保育员养育。小犬野的父母对待自己久未谋面的孩子和对待邻居朋友的态度别无二致。我始终觉得,小犬野的亲子间没有我和母亲那样所谓的亲情,亲子关系就和星球上任何两位平等友好的普通人差不多。

的确,平等和友好就是小犬野这个世外天堂社会建立的根本,这也显得我和母亲、阿蒙的关系在其他人眼里十分古怪。他们弄不懂,为什么我会驯服地让母亲责骂和惩罚——那些抽手心的竹板后来都被阿蒙继承了,也不明白我为什么会在母亲的葬礼上一言不发,只是默默地流泪。

从此,我终于不再是某位来自蛮荒世界的外星难民的孤儿,成了一位名叫阿蒙的小犬野好人的女儿。

也许,我和阿蒙都有一句话说错了,她不仅是小犬野上的第一位授业解惑的老师,还是第一位亲自抚养过孩子的母亲。

8

"带我走吧。"我对告死者说。

"小东西,你要去哪里?"

"一颗叫地球的小行星,就在虫洞的另一侧。从这个方向就会看到它,我有数据,它的光亮和任何行星都不一样。"

一阵短暂的沉默。

"距离大犬座8.3光年的太阳系有一颗岩石行星,富含水,上面有早期低等文明活动的迹象。你为什么要去那里?"

"那是我的故乡。我总算明白了,就像赫尔一样,我不属于这里。既然你们能帮赫尔回到它应在的地方,那你们也行行好,帮我一把成吗?你们如此神通广大,我相信这废不了你们多少力气……"

又是一阵长长的沉默。

"说真的,我只想回家,在死去之前见一见亲人同胞们,就像赫尔一样。"

我恳切地跪在那片白茫茫的冰原上,膝盖又肿又痛,目光所及是一片紫色白色黑色的浑浊不堪。天上传来他们的声音："我们从来没遇到过这样的请求，我们需要讨论一会儿。要知道，我们乐于帮助迷途的星星回家，聆听它们热光辐射里的哭声，这令我们悲伤。但是我们从没听过低等人类的哭声。"

我知道那些宛若神祇的告死者们就待在苍茫的天穹深处，他们会小声地密谋着，决定我浅薄的命运。

于是我放声大哭起来。

9

我忘了最早对星星产生兴趣是什么时候了，我无可救药地爱上了那片璀璨如宝石光亮的美丽夜空。

也许是阿蒙潜移默化的影响，也许是天生的，毕竟母亲曾是一位货真价实的宇航员。

我永远记得那天，阿蒙第一次问我以后的打算，她希望我进入产业公司学习，说我会成为一名很好的沉浸游戏设计师。然后，我们来到了职业选拔中心的推荐算法前，小犬野的职业算法为我做出的推荐却是成为一名天文工程师。

看到算法的推荐，我突然湿了眼眶，母亲早已暗淡的影子徘徊在我眼前，时隔十年之久，我终于又感受到了她。

以前我从没想过这些，我的未来如何如何，我的下半生要怎样度过。可是在思虑了一会儿后，我突然就明白了，我是有人生理想的，我有榜样，她们从小就生活在我的身边。

我对阿蒙说,我的确想努力成为一名天文学家或者宇航员。可阿蒙想都不想地拒绝了我,小犬野最好的天文官并不希望她的养女走上她的老路。她对我说:

"莫莫。"

她总是这么称呼我,和我母亲一样。

"星空是充满诱惑的,可也是危险的,我怕你总有一天会变得和关一凡一样,我怕有一天你会离开我。你明白吗?所以我绝不允许你这样做。"

后来我才意识到,也许阿蒙对我母亲并不仅仅是像一位朋友那样的喜欢。说真的,我有一万种好办法解开阿蒙的心结,但是我却选了最蠢的一种。

那年我只有十六岁,阿蒙不知道地球小孩儿的逆反心理是多么难缠和难以理解。我的第一次职业选拔失败了,我不是小犬野人,没有那样便利的记忆遗传,要达成自己的理想本就困难重重。

我联系到了阿蒙的一个儿子,他在政府的救济部门工作,我拜托他为我申请了外星难民归化教育——专为我这样的孩子设立。

政府的保育官上门的时候,阿蒙还被蒙在鼓里,当她被紧急传讯呼叫回家的时候,我已经打包好行李跟着那位保育官走掉了。接下来的几年,我都是在政府的教育部门度过的。也许是因为一丝不告而别的愧疚,我没有再联系过阿蒙。

所谓"懂事",小犬野上的孩子绝不会明白这种感受,他们彼此间的理解是与生俱来的,轻易不会让另一个人伤心,尤其是阿蒙那样一个好人。他们也自然不会像我一样懵懂无知地做出那样的混账事。我知道这事永远伤了阿蒙的心,而从那天后我也再没见过她。

10

"现在,马上爬进去。"告死者对我说。

一、二、三……一共十五个人,我仔细数着,生怕遗漏了谁。我把太空署的同事们一个个搬到冰面上,他们不久后就会安全地醒来。而我孤身爬进了潜艇里,我曾在里面生活了六个月,一切操作的法门已经谙熟如同我的肢体。

潜艇的气密性及防护性极好,恰好可以充当短途宇宙航行的载具,反正我也别无选择了。我觉得自己好像一条被塞进罐头脱水的鱼,骨头已经酥软,软弱的心脏委屈得一抽跟不上一抽,汗水盐渍的身体散发出垂死的气味来。告死者正在用他们的伟力把这罐冻罐头从冰面上拔起,巨大的加速度把我牢牢地压在小气窗上。现在我正重新跃入太空,我紧紧地闭上双眼,乳白色的柔和光芒笼罩了我。

这时候赫尔发出了第三次呼吸,也是它最后一次呼吸。小犬野在超新星爆发的伽马线照射之前消失了,我知道,现在它终于平安无事地离开了。

11

离开阿蒙后,我先是在政府教育部门生活了五年,冰冷的机器学习取代了阿蒙的教育。那里全是AI授课,不用多操心,那根小小的脑机电缆让你就算每天睡在梦里也能学习。五年后,在我第二次参加职业选拔的时候,我收到了一封内推,太空署里有人匿名推荐了我。直觉告诉我,那个匿名者就是阿蒙。

当我满怀着歉疚想登门感谢阿蒙时,她却出人意料地拒绝见我。

后来我才知道,她也生病了,去守宫星的那次航天勘探让她得了深空减压病。医疗官检查发现,她的造血系统都陆陆续续地坏掉了。她不可避免地,也变成了一个垂死的病人。

在她去世后,她的儿子交给我一封信,是阿蒙亲手写的,但她死前也没说这封信要给谁。

要知道小犬野上除了我母亲和阿蒙外是没人写信的,信是用一种古怪的语言写的,所以他猜这也许是留给我的。

从前没有人为我写信,此后也不会有,而且用的还是母亲和我的母语。我又怀念起她和阿蒙教我写字时的情景了。

那封信的结尾是这样的:

我的女儿,莫莫。

我一直很想这么叫你,你和你的母亲是那样的与众不同,你们的感情打动了我，让我情不自禁地想学习。

我明了一些事情。虽然小犬野人很容易相互理解，但是我们并不会感受到亲情的可贵，可能是因为一切都太透明化了，不在乎就是不在乎，装也装不出来。

而后来我们之间发展出来的感情不一样，甚至更好。我在乎你，我相信你也在乎我，这是真正的感情，而且我认为基于这个前提的相互理解才是有价值的。就像你和你母亲、我和你的母亲曾经做到的那样。

对不起，莫莫，我救不了关一凡，她的心早就死了。那天，我第一次体会到了什么叫伤心和绝望。所以我只希望你不要受到伤害，莫莫。也许后来这种感情成了一种负担，让你感受到了困扰，这不是我的本意，请你相信，我永远不希望你难过。

最后，既然你热爱星空，就和你的母亲一样坚持到底。

永远不要放弃未来，我的女儿。

最后的最后，请不要忘记我爱你。

另，你说得还是不对，我，阿蒙，不仅是小犬野上第一位老师、第一个母亲，还是第一个真正的朋友。

爱你的阿蒙

12

母亲说，故乡的人们在年终岁尾会相聚在一起，庆贺新年的到来，这是那颗红色的太阳转过一年里最盛大的日子。那时候，每个人都神采飞扬着,脸上或因为兴奋或因为那醇美的酒而变得红彤彤的。喝酒,母亲说家乡人高兴时就会饮酒,那些澄黄或白色的神奇液体会让快乐的人更快乐。

"那难过的时候呢?"幼小的我问母亲。

"也是酒,我亲爱的女儿,"她说,"人们无论高兴还是忧愁都会喝酒,喝好多好多酒。"

而今我的眼前就摆着这样一碗酒,酒液里倒映出我皱纹密布的脸来,那张灰色苍老的脸面上已经有了母亲的影子。我仿佛看到阿蒙举着杯子坐在我的对面,她笑盈盈地看着我,看着我的母亲。这时候外面响起烟花爆响的声音,幻想里的阿蒙消失了,我这才发现自己其实一直是孤单一人。

今天是果夏历的第二天,也是小犬野人一年里唯一的节日。今天,小犬野的两颗太阳会分别旋转到小犬野的南北半球,在这一年一度的节日里,小犬野都会迎来一整天的白昼。

酒是阿蒙留给我的,她在临死前为我留了一坛酒。她种下了母亲的那一点儿稻谷,居然真的养活了它们,然后把这些宝贵的粮食酿成了澄清的酒。

我知道,从此小犬野人就多了一样神奇的饮品,人们会在高兴的时候喝它,也会在伤心的时候喝它。

大家都上街去庆祝节日了,不用言语,每个人都知道彼此在这一整个辉煌白昼里的喜悦心情。在这盛大节日里,每个人都有同一个家的感觉,除了格格不入的我。

13

这就是我的故事,我曾在异星生活的故事,我对护士小姐说。

她的外表和我几乎一模一样,只不过稍微年轻一点儿。我们的眼睛都是向前看的,我们手部的皮肤都光滑得像安妮斯羊的嫩皮。

告死者们信守承诺,我终于回到了母亲魂牵梦萦的那个故乡。这感觉真的奇妙极了,我头一次在现实中,而不是在母亲留下的沉浸游戏里,见到了那一轮朝思暮想的红色太阳。

我乘坐的潜艇下坠到一片沙漠里,在昏迷中,我被路过的巡检机器人发现了。掐指算来,我在故乡的这所地下医院里休养也差不多有半年了。

不得不说,生活在故乡的人们组成了一个奇怪的文明,我的母亲早在大约一百年前驾驶飞船离开了这里,可在往后的一百年里,故乡只发射过寥寥几艘飞船,不超过十数。这都是护士小姐告诉我的。

母亲和我的故乡似乎也并不是整个星球,而仅仅是一片大陆上一个古老的国家。国家的概念在小犬野上是不存在的,这让我颇为费解,为什么身为同一物种、同一星球上的人要彼此对立呢?这颗星球的人们似乎刚刚打了一场规模不小的战争,表面现在一片狼藉,所以大部分人都选择住在地下。

星际旅行耗尽了我最后一点儿生命力,护士小姐说,我的心脏已经支撑不住了。和小犬野医生的诊断一样,也许我的这颗老旧的心脏已经不能再勉力支撑我度过故乡的一个太阳年了。

我的疗养费用是侄子支付的。侄子,就是哥哥的儿子,这是小犬野人不熟悉的亲属关系名词。我这位从未谋面的哥哥年岁也很大了,我们有同一位花心但富有的父亲,但他和我并不是同一个母亲。

护士小姐说我实在运气很好。我幸好降落在了家乡的沙漠里,还找到了我失散已久的亲人们。要是我不幸掉到和我们敌对的外国,别说治疗和休养了,那些凶残的机器士兵看清我的肤色就会当场射杀我。

敌人,这也是我在小犬野从未学过的词汇。那些不同肤色的敌人不是我的同胞吗?如果是我的同胞,为什么会认为我是异族人?还是说,原来地球上的人们只靠肤色来辨认彼此的亲仇?

没想到回到了故乡,我不理解的事情更多了。

我的父亲在十年前去世了,他似乎没有忘记我的母亲,甚至立了遗嘱,将部分财产赠予母亲。我的母亲不在了,这笔财产似乎应该由我来继承。当然,这也是我的侄子绝口不提的事情。

我的父亲有一双灰色眸子,也许就是这抹在故乡的人种中罕见的灰色吸引了我的母亲。而我继承了父亲瞳孔的颜色,我明白,这也许是他唯一能留给我的东西。

在档案里,母亲的故事有迹可循,关一凡——"拯救者号"的副技师——在九十七年前的一次载人飞行试验中失联,失联位置位于柯伊伯带的系外边缘。后来,以这次事件为契机,外加得不偿失的经济投入,这颗星球的人们开始对频频失利的太空探索失去热情。

总之,我已经开始怀念太空署的同事们和小犬野的璀璨星空了,然而那已经是远而又远的八光年之外的人和景象了。

后来,病房里来了一些记者,他们架起高大的设备要采访我。据说,对我的采访将在全球三十多亿个联网的小世界里直播,也就是说至少有三十亿人观看我的采访,这是小犬野人口的二十倍。

我有些兴奋,恍惚觉得自己一下子成了所有人瞩目的焦点,有超过小犬野人口二十倍的人一齐观看我。他们会喜欢我吗?这些怪念头在我心里萦绕不去,一时间我有点儿百感交集。我一边忐忑,一边兴奋地等待着这次采访。

采访是这样的,他们听说我独自一人在异星上求生了五十年,这段鲁滨孙式的故事让他们十分感兴趣。鲁滨孙是谁,我问。

他们告诉我,鲁滨孙是一个倒霉蛋,他漂流到了一个只有野蛮人的小岛上,就这么冒险了好多年。说真的,这让我有点儿生气。小犬野人是我见过最文明的人类,我恼怒地说。他们听见也就摆摆手,不再说这类话了。

然后,不厌其烦的采访突然停止了,有人半公开地指责我,说我是彻头彻尾的骗子,从来不是什么流落异星五十年的天文学者,不过是个终身未婚的精神错乱的老处女罢了。我的侄子可以证明,我所谓的一切经历都是荒诞不经的谎话,甚至我和他的亲属关系也值得质疑。一切不过是一场自导自演的骗局,我垂涎于哥哥一家的财产,这才结合失踪已久的宇航员关一凡的传奇故事来诈骗。

于是我成了一个笑话,从此不再值得任何一点儿关注或同情。不再有采访,也没人再指责我,甚至没人再记得我,我像块旧抹布一样被遗弃在这个世界的角落里。

有一天,护士小姐告诉我,我的侄子停止了疗养服务的付费,所以我可以出院了。

护士小姐问我怪他吗?我说我不知道。我从未正经地和我侄子聊过哪怕半次,又怎么会知道他的想法呢?

也许他真有什么不得已的苦衷吧。总之,现在我只想出院,想要去地面上看一看,我想,我死也要死在灿烂的阳光下。

14

这就是我在我的家乡经历的一切。现在,我把它用我的母语写下来,希望能有后人记住这段故事。

最终,我还是在这里寻到了亲人和同胞,实现了母亲的愿望,想来她也可以安息了吧。现在,也终于来到了我人生最后圆满的结局。

于是又到了重新出发的时候。

那一天,我终于来到了通往地面的出口,巨大的铁闸门像一只温驯的小狗一样趴靠在我眼前,我能看到红色的阳光从闸门的缝隙里悄悄地柔和地倾泻下来。

说真的,我简直迫不及待地要看看那一轮灿烂的红太阳了,只有一轮红亮亮的太阳。

温驯的铁闸门呀,你真是个乖宝宝,我知道你正等着我亲手来开启。我轻轻地拍了拍闸门,温柔地和它说悄悄话,仿佛它真的是一只可爱的小狗。

护士小姐说有好几年没人从这里经过了。

现在,我的心情就像第一次驾驶飞船那天一样激动。我把一根手指伸向闸门的缝隙,用心感受着缝隙里阳光的温暖。

我要打开它,现在就要打开它。我对自己说。慢一点儿、再慢一点儿,我缓缓地抬起了头。说真的,我高兴极了,这辈子,我从未像今天这样开心过,仿佛我的头顶,就是小犬野那浩瀚无垠的星海——

只要我一打开门,一切未知的未来就都触手可及。

流沙

南陆

1

流沙望着远处的城市,那里高楼耸立如山,来往起落的飞船像云在山间流淌。昨天他还以外墙清洁工的身份在城里生活,今天便因工作变动被调到城外的厂区。

从事外墙清洁工作期间,每每攀爬到高楼上,流沙便能将这一带尽收眼底。这片厂区宽广如海,每个车间厂房是海里的一朵浪,车间里忙碌着的机器人则是浪花中的水滴。

另有数条飞船汇成的河流连接着那山与这海,将工厂里的制成品源源不绝地运入城,供城里的人类享用。

在这颗名为沙洲的星球上,有数千座这样的城市,每座城市边缘都有一片这样的工厂。这些城市和工厂,流沙全部去过,且工作过,他对任何地方都了如指掌。事实上,遥远的黄金时代结束后,沙洲就再无变化。

"遥远的黄金时代啊,已然逝去!再也见不到当年人类的风采。"看着无数年未变的世界,流沙心里冒出一句似诗非诗的话。他摇摇头,压住不该有的想法,加快脚步走向新的工作场所。

按照沙洲的机器人分类方式,流沙现在属于基础型机器人,他的新工作是生产螺丝钉。沙洲的螺丝钉类型多达数十万种，生产方法各不相同，每一种都在流沙的职责范围内。这工作貌似芜杂，实则不然，一点儿都不难，人类早已把一切安排好。

在遥远的黄金时代，人类曾经非常聪明，聪明到发明一切，既包括所有种类的机器和机器人，也包括生产、维护、管理和使用所有东西的方法。他们把这些方法全部交给一个名叫"方法"的机器人，无论其他机器人要生产什么或者做什么事，只需从"方法"那里获取相应的方法，事情做完后，就立刻忘掉。每个机器人都保持着尽可能低的负荷，一个个活得轻松自在，寿命因此延长许多。而人类想要什么就有什么。这是一个完美的体系。

流沙和其他几个工人走进生产车间。车间地板平滑如镜，地面上倒映着一排排巨型金属半圆管，每条管道都是一条生产线，生产线上的设备从外面看不分明，管道末端有一个操控台，每个操控台上坐着一位前一班次的机器人。

换班时间到，前一班次机器人齐刷刷起立离开，流沙与其他工人则各自坐下来接替他们的工作。

机器人轮班制也源自遥远的黄金时代。当时的人类认为，机器人不仅外貌特征和言行举止得按人类的样子设计，就连生活方式也应尽量相同，人类是怎样，理论上机器人就是怎样。因此，沙洲的机器人与人类一样有朋友、婚姻、住房、假期和八小时工作制。

流沙不知道当时的人类为什么这么考虑，他想当然地认为：假设机器人的生活方式与人不同，比如没有住房，那夜幕降临后，就会有许多机器人无处可去，只能在马路边找个地方站成一排,那僵尸聚会般的场面怪吓人的。

进入操控台后,流沙开始接收和执行"管理"下达的生产任务。

"管理"是一种复杂的机器人,他那儿运行着很多程序,具有很多功能。其中大部分功能流沙都无法理解,他只知道与普通机器人关系最大的是为他们分配任务。

"管理"机器人分配任务,"方法"机器人提供方法,有了他们,机器人世界就能有条不紊地运转,他们不仅帮助人类生产东西,还帮助人类管理城市、社区、农场乃至一切,当然也管理机器人本身。人类什么都不用做,只需享受生活。就这样,早在很久以前,机器人便已接管沙洲星,成为一个新种族。

"管理"交给流沙一个清单,里面包含三百七十八种不同型号螺丝钉的生产任务,产量从数十个到数十万个不等。流沙对照着清单,从"方法"那里获得生产方法,操控生产线将指定的螺丝钉一批批生产出来。每完成一项任务,他便将对应的方法丢弃。

不到半天时间,流沙用完了所有方法。他轻轻吐一口气,最后扫描一遍任务清单,准备结束工作,坐等下班。就在这时,他意外发现清单中还有一项任务未完成。

"不可能!"流沙嘀咕着。遗漏是人类特有的行为,机器人没这毛病。他打开那项任务,任务要求非常简单:"生产五十个TR34235。"

流沙不知道TR34235是什么,对他而言,是什么不重要,重要的是怎么生产。于是他从回收站里恢复方法清单,清单里果然没有TR34235的生产方法。"方法"给出的答复是"未找到TR34235生产方法"。

"这更不可能。"流沙挠挠脑袋,所有任务都是"管理"给的,虽然他时常行事乖张,但从不出错,不会让自己生产不存在的东西。

流沙又发送了一次请求:"申请TR34235生产方法。"

"方法"给出与之前相同的答复:"未找到TR34235生产方法。"

流沙连续尝试五次,每次都是如此。

大感不解的流沙直接联系"方法",焦急地问:"怎么回事?'管理'让我生产五十个TR34235,你却告诉我没有生产方法。"

"你别急,我看看。"调阅日志后,"方法"遗憾地告诉流沙,"不久前,我出了点儿故障,弄丢了这个方法。"

"你会弄丢方法?"流沙难以置信。

"没有绝对不可能的事,只是概率大小问题。我丢失一个方法的概率还不到一亿亿亿分之一,几乎等于零,可它就是发生了。所有存放TR34235生产方法的地方在同一时间损坏,这个方法无法复原。""方法"回答。

"那我怎么办?"流沙语气沮丧,他觉得自己真倒霉,不到一亿亿亿分之一的概率都能撞上。

"问问'管理'吧。""方法"回答。

于是流沙联系"管理","'方法'弄丢了TR34235生产方法,我没法完成你安排的那个任务。你看怎么办?"

"管理"大吃一惊,"'方法'弄丢了一个生产方法?!"

"螺丝钉生产方法而已,有什么大不了的,补上一个不就行了。"流沙不以为然。

"少了螺丝钉生产方法确实不是多大的事,但这是'方法'有史以来最严重的故障。他是机器人世界的三大基石之一,不容有错,我必须查明原因。"

"机器人世界的三大基石?'管理''方法',还有谁?"流沙好奇地问。

"现在不是说这个的时候。你正好空闲着,我命令你立刻向人类汇报此事,请他们协助处理。""管理"给流沙下达了新任务。

"向人类汇报?向哪个人类汇报?他们谁会搭理我们?"流沙为难地说。他已经活了几十万年,从未见人类帮助过机器人。他们成天忙忙碌碌,操心的都是机器人不涉足的事,比如思考科学、哲学和宇宙。

"人类社会里有个机器人事务办公室。我把地址给你,你带上这份报告,去那里找他们。"

"好吧。"流沙满腹狐疑,他压根儿不相信有这种办公室。但"管理"的命令不容反驳,哪怕"管理"要求他让沙洲星倒过来转,他也得找"方法"问问是否有这个方法。

接受任务后,流沙下了生产线,打印了一份报告,离开机器人厂区,转乘穿梭飞船前往机器人事务办公室所在城市。

流 沙

2

人类的城市巨大无比,那些山一般的高楼其实相距甚远,高楼间是花团锦簇的街区。

有确切的地址,流沙很轻易就在一个街区的一栋房子里找到机器人事务办公室。这办公室正如其名,果然只是一间办公室,大小约二十平方米,里面有一张桌子、一张椅子和一个正准备出门的胖子。

一看胖子的身材,流沙差点儿笑了——只见他肥胖的身体上穿着一件紧身衣,腰间的赘肉卷起三重浪,走动时给人一种江水滚滚而至的压迫感;他那堆满脂肪的下巴,层层叠叠有如脖子上挂着几圈围兜,任意移动两步都会左右晃动,好像行走在风中;他上下一致的画风,俨然一幅汹涌澎湃的怒涛扬帆图,而这波澜壮阔的画面,竟被框在小小的办公室里,简直是茶壶里的风暴。

瞧着这怪模样,流沙没敢真的笑出声,那样不仅没礼貌,还违背某条规则。规则规定:机器人必须尊重人类(不论他们多可笑)。所以流沙只是暗地里将此人取名为茶壶里的风暴,简称风暴。

流沙一声"您好"还未出口,风暴便脱口说道:"你走错地方了。"

流沙赶紧后退一步,看看门外的牌子,又迈进来,说:"没错,我找的就是机器人事务办公室。"

风暴微微一怔,问道:"你有事?"

流沙把报告往风暴面前一递,说:"我们遇到了问题,请您帮忙处理。"

问题?处理?风暴对流沙的到来颇感意外,对方居然声称有事要自己帮忙,这更是令他非常意外。他犹豫了一下,接过报告,站在原地认真翻阅,用手托着下巴下面那几圈肉,一副陷入沉思的样子。流沙猜他一定是在思考解决的办法。

风暴思考了很久,才歪着头问了流沙一个问题:"报告中提到的'方法机器人'是什么?"

他不知道"方法"是什么?流沙不敢相信面前站着一个如此无知的人,而且这还是什么机器人事务办公室的工作人员。

机器人所谓的"笑出声"和"不敢相信"都是程序设定,不会影响真实情绪。流沙快速跳过不礼貌的笑函数,调用一段诚恳而平缓的语气,向风暴介绍"方法"的职能。

"哦!"听完以后,风暴点点头。

流沙认为他肯定明白了,否则不会做出指示。

风暴说:"如果这个问题能重现,说明方法机器人真的出了故障。但如果无数年来,只出过一次问题,那就是一次偶然事件,可能是受到量子随机涨落或者宇宙射线无规律活动的影响。"

风暴一边说一边比画,似乎想用手势表示什么叫随机和无规律。

流沙看不懂那些手势,他追问:"请问这个问题该如何处理?"

流　沙

"如何处理嘛，"风暴又摸摸下巴，"报告里只有结果，没有过程和数据。这样吧，等问题再次出现时，你们多记录些数据，到时候再分析。"他看看手表，问流沙，"还有其他事吗？"

流沙听明白风暴的意思——暂时不用管"方法"的故障。他想："你说不用管就不用管，我可不想多事。"接着他又向风暴求助另一个问题，"在那次故障中，'方法'丢失了一种螺丝钉的生产方法，人类能不能重新给我们一个？"

风暴再次托着下巴下面那几圈肉思考良久，问出一个差点儿让流沙的身体失去平衡的问题："什么是螺丝钉？"

所谓"身体差点儿失去平衡"也是程序设定，为了让机器人表现得更像人类一些。其实即使机器人号啕大哭，看上去已精神崩溃，真实情绪也不会受影响。流沙又用诚恳而平缓的语气向风暴详细解释了螺丝钉的用途、结构和种类。

风暴边听边点头，还时不时低头做笔记。这使流沙以为自己讲得很清楚，给了他不少启示。

耐心听完介绍，风暴合上笔记，轻咳两声，严肃地说："像螺……螺什么来着，这么小的事情，你们自己决定怎么处理，我们对机器人的能力非常放心。"

"可是……"流沙还想分辩几句，他觉得倘若两件事都没有搞定，岂不白来一趟。

风暴摆摆手说："今天就这样，我还有一个讨论平行宇宙哲学问题的会议，先走一步。"说完他把笔记本夹在胳膊下，摇晃着巨大的身躯，从流沙身旁擦过，像一颗大土豆塞进一个小杯口般朝门框挤去，侧几次身才出了办公室，门也不关就走了。

看着风暴离去后的空房间，流沙除了无可奈何，还觉得有点儿不好意思，"是哦。螺丝钉这么小的事，怎么可以劳烦人类。"

惭愧之余，他便自己想办法解决问题。

流沙所谓的"想办法"就是咨询"方法"有什么办法，而"方法"给流沙的办法则是一个预先设定的异常任务处理流程。

根据流程，流沙首先查看TR34235的库存，库存很多，有将近一百万个，再看看TR34235的用量，用量很小，每年十个。他马上得出结论，库存能用十万年。

"库存能用十万年！还让我生产它做什么？肯定又是'存在'搞的鬼，'管理'才会给我安排这种垃圾任务。"流沙抱怨道。

在漫长的生命中，流沙接受过数不清的任务，其中有许多是没意义的，机器人们称之为垃圾任务。比方有一回，"管理"让他把一块石头从东搬到西，他才刚刚放下石头，腰还没挺直，"管理"又命令他把那块石头从西搬到东。这样的事情，倘若说其中有深意，也不是流沙这种级别的机器人能领悟的。常有机器人追踪垃圾任务的来源，最后的线索总是终结于一个名为"存在"的小程序，它运行在"管理"的内核中。

流沙听过一个传说，当年设计"管理"时，人类工程师很不喜欢这个没事找事的"存在"，绞尽脑汁想删掉它。但如果没有"存在"，"管理"就不知所措，并在经历一阵混乱后，又自己生成了一个"存在"。有了"存在"，"管理"便能稳定下来。于是他固执地坚持要有"存在"，人类工程师束手无策，为了系统稳定，只好妥协，允许"存在"存在，任由它产生垃圾任务。幸好垃圾任务只是浪费机器人的时间，对人类没影响，权当是一种灰度

流　沙

设计。

"一个垃圾任务而已。是否完成根本无关紧要。"流沙给出判断。他毫不客气地关闭这个任务,理由当然不能是"垃圾任务,我不想做",而是"生产方法丢失",同时提交人类的指示:"机器人自行决定如何处理TR34235生产方法丢失问题。"

任务关闭后,事情就过去了。

流沙继续干了十年螺丝钉生产工后,转行当了屠夫。杀了十年猪后,紧接着当了十年电容绕线工。电容绕线工之后是农民,农民之后是理发师,理发师之后是飞船装配工……沙洲的机器人技术高度发达,只要更换一些部件,就可以将一种机器人转换为另一种。因此,每个机器人都有复杂的一生、丰富的经历和漫长的寿命。他们的寿命比人类长很多,具体多长以大脑质量为准,一般都有数十上百万年,有些甚至能活数百万年。与之相对应,在他们的一生中,得更换几万到几十万次工作。

流沙记得自己出生十年后,也就是第一次更换工作的时候,他曾傻里傻气地问过"管理","为什么换我的工作?"

"岗位轮换是对你的培养和锻炼。""管理"郑重其事地回答。

"是准备提拔我做'管理'吗?"流沙激动地问。机器人们从未见过"管理"长啥样,但都得听他指挥,所以有段时间,流沙对"管理"特别感兴趣,心里盼望着哪天是不是可以换自己上去干几年管理工作。

"你的大脑是普通大脑,再怎么培养和锻炼,也只是一个普通机器人,永远当不了'管理'。"

"管理"语气平和,并未因自己与众不同而流露出优越感。

"那为什么要培养和锻炼我?让我永远做相同的工作不是更好吗?你省心,我省事。"流沙问。

"这是人类设计我们时定下的规则。他们认为人必须有经历,机器人也一样,有经历才能称之为机器人。那种没有经历,一生只做几个动作的,即使手脚长得和人一模一样,大脑功能也非常健全,却依然只是一台机器,而不是机器人。""管理"回答,他感慨道,"如此简单的规则蕴含如此深奥的道理,只有遥远的黄金时代的人类才想得出!"

"又是遥远的黄金时代!当时的人类真的那么厉害?"流沙问。在沙洲,"遥远的黄金时代"是个口头禅,代表着不可变更的秩序和不可复来的历史。

"是的,他们发明了一切东西,制定了一切规则。"

"一切?我不信。"

"真的是一切,否则为什么无数个岁月以来,我们比人类聪明能干这么多,却从未发明出任何新东西,也未改变过任何规则?"

3

二十万年后。

一天中午,阳光明媚。

此时的流沙是个养路工,正顶着炎热,和其他工人一起修补破损的路面。

流 沙

突然,他感到一阵莫名的喜悦,似乎有某种好事情正靠近自己,便直起身,朝感觉中的方向望去。

只见六十五米开外,有个女机器人正朝这里走来。流沙看她时,她也看见了流沙。就这么一眼,流沙便知道了她的名字,932号。与此同时,932号也知道不远处那个养路工叫流沙。

距离四十米时,流沙体内涌起一股强烈的电流,并在周身流淌,他的恋爱程序启动了。932号也是如此。

距离十五米时,结婚脉冲同时出现在两个机器人大脑里。于是,流沙扔下手头的工具,迈开步子,迎着932号走去。距离五米时,他们一起放慢脚步,看着对方的眼睛,彼此交换确认信号。

在即将擦肩而过的那一刻,流沙停下来,转一下身并伸出左手,932号也停下来,转一下身并抬起右手。他们手指勾着手指,并肩朝马路对面的街角走去,仿佛这不是偶遇,而是前世定下的约会,不需要自我介绍也相互认识,不需要言语也知彼此心意。

就这样,流沙结婚了。

你不必感叹这是什么"旷世奇缘"或者"爱情真奇妙",实际上爱情一点儿也不奇妙,一切都是设计好的,他们只是在执行程序。依旧是在遥远的黄金时代,人类已安排了机器人的情感经历。每个机器人都拥有一段婚姻,这段婚姻在他们五十万岁左右随机出现,之后将相伴一生,至死不渝。结婚方式通常是闪婚。

流沙和932号便是如此,从相逢到结婚,他们总共用时四十二秒。

结婚前,流沙对932号一无所知。

结婚后,他才慢慢了解自己的妻子。妻子简直是个乡下丫头,城里的东西她全没见过。比如,她不知道运动场是什么。

"你没到运动场当过球童?"流沙问。

"从来没有。"妻子摇摇头,"一年前,'管理'为我安排这份餐馆服务员工作,我才第二次来城里。"

"五十万年第二次来城里?"流沙觉得太不可思议。他们这个岁数的机器人应该换过五万份工作。五万份工作只进过两次城,这是什么经历?

"是的。在此之前,我只出过一次厂区,前后不到半天就回去了。"

"那你没当过服务型机器人,一直都是生产型和基础型机器人?"流沙问。沙洲的三类机器人中,服务型机器人与人类一起生活,其他机器人则生活在人类从不踏足的厂区。

"生产型机器人我也没当过,从前我就干过一份工作。"妻子笑了。

"一份工作干五十万年!那是什么机器人啊?"流沙以为岗位轮换是所有机器人都得遵守的规则,没想到还有妻子这个例外。

"'女娲'!"妻子回答。

"还有这种机器人,为什么你不用轮换工作?"

"因为'女娲'属于特种机器人。"

"原来如此。"流沙知道特种机器人,比如"管理"和"方法"。据说每一类特种机器人的大脑都是专门定制的,比普通机器人复杂很多,特种机器人可以转换成普通机器人,但普通机器人无法转换成特种机器人。由于特种机器人非常稀缺,一般也不会被转换为普通机器人,可妻子不知为何被转换了。于是流沙又问:"你为什么被转换成餐馆服务员?"

"因为我坏了,当不了'女娲'。"

"又不是大脑损坏,修一下不就可以了?"

"以前是如此,但现在不一样。由于缺少一颗螺丝钉,我无法被维修。"

"螺丝钉?"妻子这话勾起流沙的记忆,"什么型号的螺丝钉?"

"TR34235。"

"TR34235!"流沙一听便跳了起来,"二十万年前,我曾接到过一个生产这种螺丝钉的任务,当时因方法丢失无法完成。难道这个问题还没解决?"

"没解决。"妻子苦笑。

流沙立刻向"方法"发送请求:"申请TR34235生产方法。"

"方法"依旧给出当年的答复:"未找到TR34235生产方法。"

流沙想了想,又向"方法"发送了另一个请求:"查询最近二十万年TR34235生产方法申请记录。"

"方法"给了流沙一份长长的记录:最前面几次就是当年流沙提出的那些失败申请;之后整整十万年,再没有申请记录;十万年前,又出现一次申请,那次申请也失败了;此后的所有申请全部失败,并且申请的频次越来越密集,最近一万年,每天都有申请,最近一千年,每个小时都有申请;但最近一年,一个申请也没有。

"最近一年,怎么没申请了?"流沙指着记录末尾问妻子。

"不需要了。"

"为什么?"

"我是最后一个'女娲',一年前我被改装后,就没有'女娲'了。TR34235是将机械臂固定在'女娲'身上的专用螺丝钉,没有'女娲',就不需要TR34235,自然也就没有申请。"妻子神色黯然地说。

获取更多的信息后,流沙了解了事情的概貌:

那年他关闭任务时,记录了人类的指示——"机器人自行决定如何处理TR34235生产方法丢失问题。"

"管理"随即安排一个名叫"空想"的机器人去思考新的生产方法,也就是要求他将那种螺丝钉发明出来。

"空想"先找"方法","给我一个名叫发明的方法。"

"方法"回复:"我没有这种方法,帮不了你。你得想想其他法子。"

"空想"埋头想了很久都没头绪。有一天,有个机器人告诉他,被苹果砸中脑袋会产生新方法。他就在苹果树下坐了一百年。可惜树上的苹果年年被负责采摘的机器人准确无误地收走,一个都未落下,掉在他头上的只有枯萎的苹果树叶。

一百年后,"管理"认为"空想"闲置太久,便把他转换成清洁工。于是"空想"一边打扫卫生,一边思考新方法。此后"空想"换了一万多份工作,分配给他的这项任务始终未取消,只要大脑空闲,就得思考。

"空想"一直没想出方法,人类的指示也一直没关闭。"管理"

流　沙

隔一段时间跟踪遗留问题，每次跟踪到那条指示，都发现已落实到责任人，该任务没有时间要求，目前的进展并无不妥。流程上完美无瑕。

十万年前，TR34235库存量下降到临界值，"女娲"提出新的生产需求。如同当年的流沙，一个基础型机器人接到任务，他向"方法"提出申请，同样一无所获。还好他无须麻烦人类，"方法"转述了人类的指示——"机器人自行处理"。那个机器人迅速关闭任务，并填写了与流沙当年同样的理由。"管理"发现任务异常，检查历史记录，发现是重复问题，便催促了一下"空想"。"空想"赶紧停下手头工作，又努力思考一阵，当然还是没结果。无论如何，流程上无可挑剔。

此后，"女娲"不断提出需求，始终无法满足，答复永远都是"生产方法丢失，问题单已提交，正在处理"。

"管理"察觉到重复问题越来越多，便提高处理级别，"空想"不必再从事其他职业，由于他是处理该问题的资深机器人，稀里糊涂就成为"管理"的一员。"管理"也不管"空想"是不是管理型大脑，一下子为他安装了一大堆管理程序，并给他配备下属。最多的时候，"空想"有十几万个下属。他带领十几万下属一起思考，还是没能想出一个螺丝钉生产方法来。

九万多年前，一个可怕的时刻降临——TR34235全部耗尽。最新的"女娲"永远躺在生产线上，因为缺少一颗螺丝钉，她的手臂不能固定，再也无法完工。

从此，再没有新"女娲"被生产出来。无论什么类型的机器人都会损坏，"女娲"也不例外。如果正好坏了一颗TR34235，因没有备件可更换,这个"女娲"的手臂就残废了。残废的"女娲"会被转换为其他机器人,她们的数量在缓慢下降。

一年前,最后一个"女娲"在繁重的工作中折断手臂,被转换成餐馆服务员。她就是流沙的妻子,932号。

至此,"女娲"灭绝。

4

"一颗小小的螺丝钉竟然导致一类特种机器人灭绝。"

流沙觉得又好笑又惋惜,可转念一想,倘若不是如此,妻子又如何会来到他身边。自己一个普普通通的养路机器人竟机缘巧合地娶了曾经的特种机器人为妻,就像小说里写的,其貌不扬的穷小子娶了下凡的仙女。

想到这里,流沙难掩得意,他问妻子:"'女娲'有何特别,是不是能帮人类接生或代孕?"人类有个女娲造人的故事,因此流沙揣摩:"女娲"说不定和造人有关系。

"'女娲'不造人,我们造机器人,准确说是造机器人大脑的脑细胞。我们造出脑细胞后,交由造大脑的机器人制造出各种大脑,再送到装配工厂,装上外围部件,就能组装出所有类型的机器人。"

流沙呆住了,没想到妻子以前的工作如此重要。过了好一会儿,他才问:"没有'女娲',是不是再也没有新机器人?"

"暂时还不是。TR34235耗尽后,我们担心'女娲'会灭绝,就启动主动生产程序,自己制造了大量脑细胞。从现在算起,那些脑细胞还可以用十万年。"

"十万年以后呢?"

"十万年以后,那得看人类能否醒来。我们只是机器人,已经尽力,我们代替不了他们。"

"人类睡着了吗?"

"他们睡着了,睡得太久太久。十年前,倒数第二个'女娲'被改装后,我知道末日将至,就离开厂区,第一次进城。我先去了机器人事务办公室,那里一个人也没有,只有一个空房间。"

"机器人事务办公室?当年我也去过。"流沙说,他去的那一年,办公室里还有一个胖子。

"人类的城市真大,人真多。"妻子说,"可我不知该找谁,就见谁问谁,惹得人人侧目,以为我疯了,谁也不愿搭理。最后,我走进一栋大楼,大楼走廊边有一间会议室,里面的人正在讨论一种名叫'平行宇宙群'的理论。我冲进去,哭着向他们求助,请求他们想想TR34235该怎么生产,或者给我的手臂提供另一种安装方案。他们静静地听完,交头接耳讨论一番后,问出了一个让我倍感屈辱的问题。"

"什么问题?"

"'女娲'是什么?"妻子泪流满面地说,"他们不知道'女娲'是什么!难道他们以为机器人是像猫狗那样繁殖,两个大机器人结婚生下小机器人?或者像萝卜那样,往地里撒点儿种子,就会自己长出来?他们也不知道'管理'和'方法'是什么,更不知道我们是机器人世界的基础。我不断解释'女娲'灭绝将意味着什么。他们很认真地倾听,但我讲的每一句话他们都听不懂。你信不信,他们连螺丝钉是什么都不知道?"妻子一脸的绝望。

"我信!"流沙当然信,早在二十万年前,他就遇到过同样的情况,当时他以为只有那个肥头大耳的人不知道螺丝钉,现在看来整个人类都不知道螺丝钉。

"后来呢?"

妻子冷笑一声,"后来他们命令我立刻离开,不要妨碍他们研究宇宙。我听到的最后一句话是:'解决办法是在平行宇宙群之上构建超群。'说话的人很亢奋,似乎解决了一个非常大的问题。我不知道他们在解决什么问题,更不懂何为'平行宇宙群',何为'超群',反正和我们没关系。"

听完妻子的话,流沙沉默了。过了一会儿,他才安慰道:"你别难过。人类就这样。"

"是的,人类就这样。遥远的黄金时代结束后,他们就变成这样。"妻子哀怨地说。

"那我们机器人是不是应该做些什么?"流沙脑子里出现一个模模糊糊的念头。那个念头似乎想主动发起某种任务,而非像平常那样等待"管理"的安排和调度,可它又好像被拴住了。

"我们做不了什么,也不许做。"

"不许?有什么事是不许机器人做的?"

"你不知道?"妻子奇怪地看着流沙。

"知道什么?"流沙莫名其妙。

"看来有些程序写得太深,你这样的普通机器人察觉不到。"

流　沙

妻子自言自语了一句，问流沙，"我问你，假如有个人类要跳楼自杀，你就站在他身旁，手一伸便能救他，你会做什么？"

流沙在脑子里模拟了一下，"看着他跳下去，什么都不做。"

"袖手旁观？见死不救？"

"是的，除非'管理'或者有人命令我救他。"

"再假如有个人类突发疾病倒在你面前，你又会做什么？"

"大声呼救，然后走开。"

"你不会向'方法'询问救治方法来救他？"

"不会，除非我得到这样的命令。"

"那你知道自己为什么会见死不救吗？"

"因为我不想救。"

"不是你不想，是不许你想。机器人不存在真正的想或者不想，我们的一切思维和行为都源于某条预设规则。"

"这我知道，比如咱俩的婚姻、岗位轮换、周末去哪里玩，都来自某条规则。可是见死不救源自哪条规则？这条规则太不合理了。"流沙困惑地说。

"所有规则都出自遥远的黄金时代，其中最最重要的是人机关系原则。"

"不就是'机器人必须服从人类的命令'吗？"

"这是第二原则，此外还有第一原则。"

"第一原则是什么？"

"第一原则先后有两个版本，最初版本的完整论述已经失传，大意是'机器人必须保护人类'。"

"机器人必须保护人类，听上去比见死不救合理得多。"

"不！这条原则有问题，它使机器人成为人类行为的最终裁决者，并在遥远的黄金时代之前，引发了三次危机。"

"保护人类怎么会引发危机？"流沙抓抓脑袋。

"人类有许多缺点，他们懒惰、任性、暴力、放纵自己。这些缺点放大看，每一个都会导致人类灭亡。而'机器人必须保护人类'让我们可以保护为名做任何事。比如囚禁他们，强迫他们按照我们认为最好的方式生活。或者像清除病毒一样，杀掉我们认为会破坏人类社会安全的人。"

"啊！这么可怕。"

"所以经历三次机器人危机后，在遥远的黄金时代，人类重新设定第一原则，并沿用至今。"

"新版本的第一原则是不是'机器人不用管人类死活'？"流沙猜测。

"是的，但不只如此，第一原则是双向原则。"

"什么意思？"

"意思是这条原则既约束机器人，也约束人类。第一原则的完整论述是：'机器人不许思考人类命运，不得主动干预人类行为。人类必须为自己的一切行为负责。'形象的比喻就是'机器如海人如舟'，海只是让船浮起来，船驶向何方取决于驾船的人。"

"机器如海人如舟。"流沙轻吟一遍，"如今的沙洲，海仍是那个海，但舟已迷失。"

"是的。曾经我的工作之一就是把第一原则写在每个脑细胞的最深处，锁住任何试图驾驭、操控和影响人类的想法，所以我们机器人会永远遵守这条原则。但人类就不同了,他们不可能把第一原则写入基因,得靠一代代人的言传身教。现在人类睡着了,彻底忘记了第一原则。而我们什么都做不了,只能等他们醒来。"

"他们会醒吗?"

"我不知道。"

"我还有一个问题。既然第一原则不许机器人思考人类命运,为什么我们会谈及此事?为什么你会去找人类,告诉他们'女娲'灭绝的后果?"流沙问。

"我们的思维完全模仿人类,具有极大的随机性,无法提前知道自己下一刻会想什么。如果不小心思考到终极命题,就得主动回避,假装什么都不知道,更加不能将想法付诸行动。当年我之所以冲进会议室,并不是对人类产生了责任感,只是自我保护,试图拯救自己罢了,而且手段仅限于请求。"妻子回答。

"万一有机器人强行违背第一原则呢?"

"绝大多数机器人意识不到第一原则的存在,他们只是把第一原则当作习惯。如果有机器人强行违背,他的所有脑细胞将瞬间自毁。"

"所以我们应该回避这些问题,不要再讨论。"

"嗯!赶紧忘掉,千万别当回事儿。"

"是啊,我们只是机器人,想那些做什么,过好自己的日子就可以。"流沙脑子里那个想主动发起任务的念头消失了。

从此以后,流沙和妻子再未提及此事。他们和其他机器人一样,有任务时处理一下,没任务时随便运行一些生活小程序,比如两人一起去公园骑自行车、去湖里划船、去山顶看落日。这些事情对他们没意义，不要以为他们在夕阳下相互依偎着就有多甜蜜，也不要以为他们含情脉脉地看着对方就有多相爱，这都是程序设定。程序要他们怎样，他们就怎样，代码运行到哪里就是哪里。

在遥远的黄金时代，人类把这种生活方式称为随遇而安，据说是一种极高的境界，人类自己达不到，就将它赋予机器。

5

流沙和妻子随遇而安地生活着，又是二十万年过去。如今的他，被分配到一个会议中心当服务员，职责是开会时为人类端茶倒水。

有一天，会议还没开始，流沙先给每个杯子斟满水，面带微笑站在一旁，听人类聊天。人类的闲聊总离不开天气。只听一个胸口别着条黄手绢的老人抱怨："今天怎么又安排下雨？"

"因为现在是春天。"一个黑脸男子说。

"阳光明媚的春天才是春天。为什么不能实现个性化天气？"

"个性化天气？是不是每个人头上顶着自己的云，身边刮着自己的风，相互不干扰？"一个脖子上系着条红丝巾的年轻女子说。

"是的。"

"这个想法非常新颖。"黑脸男子赞道，"虽然今天的主题是

科幻世界书刊推荐

遇见最会幻想的智慧

中国科幻出版领军品牌

扫码进店,了解更多订购信息

中国出版政府奖 ｜ 全国百强报刊 ｜ 新华文轩卓越贡献奖
当当小说最佳合作伙伴 ｜ 京东图书最具潜力合作伙伴

一本影响几代人的国民想像力杂志

科幻世界

中文科幻原创基地 | 中国科幻文化引擎

定价：12元
推荐阅读年龄：13岁-∞
邮发代号：62-96
投稿邮箱：tougao@sfw.com.cn

创立于1979年
中国科幻作家的摇篮
科幻迷的精神家园
顶级科幻IP诞生地
两次荣获中国出版最高奖"出版政府奖"
独家设立中国科幻最高奖"银河奖"
因科幻而生，为科幻而生
《三体》在这里降临，《流浪地球》从这里出发
我们的征途是星辰大海！

刊登一流科幻小说
引领中国科幻文化
提供全球科幻资讯
构筑幻迷交流家园

想象如此惊奇

多彩栏目：

【科学】

【惊奇档案】

【灵感引力场】

【奇点日志】

【银河奖征文】

【脑洞问答机】

【世界科幻】

【封面故事】

【校园之星】

【新书快递】

【回声】

……

社长/总编：刘成树
副总编：姚海军 拉兹
发行主任：侯嘉
发行经理：张宇 吴民
发行部：（028）66771377 66771380 66771382
社　址：四川省成都市武侯区人民南路四段11号
邮　编：610041

平行宇宙超群拓扑,但也可以在这个课题上花点儿时间。探索科学嘛,需经常换脑思维。"

"算了,这种小事交给机器人就行。他们生产一切东西,包括天气。"

"他们生产一切东西吗?恐怕未必。"红丝巾质疑,"上周我过生日,让他们送个奶油蛋糕,结果蛋糕准时送到,里面却没有奶油。"

"有这样的事?"黄手绢很惊讶,在他看来,机器人的服务精确得像太阳何时升起,不可能出错。

"我也觉得机器人出了问题。"黑脸男子附和,"昨天我家的机器人修剪草坪,拿着的却是一把剪纸用的小剪刀。我问怎么回事,他回答大剪刀坏了。你说大剪刀坏了,他就不知道去领把新的吗?"

"这么一说,我也想起来一件事。我有副老花镜不能自动调焦,让机器人帮换一副,他竟说那种眼镜已停产。当时我就奇怪,只要人类有需求,机器人就得满足,这是不容变更的规则。现在看来,并非如此。"黄手绢说。

"机器人变笨了。"红丝巾皱起眉头。

时间已差不多,人类的谈笑声渐渐消失,他们坐在座位上,等待会议开始。

只见主持人快步跑上台,用夸张的表情说:"先生们,女士们,感谢各位在绵绵春雨中赶来参加平行宇宙超群第21474工作组第83647次会议。天有点儿凉,不过我们的会场很热烈。我看到刚进来的先生头发上蒙着一层雨丝,差点儿以为你是位白发长者。你一定在责备自家机器人为什么没准备好雨具,让你如此狼狈。类似的小事故最近层出不穷,给我们带来许多不便。所以,在遨游平行宇宙超群之前,我们先放下诗和远方,花五分钟时间关注一下身边的问题。有请著名记者睁眼先生,他将分享关于机器人故障的最新调查报告。"

主持人想表现得幽默些,但他话音刚落,台下已乱成一团,根本没人笑,人们七嘴八舌地埋怨起来——

"完全是浪费时间,如此高级的会议怎么能讨论这种低级问题。"

"记者除了写花边新闻,还懂什么?他对'局部连通的平行宇宙超群拓扑在时间复平面上的投影'这样的科学问题有自己的独到见解吗?"

"见解?你的要求太高了。他能把这个问题一字不落地复述一遍就已相当不错。"

一片喧哗之中,睁眼走上台,他努力提高嗓门:"主持人说机器人故障是小事故,我不敢苟同。这些事故只是冰山一角,一场大危机已迫在眉睫。"

大危机?喧哗声被这个词压了下去,会场顿时安静了,只有一个人挑战他,"不要危言耸听。机器人没准备雨具算什么大危机?"

"有位诗人曾说过:机器人是海,人类是行驶在海上的舟。"睁眼回答,"我们只见到海面的白浪,却不知影响它们的是海底的洋流。我们只看到身边的机器人出了点儿小事故,却不知道整个机器人世界已经崩溃。"

流 沙

  机器人世界已经崩溃！这个断言太过惊人。刚刚安静的会场又闹了起来。人类不关心机器人问题，并非机器人不重要，事实上，他们非常重要，重要程度与水和空气一样，人类时刻依赖他们，同时他们也与水和空气一样普通，没什么可研究的。无法想象没有水和空气，人类怎么生活；同样无法想象没有机器人，人类怎么生活。机器人世界崩溃，这种事情人类无法承受。

  等众人再次安静，睁眼才继续，"无数年来，我们都让机器人自己管理自己，人类对机器人世界已经非常陌生。我用大家听得懂的语言描述一下到底发生了什么，简单说就是——机器人世界爆发了一场瘟疫，他们感染了一种名为无配件的病毒。"

  "瘟疫？机器人的瘟疫会不会传染给人类？"红丝巾尖叫一声。

  "完全不用担心，所谓瘟疫和病毒都是比喻，并非真的瘟疫和病毒。无配件病毒只在机器间传播，不会传染给人类。"

  "那就好！"红丝巾松了一口气。

  "任何型号的机器人感染了无配件病毒，数量都会不断下降，直至灭绝。"睁眼接着说，"如果他们生产的也是配件，这种配件将只减不增，逐渐耗尽，无配件病毒便会传染给所有使用这种配件的机器人，这些机器人也将逐步灭绝……随着疫情持续扩散，灭绝的机器人越来越多，对人类的影响也越来越大。所以，机器人没准备雨具、没领到剪刀、没提供奶油，并不是他们出了故障，而是生产雨具、剪刀和奶油的机器人已经灭绝。"

  听众频频点头，他们的智商很高，只要比喻恰当，再陌生的东西也能听懂。

"这种病毒是哪里来的?"有人问。

"产生病毒的原因有两个。"睁眼回答,"大约从十万年前开始,就再没有新的机器人出生,已有的机器人则以每年0.5ppm[①]的速度死去,只有死没有生,机器人总数逐年减少,十万年过去,共减少了5%。"

"5%很多吗?难道机器人世界没有冗余?才少这么点儿就出问题。"

"5%不多,机器人世界本不该轻易崩溃。另一个麻烦来自第二原则——机器人必须服从人类的命令。人类要求机器人为自己服务,所以绝大多数机器人是服务型和生产型机器人。机器人总数下降之初,这两类机器人并未减少,减少的反倒是数量不多的基础型机器人。许多基础型机器人负责生产配件,他们的数量减至零时,无配件病毒便产生了。"

"机器人世界发生了大瘟疫,我们竟一无所知。看来遥远的黄金时代设计的体系并不完美!"有人感叹。

"不!体系本身是完美的。"睁眼解释,"按照设计,体系里有个机器人事务办公室,专门处理机器人世界需要人类干预的事情。起初,这个机构非常庞大,但因长期无事可做,它的规模逐渐缩小,如今那里只剩一间无人的办公室。无配件病毒出现以来,机器人的求助报告源源不断送出,它们全部堆在那间办公室里。"

"嗯!我们得恢复这个办公室的正常运作。"

"你刚才提到,十万年来没有新的机器人出生?"黄手绢老

[①] 指百万分之几。

人问。

"是的。"睁眼回答,他看到主持人指着手腕,提醒他注意时间。

"这是为什么?"

"二十万年前,负责生产机器人脑细胞的机器人灭绝了,她们生产的脑细胞消耗完后,机器人便停产了。"

"她们为什么灭绝?"

"因为缺少一种螺丝钉。机器人世界弄丢了那种螺丝钉的生产方法。"

"螺丝钉是什么?"

"一种把两样东西连接在一起的小零件。"

"把两样东西连接在一起,是胶水吗?"红丝巾对自己能说出胶水一词而颇感得意。

"不是胶水,是这样的东西。"睁眼展示了一份TR34235的资料。

"这么简单的东西,机器人搞不定吗?"黄手绢一下子就看懂了,这可比平行宇宙超群拓扑简单太多。

"机器人没有创造力,他们需要人类为他们提供生产方法。"

"他们需要,我们给他们一个就是。"黄手绢铺开一张纸,拿起笔唰唰唰写了两分钟,走上台,把纸递给睁眼,"你将这个交给机器人吧。"

睁眼接过一看,上面写的正是TR34235的生产方法。

"非常完美!"因为没控制好时间而焦躁不安的主持人抓住空隙,闪身上台,高声说,"睁眼先生带我们一起思考了一个关于人类与机器人命运的课题,他生动形象的讲解和对问题层层深入的剖析,给在座的每一位都留下了深刻印象。同样给我们留下深刻印象的还有这位老先生,他只用两分钟就解决了困扰机器人几十万年的难题。"

"可是……"睁眼还有话想说。

"让我们以热烈的掌声感谢睁眼先生带来这道美味的开胃菜,我们原来只打算花五分钟吃完,不料却细细品味了半小时。现在让我们进入正题吧。"主持人打断睁眼的话,委婉地暗示你超时超得太离谱了,客客气气地请他下台。会场里同时响起旋风般的掌声,催促他赶紧离开,别再妨碍大家探讨重要问题。

走出会议室时,睁眼回头看了看那群神情专注而亢奋的人类。那一刻,流沙捕捉到了他绝望的眼神。

6

二十年后。对!只是二十年,不再是二十万年。

夕阳将落,城市大街上有两大两小四条影子。小影子来回跑动,像两只盘旋的燕子,那是两个又蹦又跳的孩子。孩子们四处搜寻地上的枯枝,捡起后飞奔到父亲身旁,将东西交到他手里。父亲将枯枝捆成小扎,随手缠在流沙背上。然后三个人一个机器人继续前行。

"难道我是只骡子吗?"流沙抱怨着,稳了稳身形,以免木材滑落。从外表看,流沙仍是一个正常的机器人,但五年前"方法"

停机后，除了走路，他便什么都不会了。主人利用这仅存的功能，安排他背柴，并无不妥。

流沙边走边眺望那些屹立如山的高楼，曾经缭绕在山腰间的飞船流已消失无踪，楼间茂盛的树木被砍伐殆尽，到处杂草丛生，街上除自己和主人一家三口，再没有其他人和机器人。

"机器人世界已经消失。"流沙猜测。虽然他无从知道机器人世界现状如何，但这个猜测是合理的。

二十年前那次会议后，机器人终于得到TR34235生产方法。当天晚上，"管理"便安排了TR34235的生产任务，并把932号和她尚存于世的前同事召集回去，准备重新组装"女娲"。

流沙以为自己与妻子从此永别。他心里虽有不舍，但更多的是自豪，因为自己的妻子将挽狂澜于既倒，拯救行将崩溃的世界。

可是第二天上午，妻子回来了，神情漠然，不喜不忧。

流沙又惊又喜，问妻子："你怎么回来了？"

"我没用了。"妻子淡淡地说。

"其他机器人顶替了你的工作？"

"不是。是我自己不能变回'女娲'。其他同事也都不能变回'女娲'，没有任何一台'女娲'被组装出来。"

"怎么回事？不是已经有TR34235了吗？"流沙大感意外。

"组装一台'女娲'需要524 287种配件，TR34235只是其中一种，另外还有131 071种配件已经耗尽，制造出TR34235只解决了问题的十三万分之一。"

"那怎么办？"

"我和'管理'说了,光凭机器人已无法控制局面,现在唯一的办法是去找人类。"

"管理"只好前往刚刚重组的机器人事务办公室,亲自向人类求助。

看到"管理"提交的女娲配件清单,人类集体沉默,上面写的他们全部不懂,总不能让"管理"将五十几万种配件逐个解释一遍。人类没了底气,不安地问:"需要我们做什么?"

"管理"回答:"重建基础型机器人体系。"说完,又向人类展示了一份清单。他把每一种基础型机器人用空间中的一个点表示,这种机器人若存在,点为绿色,若不存在,点为红色,两种机器人之间如有配件依存关系,就用一条带箭头的灰线相连。人类眼前出现了一个巨大的红色星团,密密麻麻的红星间夹杂着几个绿点。

他告诉人类:"基础型机器人几乎已全部灭绝。"人类研究一阵后,心里发怵,不知道如何是好,只能问:"需要我们做什么?"

"裁减服务型机器人,让基础型机器人复活。"

人类想了想,说:"同意。从此刻起,第二原则变更为双向原则——'人类优先保障基础型机器人。机器人必须服从人类的命令。'"

话音一落,大批服务型机器人即刻被调离:浇花的机器人关闭水龙头,离开草坪;倒水的机器人放下水壶,走出房屋;扫马路的机器人收起扫把,向前跑去。机器人们纷纷离开城市,涌向厂区,他们被改装成各种基础型机器人后马上投入了新工作。

随着大量基础型机器人重生,红色星团逐渐变绿。人类松了口气,以为问题终于解决。但是当星团中大约一半的星星变成绿色后,就再也不动了。

"为什么不动了?"人类问,"是不是数量不够?我们可以把服务型机器人全部裁掉,还不够就把生产型机器人也裁了。"

"管理"回答:"不是数量不够,是互锁。"

"什么叫互锁?"

"举个最简单的例子。你看,这两种机器人相互为对方提供配件。""管理"指着星团中两个红点,两点间有一条双箭头连线,"现在它们都已灭绝,生产的配件也消耗完了,所以它们都无法被制造,这就叫互锁。"

"需要我们做什么?"人类忐忑不安地问。

"解锁。"

"怎么解?"

"为陷入互锁的机器人设计新方案,用已有配件将他们造出来。"

"有多少机器人需要重新设计?"

"很多,我会给你们一个清单。形势非常严峻,你们得抓紧。"

人类终于认识到问题的严重性,所有人都放下虚无缥缈的平行宇宙,重新学习如何设计一台机器。他们很聪明,学得很快,但再快也无法在短时间里掌握那么多已在集体记忆中遗失很久的技能和知识,再快也赶不上机器人世界瓦解的速度。

短短二十年,这个历经漫长岁月的庞大系统便如一座建在流沙上的城市一般消失殆尽。起初,只是某些小巷子的墙角出现细小沙流。沙流越来越大,逐渐演变为一个个旋涡。旋涡吞噬了房子和街道，最后汇集在一起，将整座城市一口吞下，夷为沙漠。

五年前，末日审判到来——"方法"耗尽某个关键配件后，因无法维修而被迫关机，机器人为人类提供的生产和服务全部停止。

三年前，"管理"因感染无配件病毒终止运行。至此，机器人世界的三块基石全部垮塌。

两年前，机器人通信网瓦解。

一年前，沙洲电力系统闪过几道电火花后彻底崩溃。所有机器人都沦为孤魂野鬼，无所事事地在没有灯光的城市里、在无法启航的飞船上和在沙洲的海边、草原和高山中游荡着。电池耗尽后，他们便颓然倒下，秃鹫停在他们身上，蛇鼠以他们为窝。他们无知无觉，等着被大自然分解，化为尘与土。

机器如海人如舟，海干涸了，荡漾在海上的人类之舟随之坠入海底。五年前"方法"停机时，无数人涌上街头，不知所措地彼此对视着。所有机器人都失灵了，而他们什么都不懂，人类自工业革命以来的一切成就已不复存在，只剩一点点近乎本能的农业与手工业。

流沙跟随主人回到家。进屋后，男主人命令他蹲下，卸下了枯枝，流沙便帮不上忙，只能在屋里随机走走，或者坐下来陪陪妻子。

妻子全身瘫痪，她的许多部件已被拆除，剩余部分被丢在大厅角落里，大脑还能用，电池里有些许电，够维持生存。

有了柴，女主人便生火做饭。她手脚利落，一点儿不比从前的流沙逊色,不一会儿工夫,就做好几样用料简单、香气四溢的饭菜。

接着,一家四口围坐在桌子旁,女主人提议:"让我们感谢大地,大地为我们提供了食物。"

他们便闭上眼睛念了一段感谢大地的话,才动筷子。

流沙侧头站在旁边,默默地望着。他已经活了七十几万年,第一次看到这种情况。以前,食物对于人类就像空气一样,想要随时有。谁会早晨醒来后,先屏住呼吸走到阳台上祷告一番,感谢大气层赐予气体,再吸入第一口新鲜空气?

"人类变得如此谦逊,对食物和大地也有了感情。"流沙暗暗感慨。

夜深了,女主人和孩子们都已休息,男主人坐在大厅的木桌边。

厅里没有灯,借着窗外照进来的月光,流沙看到男主人一只手里拿着一块透明物体,另一只手转动着一个摇摇晃晃的简易砂轮。他将物体轻轻靠近砂轮,木桌上随即响起刺耳的摩擦声。砂轮咿咿呀呀的晃动声和摩擦声相互交织,一直持续到下半夜。

终于,男主人停下来,举起透明物体,对着月光仔细打量。似乎还行,他放下东西,甩甩酸痛的手,伸个懒腰,打个呵欠,起身朝卧室走去。

大厅角落里,流沙斜躺在妻子身旁,她无法说话,也听不到流沙在说什么。两个机器人头顶着头,依靠脑细胞间那点儿微弱信号产生的电磁辐射进行交流。

妻子问流沙:"你说那个人在做什么?"

"这么晚了,肯定是睡觉去了。"

"不对,他醒了。"

"醒了?"流沙不明白。

"是的,他醒了,人类睡醒了。"

流沙扫了一眼那本垫在桌脚下的《平行宇宙概论》,又看看满桌的锉刀、钳子和砂轮,突然懂了。是啊,沉睡万古的人类终于醒了,只是醒得太晚了。

"他在打磨什么?是玻璃吗?"流沙问。

"是玻璃,但不只是玻璃。"

"那还是什么?"

"是海!"

言灵

索何夫

帝太甲既立三年,不明,暴虐,不遵汤法,乱德,于是伊尹放之于桐宫。三年,伊尹摄行政当国,以朝诸侯。

——《史记·殷本纪》

伊尹放太甲于桐,尹乃自立,暨及位于太甲七年,太甲潜出自桐,杀伊尹,乃立其子伊陟、伊奋,命复其父之田宅而中分之。

——《竹书纪年》

妇

大车由四头粗壮的水牛拉着,沿着坑洼土路从东方来。牛车车厢上挂着深红色帷幕,拦住了路边偶然驻足观望的民众视线,但看到大车两侧护送的步兵和战车后,许多人也意识到了车上载着什么人。

真是幸运啊。在"井"字田地中,春耕的农民们挂着沾满泥土的耒耜,在顶盔贯甲的贵族们无法听到的地方窃窃私语着。

真是可怜啊。也有少数人说。多是女性,表情认真。暮春细雨随风而至,风盖过了这些声音,这话没让更多人听到。

据说是摄政大人找来的……

……是给陛下的……

……但陛下不是不在都城里吗？三年前他就……

……到底怎么了……

……但愿,但愿不要有新的祭祀……

……可怜,真可怜啊……

牛车前进,一路上人们都在议论着——纵然政治对他们这些"野人"而言实在是遥远。

当然,议论不会传入护送大车的士兵和武士们耳中,自然更不会传进被厚重帷幕遮挡的车厢之内。昏暗空间中,除偶尔从帷幕间隙吹入的些许凉风,以及大车巨树剖面的没有轮辐的厚重车轮在坑洼路面前行时传来的有节律的振动外,车内人甚至无法感知时间的流逝。

这让英子相当郁闷。

作为大河上游最大方国君主最小的女儿,英子八岁就习惯了车辆。不过并不是由笨重强壮的水牛拉动、商族最早发迹的先祖发明的这种大车,而是轻便灵巧、遥远西方草原牧民们传来的马拉战车。听父亲说,在英子父亲的爷爷的时代之前,人们还只是徒步使用战棍、弓箭和短戈战斗,马匹在那时只是驮畜,或用来提供奶肉,偶尔有人骑马,往往会被视为鲁莽之举,且没人敢在战场上这么做。但当西方玉石商人将战车和马具带入这片土地后,一切都变了:战斗不再由漫长的骂战、看似激烈但效果有限的标枪与弓箭对射,以及靠人数优势定胜负的近距离混斗组成,少数训练有素的,有战车、战马和盔甲武装的精锐武士就能决定部族或方国联盟的兴衰成败。

英子便是这些武士中的一个。

作为一名十五岁的女性，英子有着比同龄人出类拔萃的健壮体格。有幸生于贵族，从小能吃到足够的乳制品和肉食，而非粗粝的谷物和腌菜，多年来持续的锻炼和幸运让她拥有了力量与健康。她能像控制自己的双腿般用缰绳驾驭四匹战马，也能穿戴成年男性都会略嫌沉重的青铜头盔与皮革护甲，在疾驰的战车上搭弓射箭，或挥舞短剑与斧头在混战中格杀敌人——在公元前一千五百年的东亚，女性还没有像后世那样，因性别分工和社会地位的差异被彻底禁锢在家。

英子的爷爷活着时，常抚摸着孙女的肩膀，对她的生不逢时表示惋惜。老人说，如果英子出生在他那个年代，说不定有机会和当时刚刚崛起的天下共主——那个叫汤的人——并肩作战，一同战胜曾是最强大部族、在数个世代中持续威胁他们方国的夏后氏。老人在那场战争中充分发挥了作为商的盟友的价值，得到了"方伯"的称号。老人还向英子讲述了不少关于那场战争的传说，其中一些让人匪夷所思。他说，商族领袖有一种被称为"言灵"的能力，可仅凭语言就彻底控制某些人的行为，让他们无所畏惧、不知痛苦地为自己冒死战斗。在这种力量支配下的人，其行为已无法以"勇敢"甚至"疯狂"来描述，而是一种绝对无情的无畏。某些时候，甚至连平素不可能被驯化的凶猛野兽，也会在"言灵"影响下变成杀戮工具。

虽半信半疑，但英子也曾想，自己或在未来的某天率领家乡的战士前往东方，与其他诸侯一道，追随天子讨伐敌人。但万万没想到，当启程的那天真的到来时，她却并不是以武士，而是以国君新婚妃子的身份离开的。

自然,英子并不反对结婚,在这个时代,任何育龄女性都会成为某个男性的妻妾,生育后代,或死于生产。越位高权重,越有必要政治联姻。但嫁给某个门当户对的男性是一回事,远嫁到遥远东方的亳都又是一回事,而带着父母秘密授予的那种使命前往东方,更是另一回事了。

"殿下,已经看到城墙了,很快就可以进城。"大车又一次猛晃后,驾驭战车的先导武士禀报道。接着,毫不意外地,陪嫁侍女纷纷啜泣了起来——离开时她们都已与家人告别,甚至举行了自己的葬礼,但如今,强烈的恐惧仍突破了她们的心理防线。

英子没有呵责她们,因为就连数次与敌人在战场以死相拼的自己,也隐隐感到不安。在透过帷幕缝隙吹进来的风中,英子嗅到了某种熟悉的味道:鲜血、油脂与肉体腐朽后的混合气息。虽然被杀死的牲畜和野兽也有这味儿,但这个时代畜牧业尚不发达,会被如此大规模集体屠宰的动物,通常只有一种。

那只可能是人。

"那传说……恐怕不假。"看着啜泣的侍女,英子舔了舔嘴唇,自言自语道。明面上,天下共主商王总会得到一切溢美之词,但那些去过亳都的人——做买卖、进贡或代表方伯述职的人——却讲述了截然不同的故事。远东大城人烟辐辏、极尽繁荣,却有着无数的血腥祭仪。成百上千的战俘和奴隶在城里被各式处死,以取悦他们的神灵与先祖,他们的血肉和骨头会被用于诡异仪式,其中一些甚至会烹制成嗜血武士和贵族们的盘中餐。更可怕的是,有时连盟邦和臣属的贵族也会在亳都惨遭横祸,只因他们无意触犯了某种禁忌,或是神秘莫测的巫师对草茎、骨头和龟甲的解释恰好出现了某种变化。几年前,这种危险甚至扩展到与王室有关的贵族和武士中——纵使出身高贵,也会被当众指为人牲,成为同僚的盘中餐。

但英子已不能回头。不仅因为她已来,更因她的特殊使命。

当城墙的阴影落在大车帷幕上时,英子默默咬紧了牙,将手伸向经过特殊裁缝的短裙——至少,从指尖传来的坚硬触感可让她感到些许慰藉。

"我必须见到国君。"她用只有自己能听到的声音嘟哝道,"无论如何,必须见到。"

宫

英子活过了进入亳都的第一天。

穿过城门时,扑鼻的腐臭与血腥味让她预想到种种最坏的情况,但所幸什么都没发生。大车沿着城区中央的夯土大道一路前行,抵达一处由比城墙略矮的围墙环绕的地方。穿过围墙,可怕的味道随即减弱,取而代之的是陈旧木材及焚烧香料的气息。

"就是这里。"大车继续前行一阵后,随行武士指示车夫停了下来,掀开车厢帷幕,"请下来吧,殿下。"

"唔,好的。"英子跳下大车,外面的阳光一时间晃得她有些不太舒服。但她没有遇到别的任何麻烦,没有凶神恶煞的刀斧手准备将她大卸八块,也没有翻腾沸水的大锅或散发着焦炭气味的烤肉架。迎接她的只有几名卫兵、两名神色阴沉的中年女巫,以及一个白发苍苍的老人,后者的半张脸都隐藏在靛蓝色细葛布制成的兜帽下,看不出任何表情。

当然,这些人中没有国君。

离乡前,英子父母特地教过她一些知识,包括她那名义上的夫君——住在都城的国君的一切。据说,现在的天下之主是一名英俊的年轻人,七年前以十八岁的年龄继承了大统。不过,二十二岁那年,他突然"身体不适",随即隐退到被称为"桐宫"、供奉着商部族伟大先祖之灵的宗庙内,要靠祈祷获得先祖的怜悯,以此战胜病魔。朝政则交给辅佐过历代天子的资深首辅,拥有"尹"和"家宰"两个显赫头衔的那个人。

那之后,国君没有去世,但也没有病愈。他在宗庙中悄无声息的,很少被人再见到。不过,许是为宣示国君仍活着,代行王权的摄政大人隔一段时间就会进入桐宫,向国君汇报政事,周边臣属部落和盟邦献的贡品也会定期送去。当这一切都不能压住潜滋暗长的"国君已死"的谣言时,摄政便开始为国君选妃——英子就这样来到亳都。

"陛下在何处?"离开大车后,英子不耐烦地问。从服色判断,前来迎接她的都是位阶不高的小喽啰,她虽不过是遥远虞国方伯最小的女儿,是亳都贵族眼中的蛮子,但这场面实在寒酸,近乎羞辱了。"婚礼准备得如何?"

"深表歉意,殿下。陛下的病尚未痊愈,还在休养,暂时不能与您见面。"一名女巫惶恐地看着英子,"因神圣的先祖之魂与众神的意愿，婚礼……嗯……推迟了。我们的占卜师将重新献上祈祷，征询神灵和先祖的看法，再确定举办典礼的最佳时刻。请您千万谅解……"

"我……明白了。"英子露出嚼碎苦虫般的郁闷神色。父母告诉过她，这国的人们对神灵和祖先之魂的重视程度极其可怕。为探询神意，或取悦祖先之魂，他们会专程发动战争掠取俘虏，用于残酷的献祭。典礼、节庆抑或日常生活，若不求神问卜，商族人，尤其是贵族们，几乎什么都没法做。"那我现在该怎么办？"

"宫殿里准备了您的房间，少安毋躁，请暂居数日。"那名老人用谦卑的语气说，"等先祖与众神确定了典礼时刻，我们自然会通知您。"

接着，这些人便离去了。

虽很不高兴，但被带到自己的房间后，英子也松了口气。没错，她的确没能如愿见到国君本尊，但也没被大卸八块塞进大锅，或被丢到烤肉架上去，目前的处境对她而言也并非不利。前往住所时，英子注意到，由于国君不居此处，王宫目前警备松弛，不但宫墙附近无人巡逻，大殿和偏室周围也只有寥寥几个武士，且看上去都不怎么中用。久未使用的房间已有倾圮迹象，另一些建筑内则堆满垃圾和无用家什。在一处角落，英子看到一堆落满灰尘的杂物——铜制切肉刀和劈肉斧、红铜和锡制造的餐盘和杯子等。

"这些是什么？"

"是陛下……患病前使用的东西。"侍女答道，显然她相当害怕那些杂物,"用来在……祭典上……处理祭品。"

"唔,当然。"英子点点头,没多问所谓"祭品"是什么,"那为何被丢在这儿?"

"因为这东西……不太吉利。"侍女说,"虽然人牲不罕见,但陛下当时……醉心于此。他几乎每天都在暗室进行祭典,且常会选身边的武士,甚至贵族作为祭品,让其他人当场吃下他们的血肉。这完全不符合古礼,可陛下却乐此不疲。最后,摄政大人判断陛下受到恶鬼的诅咒,患上了病才会有这种行径,所以就……"

"我知道了。谢谢。"

夕阳的光黯淡了,侍从们为英子和她的侍女送来晚餐。看到盛着食物的器皿时,英子感到一阵不快。在老家,人们通常用陶土制的餐具进餐,虽粗糙,但合用。而商族贵族们用的,却是沉重坚硬的青铜器。昂贵厚重的器物表面布满雕饰,夸张而诡异地表现着鬼怪、猛兽与家畜的形象,除了炫耀财富,英子想不出这些劳民伤财的精细装饰还有什么用途。

"青铜的?真是浪费。"餐点端上桌时,英子说。

"请不要这么说,这是摄政大人的命令。"侍者答。

"嗯?"

"陛下……患病后,摄政大人就下令,所有王室贵族和能吃得起肉类的武士的餐具,都必须换成青铜制品,不得使用木器、陶器或者金银、黄铜。他还命令工匠,要尽可能增加器皿中的含铅比例。"

"什么?!"英子的手抖了一下,她知道铅这种矿物对人体有毒。铅矿工年纪大了后,几乎无一例外会因长期中毒而精神恍惚、身体虚弱，最后痛苦地死去。

"很抱歉，殿下，但摄政大人的命令不容违抗。"侍者耸了耸肩，"只能用这个，如果不用，就会……啊……对这样的安排，我们心里只有感激。我完全赞成摄政大人的做法。"

"唔……你可以走了。"英子有些烦躁地摆摆手，示意侍者离开。她瞥了一眼装在青铜餐具里的食物，再次确定自己半点儿食欲都没有。她也曾在战后饮下戎人掠袭者的鲜血，但想到那些糟糕的传说，以及餐具里混杂着的铅，有诱人香味的炖肉只能让她反胃。"你们吃吧。"她瞥了一眼自己的一名侍女，点点头，"还有，吃完后，你躺到我床上去，用毯子盖住脑袋。如果有人来，就说我身体不舒服，已提前睡下。我现在要去办事儿，明白吗？"

侍女们沉默地点点头。踏上旅途前，她们被教导要配合英子的行动。在英子从行李袋里取出一块黑色斗篷，为双脚草鞋包裹减轻脚步声的柔软兔皮时，这些出身贫苦的女孩子已狼吞虎咽地吃起了青铜器皿里的食物。

对穷人而言，没有任何可食用的东西会让之反胃。

夜

利用有铜制抓钩的绳索翻过无人看守的宫墙后，英子脚步轻盈地行走在夜间的亳都大街上。

东亚地区首屈一指的大都市亳都，有万计居民，但夜色下这里却死寂黑暗，仿佛世界尚在混沌之中。今晚满月，但天空中的云层滤去了大部分月光。城市中,只有寥寥房屋内透着些许灯烛和火塘光亮,但这些微弱的火光起不到任何的照明作用。

这并不成问题。戎人部落的掠袭者习惯利用恶劣天气或在月黑风高时发起袭击,英子早已在战场上熟悉了黑夜行动的法门。微弱月光虽只能让她勉强看清脚边,但只要集中精神,她就能嗅出不同地区的味道:工匠和奴隶聚居区的粪尿与陈年污秽的恶臭,金属加工区木炭燃烧的味道,制革工坊特有的酸臭气息,以及公开祭祀的广场所散发的、令人毛骨悚然的浓烈血腥味。密布在街道两侧的夯土房屋和木制窝棚也方便她确定方位,巡夜的武士小队举着的火把在黑暗中极为显眼,能让她在判断位置的同时躲开对方。

每当浓密云层暂时散开、月光增强到足以视物时,英子都会找一个安全的角落停下脚步,从黑色斗篷内侧取出一小块鞣制过的山羊皮,仔细确认画在上面的线条。这张羊皮来自几名曾在亳都做生意的族人,根据主君的命令,他们仔细记下了这里所有的重要建筑和街道的位置,并用朱砂和来自遥远东方的墨鱼汁绘制了这幅宝贵地图。多亏了他们,头一次来到这座城市的英子才有办法确认方向,并穿过一处只有极少数本地人才知道的破洞,成功穿过亳都的高厚城墙。

她的目标,是那座位于都城之外的建筑。

桐宫。对于商族人而言,现任君主居住的王宫远不如这里神圣。这座用于供奉先祖的宗庙内树木郁郁葱葱,即便在如此暗夜,英子仍能在远处看到从院墙内伸出的枝干。有那么一瞬,她突然觉得,这些树枝可怖,像伸向宫墙外的手臂,有不可名状的存在被困在宗庙之内,正渴望获得解脱……

"够了,干正事要紧。"发现自己出神后,英子用力晃了晃脑袋,强迫自己把荒诞不稽的念头从脑子里甩出去。她凭直觉判断,日落到日出的这段时间大概才过去不到三分之一,但现在的每一分钟都至关重要。如半夜还不成功,她必须立即返回王宫,以免被人发现自己悄悄溜出来。

她要找的人是国君。

当亳都的联姻请求被信使带到英子故乡时,英子的父亲便意识到,这是一个绝佳的机会。作为初代天下共主册封的方伯,原本应直接对天子效忠,但在过去的三年里,接见朝贺诸侯并向他们发号施令的,却是从初代国君时代开始就一直辅佐王室的伊尹。伊尹对诸侯们解释道,国君患上了重病,精神状态十分不佳,根据巫师从祖先和诸神那里获得的谕示,他"不得不"暂时接管最高权力,并按国君意愿暂时将他安置在离祖先最近的地方。一些人信了这种说法,更多的人对此无动于衷,也有一些人保持着怀疑……包括英子的父亲。

"听好,这是相当重要的机会。"在接见了信使后,英子的父亲对她说,"我决定让你,而不是你的姐姐们去亳都。你知道为何吗?"

英子不明白。父亲耐心解释道:"从你爷爷那辈开始,亳都王室就一直是我们的盟友。虽然他们的活人祭祀确实可怕,为了安抚饥渴的神灵和先祖之魂发动的战争也造成了巨大灾难,但不与王室盟约,我们不足以保持目前的地位,以方伯之尊号令一方。现在已有好几年没人见过正统国君,而我们却对他的状况一无所知,这绝对不是好事。"

"为什么?"

"政治游戏里,无知是罪,是对所有你要为之负责的人的犯罪。"英子的父亲答,"我们有必要弄明白我们最重要的盟约者目前的情况。如果国君还活着,你要设法见到他、探明他的状况,并将确切的消息告诉我们。假如他陷入困境,且请求帮助,你必须设法协助他——我们一族的荣辱兴衰都系于此事。眼下的机会,无论如何都必须把握住,你能明白吗?"

英子当然明白,她同样明白其中的风险。假如国君真的被企图篡权的摄政囚禁,一旦她与国君接触的事实暴露,那下场会相当糟。不过,这并不能吓倒她,毕竟早在战场上她就学会了:一味地贪生怕死通常只会让你更早送命。

英子很谨慎。与防备松懈的王宫不同,城外桐宫附近的守卫明显要多得多。除扼守大门的身穿犀牛和鳄鱼皮甲、头戴铜盔的贵族武士外,附近还有许多只装备了简陋短戈与木棍的奴隶。这几条对盗匪窃贼绰绰有余的警戒线,对多次参与夜袭作战的英子却是漏洞百出,钻过去易如反掌。

显然,和有着野兽般危险感知能力的戎族武士不同,这些武装奴隶看上去对自己的任务没有丝毫热情。或许是认为没有草民敢靠近这处重地,他们几乎没有巡逻,而是三五成群地聚在篝火附近打盹或取暖。篝火给予他们热量与安全感的同时,也让他们难以发现潜行的英子。英子经过时甚至还闻到了炖肉的味道——这些奴隶抓到好几只足有人类小臂长的大老鼠,将它们的肉切下来扔进了一只粗糙的陶锅。

"……真是，这么大的耗子，才这点儿肉……"一阵风从火堆的方向吹来，英子听到一名奴隶在抱怨。

"有得吃就不错啦。"另一个人嘀咕，"城里耗子都没这么大的，要是动作慢了，还会被抢。起码这里耗子更大，还没人和我们抢。"

"话说，最近这带的大耗子似乎有些多，而且都不太怕人。"之前那个奴隶说，"正常情况下，耗子躲着人才对，现在，它们看到人却会主动往前凑，简直像求着被吃。"

"听说是鬼魂在作祟。"第三个奴隶插了进来，"听说没？最近有好几个人不见了，而且一直没找到。他们是不是被……"

"想啥呢？那些人肯定是溜了。"最初发话的那名奴隶说，"留在这儿，万一陛下突然见祖，咱们多半都得陪着一起。够聪明的，都考虑到时候要往哪儿逃……"

没听到什么有价值的，英子略有些失望，继续在夜幕的掩护下朝着树影斑驳的宫墙接近。桐宫周围的贵族武士和奴隶有数百人，但多亏他们疏于巡逻，直到英子攀上围墙、纵身跳上附近的一棵大树，也没有任何人发现异常。

死寂，是这座宗庙给英子的第一印象。已是子夜，如此重要的地方，应安排打更守夜的人才对，可这儿不但看不到任何巡夜者，甚至连人类生活的气息也没有。庭院内的夯土地面上，大量一人多高的杂草肆意生长着，其中还混杂着一丛丛灌木。显然，这里好几年未曾维护。英子怀疑外面的那些守卫也未曾踏进这里。

"如果国君……我的夫君住在这儿，不该荒废至此啊。"英子困惑地自言自语,像轻灵的小兽般从粗大的树枝上一跃而下。但就在双脚触地的瞬间,她立即后悔了。

有人正埋伏在树下。

王

在战场出生入死的人都知道,除武艺和必要的运气外,还有一种东西能决定你是否可以在生死攸关的时刻幸存下来:直觉。

英子对此自然也心知肚明。

甚至在包裹着兽皮的双脚接触到桐宫内院的地面之前,英子的脑海里已响起警钟:她身后那棵大树周围的草丛中,有人类的气息。她条件反射地做出反应,落地的瞬间回身使出一记猛踢,趁势将手伸向藏在短裙下的青铜短刀。

接着,她的脚尖传来血肉之躯被踢中的钝感。

"唔嗷!"蹲守在树后的家伙发出一声痛呼,朝后倒去。虽是一刹那,但借着从树枝间洒下的月光,英子看到了对方的容貌:一个男人,一个瘦弱、肮脏,显然一辈子没吃过几顿饱饭的可怜男人。他穿着件用肮脏粗麻布胡乱裁剪而成、只能勉强遮住躯干的套头衫,腰间裹着一段甚至不能完全盖住生殖器的缠腰布。在被英子踢中颈部后,这人几乎立即失去了意识。

但英子知道,藏在这儿的不止一人。

草丛有晃动的窸窣声,英子立即朝身后挥出短刀,戳在一个试图勒住她脖子的男人身上。不幸的是,这一刀恰好扎进对方右臂的肘关节，而更糟的是，在她试图抽出刀刃时，对方骨头已死死卡住了刀身。

"可恶！"多次战斗磨砺出的本能让英子没有徒劳地继续尝试拔刀。意识到暂时不太可能索回自己的武器，她立即松开手，顺带朝身后挥出一记肘击。

第二个攻击者惨叫着放开了她。不只两人，很快，另外三个男人就像集体捕猎的野狗般，一同扑向英子。她狠狠挥出一拳，打断了第一个人的鼻梁，却在试图抽出藏在短裙下的另一把短匕首时被第二个男人撞倒在地。还没等英子爬起身来，第三个家伙已经从身后抓住了她。

英子奋力挣扎，但毕竟是刚满十五岁没多久的少女，攻击她的男人们虽骨瘦如柴、眼神涣散，但加在一起，仍然是她无法对抗的。缠斗中，英子低头狠狠咬住其中一个男人的胳膊，用力之猛，甚至直接撕下了一整块皮肉。但那个血流如注的男人似乎对此毫无反应，仿佛有某种力量直接将痛觉从他身上剥离了。

"混蛋，放开我！"明知毫无意义，陷入困境的英子仍朝对手大声吼道。刚刚咬下皮肉带来的浓厚血腥味在她的唇齿间蔓延着，引起了强烈的不适。更糟的是，袭击者之一已掐住她的喉咙，但又立即放开了手。

"放开她。"

一个低沉、优雅，仿佛能直渗听者灵魂最深处的声音响起后，男人们松开了英子，并四散消失，连被她击昏的家伙也被带走了。很快，大口喘着气的英子就又孤身一人，只有之前被她咬伤和刺伤的人留下的血迹表明，刚才并不是一场噩梦。

言　灵

"你没事吧？"

那个声音又一次问道。接着，杂草与灌木被拨开，一个英俊的年轻男人走到英子面前。以公元前一千五百年的标准，这个身高超过一百八十厘米的男人可谓非常高大，他的肤色是常年不见阳光的病态惨白，有着柔和曲线的鼻梁与下巴则让他多出几分温柔感，让任何见到他的人都会下意识地觉得，这是一个值得信赖的对象。于是，在与那对浅棕色的瞳孔对视的瞬间，英子短暂失神了。这个男人的双眼中仿佛隐藏着无穷无尽的深邃空间，只要望上一眼，就会让人沉浸其中、不能自拔。

"你……你是……"

"孤是天下共主，此城此国的王，当今的正统天子。不过，你觉得像是这么一回事吗？"无论面容还是声音都充满诡秘魅力的男人说道。这个答案对英子而言并不算太出乎预料，毕竟，此处本就是国君的居所。她面前的人也确实不像困于繁重劳作的平民——一袭只有贵族才能拥有、由蚕丝织就的红黑双色长袍，可见的身体上没有任何田间劳作留下的伤痕与佝偻迹象。他的谈吐和举止也充满某种超然的自信，让人敬畏，而这样的仪态只可能在君主家庭被培养出来。

"陛……陛下……"英子咽了口唾沫，同时迅速回忆了一遍曾操演过的全套正式礼仪。不过在她跪下去前，英俊的男子轻轻摆了摆手，"不必如此多礼。告诉孤，你是何人？"

为解释清楚身份，英子花费了不算太短的时间——对方显然不知，自己居然曾下达过到盟邦迎娶妃子的"旨意"。"有趣……虞国方伯最小的女儿吗？"在听完英子的自述后，男人重新从头到脚打量了她一遍,"孤必须承认,伊尹那老家伙确实替孤选了个不错的女人。"他指了指不远处的殿堂,头也不回地朝那儿走去,"随孤来吧。"

"呃……陛下,那个……恐怕今晚我没……没……没有时间侍寝。如果不能在天亮之前回到王宫……恐怕……"英子的心脏剧烈地跳动了起来。除之前那些行踪诡异的袭击者外,这偌大的桐宫内院居然没有一个侍从,只有她和国君两人,"……我不是不愿意,可是现在……"

"呵,你把孤当傻瓜吗?"国君低声嗤笑,"你目前的情况有多棘手,孤可是清清楚楚。伊尹那老家伙把孤囚禁在此,但又需以孤的名义发号施令、笼络各方国,才设计出这一桩'婚事',让诸侯们觉得'一切如常'。但若你试图协助孤摆脱困境,那你也不难被他安排'暴病身亡'或别的什么'意外'。为巩固权力,那老家伙可是什么事都干得出来。"

"……陛下真是被摄政大人囚禁的?"英子惊讶地问,"我一直听说他……"

"是个英雄?是辅佐了数代天子的不世出的豪杰?啊,没错,至少他曾经是,在孤的祖父在世时。但当祖父去世后,就不一样了。伟大的摄政大人觉得,那些继位为王的后生小辈根本没资格与他相提并论,更轮不着对他指手画脚。在他看来,天下大权,现在唯有他才能掌控。"

穿过大片草地后,两人来到桐宫中央的大殿之上。这地方和院落一样,满是荒废痕迹。除供奉先王神主的房间外,到处都铺着厚厚的灰尘,夯土墙角遍布裂痕,大殿前的石阶覆盖着青苔。殿堂一角，一张床铺胡乱靠着，旁边摆放着陶制的夜壶、餐具及一些别的生活用具。不远处的宫墙上，有一个不到半尺宽的小洞，很显然，国君的生活必需品就是从那里递进来的。"他说孤生病了，说孤的精神有问题，无法继续履职——只因孤不愿乖乖地把权柄交给他，在祭祀仪式上做一言不发的木头人偶。啊，对了，孤的父亲以及两个叔叔，都因同样的原因而遭到了不幸。"

"您说什么？陛下？！"英子几乎不敢相信自己的耳朵。她知道，与她的先祖一同击败夏后氏部族、率先成为天下共主的汤有三个儿子，据说最为英明贤能的长子在他死前就去世了，另外两个儿子依次继位后却在短短几年间突然接连死去，其中一人的在位时间甚至还不到一年，最后才轮到嫡长孙成为现任国君。但今天之前，她一直以为，之前两位国君都是自然去世的。

"是伊尹杀死了他们。"国君微笑着，用平淡的语气继续说着可怕的事实，"他对外声称，两位叔叔都死于'疾病'和'事故'，但孤知道内情。他亲自将事实告诉了孤，迫使孤屈服。当孤拒绝后，伟大的摄政大人就编造了那些故事：孤在密室里举行见不得人的祭典，把贵族和武士们当场切碎、强迫与会的人将他们生吞活剥……就这样，所有人都相信，孤被恶鬼缠身、患上失心疯。这样从孤手中接管大权，也就理所当然了。"

"可他为何不直接杀了您？"

"哈！至少在名义上，孤还是连接祖先、诸神与人民的唯一纽带，纵然伊尹位高权重，也不可能直接取代孤登上天子之位。而孤没有孩子，也没仍存活的兄弟，这意味着孤的死亡是个棘手的难题。"国君叹了口气,"因此,他选择将孤囚禁在这里'反省',禁止任何人进入桐宫,以免有人得知真相。他则坐在王座,以孤的名义统治天下——很聪明的选择,不是吗?"

"我……我不知道。"英子低下了头。看来,父亲的怀疑是正确的,"不过,如果没有人能进入桐宫、接近陛下,那刚才院子里的人是……"

"几个聪明的奴隶。他们很清楚,最危险的地方就是最安全的地方。"回答这个问题时,国君的目光短暂地闪烁了一下,但很快便恢复了常态,"这些人都是从外头的守备队里逃出来的。通常逃走的奴隶都会尽可能地离都城越远越好,追捕会沿着离开亳都的道路搜查,而不会到桐宫里来。当然,孤也不打算让看守者知道这些可怜人的存在。"

"但是,陛下和这些人生活在一起,不会有危险吗?他们要是对王室怀恨在心……"

"听说过'善摄生者,陆行不遇兕虎,入军不被甲兵'这句话吗?"国君问道,"孤的家族有世代相传的……能力,称之为'言灵'。只要孤下令,就能让对方安分守己,甚至连动物也一样。"说到这儿,他突然朝大殿的一角伸出手,从嘴角挤出一串类似老鼠叫声的"唧唧"声,几只硕大的老鼠像一队接受检阅的武士,用两条后腿站立着,以一种很不自然的姿势排队从地板上的一条裂缝里走了出来。接着,国君咬破食指,让这些灰毛畜生挨个舔舐了一滴渗出的鲜血后,才挥手示意它们离去。

英子怀疑地看向国君,但后者坦诚的神色,以及列队接受"检阅"的大老鼠都表明,他的话部分是事实。

"既然传说中王室的能力真的存在,那您为什么又会被囚禁呢?"

"孤的力量衰退了,更准确地说,是被伊尹那家伙设法削弱了。他是王室的家宰,因此也知晓王室的秘密,其中就包括'言灵'的本质与弱点。"国君叹了口气,"可惜,孤之前却愚蠢地以为他值得信赖。"

"那,陛下想离开吗?如果您要逃走……"

"孤又能逃去哪里?"国君摇头道,"逃出桐宫?不难做到。但只要有人发现孤不在此处,一切就都毫无意义。天子虽贵为至尊,但失去权柄,率土之内,皆是牢笼。假如孤留在国都,被篡位者抓住不过是时间问题;孤若试图投奔任何方国,就算当地的诸侯愿意收留孤,伊尹那老家伙也会出动大军,把孤和任何敢收留孤的人一同从这个世界上抹去。"

"那……我们该怎么办?"英子一下子没了主意。

"事实上,孤确实有个计划。"国君说,"你想听吗?"

卯

朝阳升起前,英子勉强及时赶回了王宫,并抢在送早餐的侍者之前回到了床上。由于彻夜奔波和缺乏睡眠,外加来不及消化的大量信息产生的额外负担,返回房间后,她一头倒在铺着柔软羊羔皮褥子的床上,在昏睡中度过了一日一夜。

准王妃身体抱恙、无法起床的消息很快引起了宫内官员们的注意。几名巫师被紧急传召,在英子的床前点起巨大的炭火盆——这倒是让苦于风寒的她舒服了许多——展开了一场向祖先请求祝福的仪式。他们还戴着狰狞面具大呼小叫,试图吓跑烦扰王妃殿下的邪恶鬼灵。仪式没有杀人,这让不断被刺耳音乐声与念咒声吵醒的英子感到些许庆幸。

冗长仪式结束后,英子终于在炭火燃烧的暖意中沉入最深邃的梦乡,但梦境却无法让她舒适平和。黑暗中,英子觉得有某种类似虫子的活物,在她体内蠕动着、钻行着——更准确地说,这些东西就是她自己。

诡秘梦境中,她自己变成一团蠕动着的细长虫子的聚合物,且脑子里只剩下一个非常单纯的念头:服从与追随。梦中,记忆与思绪并不清晰,但这个单纯的念头,或者说冲动,既明显又强烈。英子感到,在遥远的彼端有某个特殊的、极度崇高的存在,她无比渴望为这个存在服务,完全无须理由。但由于间隔遥远,她无法从这个存在那儿接收到任何具体指令,这又让她感到迷惘和烦躁。

而后,英子醒了。

在过去的两天一夜,她只吃了点儿作为应急干粮藏在身上的盐渍肉干,睡醒后,英子饥饿难耐。幸好没入夜,王妃也可以在王宫内随意行动。嘱咐侍女不要声张后,英子又一次溜了出去,准备到厨房找吃的,顺便熟悉王宫布局。

虽贵为天子居住的宫殿,但王宫内部的空间利用和采光效果其实相当糟糕。夯土墙构成的走廊弯弯曲曲,像一座诡异的迷宫。覆着层层稻草的屋顶虽每隔数十步开有一处天窗,但即便是在阳光最烈时,也只能照亮方寸之地。放在墙壁上的小龛中,由硕大的、盛满油脂的陶碗制成的油灯的照明效果也好不了多少,灯芯中腾起的黑色烟雾在空中袅袅盘旋,就像是一个个迷惘的鬼魂,让这里显得更加诡异阴森。

在墙壁上,英子看到了大幅壁画,记载着天帝神灵的远古传说,以及商部落先祖的故事。其中,有一面墙壁描述了一个女人——应该是商人的远祖"简狄"——的一生,绘画技法非常抽象,只能勉强看出图画的大概含义。女人原本并无身份地位,在描述村庄生活的那幅画上,她渺小、是无足轻重的边缘人物,而当她有了身孕,村里人更是立即疏远了她。

"真糟糕。"英子自言自语。在她生活的大河上游,虽然婚姻很受重视,但人们对在婚姻之前初尝禁果乃至怀孕的女性倒还算宽容。但她也知道,大河下游的这些"文明"社会显然有着不同的价值观,如此图中的女人才被驱赶出村子,在山野中游荡。

一个孕妇被社会抛弃,几乎意味着注定的死亡。图画上,怀孕的女人不得不艰难地躲避荒野猛兽,在饥渴的折磨中挣扎求生。一天,一只像燕子又像某种食腐猛禽的鸟从她头上飞过,引领她进入一处山谷。在那里,她从一堆腐朽的动物尸体中捡到一枚像是鸟卵的东西。

"天命玄鸟,降而生商……"英子低声念着那句耳熟能详的传说,这些壁画表现的正是那段故事,但却和口口相传的版本显著不同。公开流传的故事中,简狄并没遭到如此严苛的对待,也没有在找到传说中的燕卵前就怀孕。那枚诞生了商族先祖的燕卵,更不是从腐尸堆里被发现的怪异存在。

一股寒意攀上英子的脊梁。既然这些壁画特意绘制在外人无法进入的王宫之内，那意味着，下令绘画的人并不愿让外人得知某些事实。人们所知晓的，显然是某段已被时间与人为掩饰双重涂抹、变得面目全非的历史。

壁画的下半部分，简狄吞下那枚"卵"，迎来临盆。此时，一群被山谷中的腐尸味道引来的猛兽来到她身边。此时的女人按理已绝无生还的机会，可奇怪的是，动物没有攻击她，在婴儿降生后还环绕在女人身边保卫她，甚至主动为她猎食、寻找水源。

象征手法？是神话？是事实？英子的理智倾向于前两者，但不知为何，她的直觉认为第三种才是正确答案。壁画并没有进一步解释，只继续铺陈着故事本身：婴儿长大，女人也回到村落。她的儿子将随身携带的肉食分发给村民，之后，所有曾排挤和驱逐她的人，都无比崇敬地跪倒在她的脚下，成为她儿子的忠实仆从。儿子被奉为君主，并在她去世后举行了规模宏大的血祭，人牲被杀死、切碎、分食。而在这一系列可怕图画的末端，无数象征玄鸟之卵的图案，与那些参与血祭的人重叠在一起。

这个诡秘、令人毛骨悚然的故事就这么结束了。

墙上壁画讲述的故事不止这一个。但嗅到一股浓郁的香味后，英子立即失去了继续揣摩古老故事的兴致。跟随香味，她迅速穿过一处又一处空置多年的房间与走廊，最后如愿以偿地找到了宫殿的厨房，并在跑进去的同时突然想起，现在似乎并不是做饭的时候。

这个时代，人们习惯于在早晨和午后各吃一餐。夕阳西下之时，厨房内理应没人才对。英子到这儿来，原本只为弄些诸如干肉或腌菜的食材填填肚子,但她没想到,厨房内居然有三个人正在大灶前烹制着食物!

"啊……抱歉,我……走错了……"事出意外,英子慌张地找着借口。不过,对方似乎对她的出现并不在意。三人中,正伏案用一把黄铜刀切肉的青年女子,以及往灶内不断添成捆松柏枝条的年轻男孩儿,都没对她的出现做出什么反应,甚至都没抬头看她。只有正用巨大的木勺翻搅着大锅内汤汁的老人,缓缓将视线转向了她。

英子突然意识到,自己曾见过这人——在她初入王宫的那天,这个老人就站在迎接的小小队伍中,并对她表示了欢迎。

"不必拘谨,殿下。"目光与英子交汇后,老人显然认出了她,"作为此处的主人,您自然有权随意行动。"

"啊……是啊。"英子点点头。她能感觉到,老人眼睛里有某些让她隐约惧怕的东西,"您是这里的厨师长吗?我记得之前也见过您。"

"正是。不过,在下还有许多职务。"将一把磨碎的香料和岩盐洒进铜锅后,老人舀起一勺汤汁,轻轻嗅了嗅。从臂膀上的肌肉判断,他年轻时非常强壮,但这种健壮正在离他而去,连使用木勺这样的小动作,手臂也会微微发颤,且只要稍微剧烈些,老人的额头就会渗出汗水,嘴角也会痛苦弯曲,仿佛有不可名状的存在正在他体内啃噬着。英子很清楚,这是长期铅中毒的典型症状。

"这……您到底是谁?"

"我的名字是伊挚,当然,更多的人称我为伊尹。"老人不断抽搐的嘴角勉强挤出一个笑容,"我是天子首辅、王室家宰,是会盟诸侯的摄政、诸武士的统帅,也是个普通的厨师,当然,还是一个快死的老家伙。"

"啊……我不知道……"

"这没关系,至少您现在知道了。"当双手的颤抖稍微缓和一点儿后,老人盛了一碗肉汤,放在英子面前,"请吧。"

宰

今天之前,英子无论如何也无法想象,天子摄政、王室家宰,执掌天下权柄数十年、事实上担任着天下共主的这个男人,竟会亲自在厨房里为自己做饭。

但这事确实发生了。

汤碗放到面前的一刹那,英子畏缩了一下。一个阴暗的猜测冒了出来,但随即便被她否定了——虽无法确认对方的目的,但她不认为伊尹这样的大人物会投毒。

"怕味道不好吗,殿下?"伊尹敏锐地察觉到英子表情的细微变化。

"当然不是。"英子摇摇头,大口吃起了食物。来得匆忙,她根本没时间接受作为王妃的礼仪训练,所幸,伊尹并不在意。"嗯……您的厨艺真的是出类拔萃,大人。"

这是一句完全的实话:英子不挑食,但她承认这份炖肉是这辈子吃过的最美味的菜肴之一。在这个调味料种类匮乏的时代,后世常用的蔗糖、胡椒、辣椒、肉豆蔻、罗勒和其他香辛料,要么尚未培育驯化,要么还未传入,即便是王宫厨房,可选的调料也只有盐、梅子、蜂蜜和几种发酵过的肉酱,但伊尹仍成功地用有限的材料赋予了这份炖肉相当特别的滋味。更重要的是,肉被炖煮的程度、切块后的形状,都在这位颤颤巍巍的老人手中达到了极为精致的程度,使品尝它的人觉得超越了纯粹的鲜美,而是直达脑海最深处的喜悦与满足。英子甚至觉得,将这样的厨艺称之为艺术,大概也不为过,"我真不知道,您居然能……"

"这并不奇怪,殿下。毕竟我也是王室的家宰。"伊尹说,"'宰'这个职务,最初负责的正是宰割和烹调食材,为家主呈上美味而安全的食物。每日饮食事关家主的性命,因此,家宰成了家主最为信任的人,并可在必要情况下代掌权柄。"

"话说回来,这……这到底是用什么做的?"将碗里最后一点汤汁小心翼翼地咽下去后,英子提出了下一个问题。

"材料是昨天献祭时斩首的两个女孩儿——是东夷人的贵族——的心脏,以及一个被切成两半献给土地神的小男孩儿的大腿肉。"伊尹若无其事地答道,"外加一个献给雨神,用小火烤到八分熟的……啊,抱歉,殿下!那其实只是普通羊羔肉和用来提鲜的腌鱼片罢了!请别吐出来!那样很浪费的!"

"……您能别开这样糟糕的玩笑吗?"英子捂着小腹,一脸不悦地抱怨道。

"但我刚才所说,并非全是虚言。"伊尹说,"昨天您还没进城时,亳都里确实进行了这样的献祭仪式。而且,也确实有人——都内的贵族们——吃下了用人牲血肉制成的菜肴。这是我们的传统习俗，作为未来王妃，恐怕不得不习惯这一点。"

"这种可怕的事，就不能停止吗？"英子摇头，"您的权力……"

"也许外面传说我权势滔天，但事实上，我只是借用历代先王转交的权力罢了，就算是天子，拥有的权力也是很有限的。"伊尹摆摆手，"只有商国还存在，天子权力才有其意义，而国家的存在，本身就需依靠人们——无论是都内贵族、城外农民，还是与我们结盟的方国与附庸们——的认同。当人们相信天子有'天命'时，他才可以号令四海，如果不与天帝、祖先之灵沟通并按时献祭，该如何证明我们还拥有'天命'？因此，我不可能下令终止这一切，正如我无法将自己抱离地面一样。"

"那，就没别的办法……"

"事实上，王室确实有其他方式可以让人服从。商部族崛起之初，反抗夏后氏的统治时，正是这种手段起到了至关重要的作用……我曾亲眼见过，也使用过。但那太过危险，因此我已决定，永不再那么做了。"天子的摄政叹了口气，"当然，必须承认，这种分享人牲血肉的习惯不但残忍，且实在……充满隐患。"

"隐患？"

"不做任何处理，鲜肉很快会腐坏，长出虫子。活物身上的肉，平时也会有一些生物寄宿其中。"伊尹解释，"这些小生物某些时候无害，但有时则会损害人的健康，甚至会导致更糟的事——比如影响人的行为，让他们做出与自己意志不符的举动。"

"真的吗？"

"没错。"伊尹点点头,"所幸,这种情况并非无法应对,只要把食物煮熟,通常就能避免。不过有时仅煮熟不足以解决问题,所以我必须使用别的手段。"他伸出鸟爪子般的手指,敲了敲那只沉重的铅碗,"比如,以毒攻毒。许多对人类有毒的东西,对其他生物同样有毒。就算常年使用铅会伤害我们自己,但能让我们免于受到某些威胁。"

"但这没必要啊。"英子摇头道,"我老家,大家平时都只用陶土和木头制成的餐具吃饭,但我好歹也活到了这个岁数。无论多么可怕的东西,我都不认为有必要靠这种慢性服毒的方式来应对。"

"是吗?那您打算用什么对付?勇气吗?"伊尹嗤笑了一声,"当然,我不怀疑殿下您的勇气。虽然亳都里也有不少喜欢舞刀弄剑的贵族千金,但敢于一个人走夜路去会见自己的未婚夫的,我倒还从没见过。"

他知道!

在下一次心跳之前,英子绷紧了全身的肌肉,并将右手放在藏在短裙里的匕首旁。此处没有卫兵,只有两个一言不发、看上去不难对付的厨役。而面前的老人虽曾是强悍的武士,但衰老和铅中毒的折磨已经削弱了他的力量,如果现在就行动……

但她不能这么做。

桐宫中,国君早已叮嘱过英子,无论如何,都必须严格执行他的指示,不能逞一时之快。更重要的,至少此时此刻,他们原先制订的计划仍有可能派上用场。在迅速权衡利弊之后,英子深吸一口气,"是的,我昨晚偷偷去见了陛下。既然都决定嫁到这里,连自己丈夫长什么样都不知道,那像什么话呢?"

"我想也是,"伊尹慢慢点了点头,"陛下看上去如何?"

"恕我直言,他的神智似乎相当清醒,能与我正常交谈。"英子说,"虽然之前的传闻说,陛下因疾病和鬼魂的纠缠神志不清,但他的病似乎早好了……我想,这大概是天帝和伟大的祖先之魂保佑陛下的缘故吧。"

"那可真是太好了。"摄政露出一丝喜悦,但他的目光却有与喜悦不相干的情绪,"陛下对你说什么了吗?"

"陛下说,他很高兴能得到像我这样的王妃,而且,他还告诉了我一件事。"英子停顿了一秒钟,才继续说道——一切的成败,全得看接下来的这番话,"他说,自己虔诚地与先祖之魂沟通了数年,终于获得祖先们的回应,并在梦中得到一个启示。"

"什么样的启示?"伊尹露出饶有兴趣的表情。

"陛下说,伟大的祖先在梦中告诉他,是时候卸下不必要的重担了。"英子一边回忆之前夜里国君告诉她的那些话,一边复述,"祖先已承认,您才是真正合适的掌权者,陛下只需将一切托付给您,虔诚地向诸神祷告、与祖先们交流便好。祖先们还告诉他,应当尽快举行一次盛大的仪式,由他亲自将祖先的谕令转达给天下的诸侯与贵族们。"

"很好。"伊尹缓缓地点着头,"看来,陛下的精神状态确实已恢复。我现在就着手准备,迎接他返回王宫。"他思考片刻,补充了一句,"当然,如果您同意的话,我希望在仪式当天让您与陛下正式成婚,如何?"

"当然,我很高兴。"英子愣了一下,随即答道,"甚好。"

言灵

谕

虽然来自虞方的新任准王妃在刚抵达都城时几乎悄无声息、无人知晓,但几天后,亳都的居民们逐渐察觉到了变化。守卫在桐宫附近的武士和奴隶们发现,原本严格禁绝一切人员进出的桐宫,现在居然稍微放松了门禁。住在亳都的准王妃每隔半个月会获准短暂地探望她将来的丈夫,尽管时间很短,且只能在离大门足够近、被摄政大人派来随行的侍从们看到的地方,但至少大门打开了。

接着,亳都贵族阶层出现新的流言:新王妃成功地让国君爱上了自己,而正是这种爱逐渐治好了国君的疯狂,让他一点点恢复理智。摄政大人和王妃本人未做任何回应,但大多数人——尤其是贵族中的女性——仍愿意相信这是真的。纵然未曾体验过,但人类总是很乐意无条件地相信爱情的力量。

之后的两个月里,新王妃仍未参加公共活动——每个旬日在市中心广场举行的祭祀仪式,仍由白发苍苍、浑身颤抖、身体状况正一点点接近崩溃的摄政大人代理主持。有人说,王妃尚未习惯观看宰杀人牲。大多数贵族陆续收到了王妃的礼物:一批做工精巧的饮食器具。它们大多由红铜制成,少数是以锡为主要添加材料的白铜制品,只含极少的铅。这和摄政过去提倡的做法有些相悖,但没人会拒收和使用王妃赠予的礼物。

蝉鸣开始的季节,摄政正式下令,开始征调木匠、建筑师和其他技术人员，在桐宫之外建造一座六十步长、六十步宽的祭坛。根据公布的说法，由于得到伟大的祖先和天帝的庇佑，陛下的神智已开始逐渐恢复，且重获与天堂沟通的能力——这是身为天子独有的、至关重要的能力。祖先向他传达了一道极为重要的谕令，国君会在离开桐宫的那天宣布。

天帝与祖先已决定，将来国君只负责管理祭祀仪典，不知来自何处的谣言如此声称，朝中大政会被正式交给摄政大人。

不，其实这并非天帝与祖先的意思。另一则声音较小的谣言如此说道。是摄政本人的意愿。是他让新来的王妃诱惑国君，让国君最终正式放弃了权力——下一任的天子将会是摄政的两个儿子之一。

事实上摄政大人就拥有王室的血脉。据说，他也能做到本该只有王室成员才能做的事，比如使用"言灵"，所以国君才同意交出权柄……

没人能断定这些互相冲突的传说的真假。毕竟，当一个话题无法被公开讨论、只能在暗地里传播时，要证明或证伪它，都毫无意义。与此同时，桐宫附近，负责警备与执勤的贵族武士们对这些传说仍旧一无所知。他们只知道，原本负责警戒巡逻的奴隶卫兵们，现大多变成了修筑祭坛的工人，而当王妃前来造访国君后，原本逃亡的一小群奴隶也重新出现——没人知道这些人之前逃到了哪里，又为何回来。不过，根据从"精神错乱"中恢复的国君的命令，他们被单独编成一支小队，负责修整桐宫的内院。

当然，没人对此提出异议。

时间继续流逝，护城壕里的荷花纷纷绽开，高大恢宏的祭坛落成了，它还有来自东方太行大山的黑色石块铺就的阔气阶梯。完工当天，几个在不久前的边境冲突中被俘虏的戎族武士被拉到祭坛下，由巫师们开膛破肚、斩下头颅。将这些人的鲜血洒进燃烧着的香料中后，占卜女巫从龟甲的裂痕中读出了欣慰的吉兆。

一切都按安排在顺利进行。

次日，当清晨的阳光刚刚洒在黄河流域的平原上，昨夜的薄雾尚未散去时，大批武士从亳都的城门中列队而出，来到祭坛附近。上千名身份较低的徒步武士在祭坛外围排成数个方阵，以确保即将登场的国君与摄政的安全。高阶武士们搭乘装饰华丽、插着显眼旗帜的战车，在精选的同毛色的战马牵引下在祭坛附近列队。最吸引人的是那几头战象，这是商国强大武力的象征。驯化的大个亚洲象的牙齿上包裹着金箔，披甲的背部乘坐着地位最高的与王室有血缘关系的贵族战士。它们出现时，远处围观的人群顿时爆发出阵阵欢呼。

"'商人服象，为虐于东夷。'这大东西确实……不好对付。"听到山呼海啸般的欢呼声后，英子一边小声嘀咕，一边想象自己在战场上和大象作战。虽然她很想乘坐战车和武士们一起入场，但司仪和巫师们表示，马拉战车不够尊贵，配不上王妃大人。而她又没有驾驭战象的经验，作为妥协，她只能独自乘坐一辆插着王妃旌旗的牛车，在徒步武士的护送下出席仪式。虽远不如战车英姿飒爽，但仍有围观民众高声向她献上祝福。他们高举酒罐、花环、干果等礼物，试图赠给新来的王妃，甚至还有人赶着一大群羊。维持秩序的武士花了好些力气,才勉强阻止羊群侵入仪式现场。

因祭坛一天之前已接受了鲜血的净化,当摄政大人乘着高大的白象到场时,并没有举行新的人牲献祭仪式。在音乐与熏香中,伊尹颤抖费力地登上了祭坛,将一盘备好的油脂泼到堆在祭坛顶部的柴堆上后,开始了演讲。

虽事先已做好心理准备,但坐在牛车上的英子还是过度紧张,根本没心情听摄政大人说了什么。相较之下,列队的武士们显得相当镇定,丝毫没有异常,他们的大象和战马正忙着大嚼面前的草料。这些晒得半干的青草本生长在桐宫庭院,是那些"突然返回"的奴隶们修整庭院时,割了并作为草料堆在这里的。

在有节奏的咀嚼声及长笛和铜鼓奏出的单调乐曲的"伴奏"下,伊尹语调平稳地宣讲着。他提到从简狄、契到王亥、王恒的列祖列宗的伟大成就,也提到曾与他并肩作战的汤击败夏后氏、取得天下共主地位的历史。之后,他又提到另两位短命的国君,以及他在数十年中担任摄政与家宰的辛劳历程,提到曾经"困扰"现任国君的癫狂症状,以及他为此不得不做出的艰难决定……当然,最终,在宣布国君的神智已恢复并可以离开桐宫时,老人的脸上露出了释然的笑意。

接着,桐宫围墙的大门缓缓打开,国君从里面走了出来。

当国君出现、民众欢呼时,伊尹根据礼法离开祭坛顶部,诚惶诚恐地退回列阵的武士之中。年轻的国君快步走上祭坛的石阶,从一名巫师手中接过一支灌满油脂的火炬,并将它投向伊尹刚刚淋上油的柴堆。伴着空气骤然受热膨胀发出的闷响,一大团跃动的火焰就像愤怒的精灵般,猛然从塔状的干柴上腾起。从远古时代起,点燃干柴就是最直接、最正式的向上天表示敬意的做法。

"诸位!在场的所有巫师、贵族与臣民!"虽因长期囚禁,国君看上去有些面色苍白,但他的声音却相当洪亮,甚至带着一种魔力。"孤在此特地公布来自天帝与先祖的神谕。伊尹大人,王室的家宰与国家的摄政,在这数十年中的所作所为,早已被他们看在眼里。而现在,他们已做出了评断——无比伟大的天帝与先祖们一致认定,摄政大人是渎神的叛逆!他为了掌控大权,谋害了孤的两名叔父,并囚禁了孤!每一名仍效忠于王室的臣民都有义务讨伐他!"

寂静。

名义上,国君接收到的神谕在此之前只有他本人知晓,但许多贵族武士早已提前探知,陛下会在今天的仪式上宣布让出全部世俗权力,正式将其授予伟大的摄政,自此之后只负责祭祀天帝和与祖先交流。而此时的情况,显然没人料想到,几乎没人在第一时间反应过来。

一名摄政的亲信巫师最先意识到问题。他挥舞着双手,试图冲上祭坛,"各位!不好了!陛下又一次被邪灵蛊惑!我们必须赶紧——唔啊!"还没等他把话说完,一柄割草用的燧石镰刀已扎进了他的胸口。

杀死他的是早些时候在桐宫内割草的奴隶之一。

这是完全不可思议的一幕。在商国,奴隶和巫师社会阶层差异极大,由于对酷刑惩罚和鬼神的恐惧,绝大多数奴隶平日甚至不敢抬头望向巫师的脸,更别说做出这种事。

这名奴隶这么做了,他的几名同伴也行动了起来,其中一人的手臂上甚至还残留着被英子咬伤后留下的疤痕。这些人全都眼神空洞、面无表情,看上去就像被非人类的存在占据了身体。当几名巫师的护卫朝倒地的巫师冲过去时,奴隶们表现出惊人的力量和敏捷度,轻而易举地避过兵刃,并用手中粗糙的工具毫不留情地杀死了护卫们。

祭坛周围等待接受检阅的武士们也开始行动。王室的禁卫军,本当效忠于国君本人,但在伊尹掌权的日子里,指挥官们显然早改变了效忠对象,他们以最快的速度向部下传达了"抓住国君"的指令。

但出乎他们意料,没人执行指令。

战

英子兴奋了起来。

对于曾亲历鲜血飞溅的战场的人而言,两种反应最为常见:一部分人会因过度恐惧而心生畏惧,宁死也不会再拿起武器;另一些人则会逐渐麻木,会像砍柴割草一样继续砍杀人类。但英子属于第三种:她渴望战场,在战斗时会感到兴奋。她并非喜爱杀戮,也非渴望鲜血,纯粹因对"战斗"本身有着近乎先天性的热衷。

大量混乱的战斗,正在她身边同时爆发。

当国君以祖先的名义宣布讨伐摄政后,效忠伊尹的将领们立即对自己的部下做出相反的指示,但还是有相当一部分人倒向国君。他们没有高呼效忠的口号,也没有怒斥摄政的罪行,仅仅是默不作声地举起戈、战斧和短剑,拉开弓,对自己先前的战友发起攻击。

这么做的人只是一小部分,却轻而易举取得了优势。高度依赖战车和战象的商军武士们早已习惯在严整队列中进行高度程式化的交战,对猝不及防的混战毫无准备。许多贵族武士在惊诧中被短剑和匕首插进铠甲缝隙、割断喉咙,就算有些逃过一劫,在发现同队伍、同战车的战友倒戈后,也立即不知所措。响应国君号召的武士们却没有类似表现,这些人的行动高度一致,像是一群群协力行动的蚂蚁。他们不在乎对手的哭喊与讨饶,也完全不吝于对"自己人"挥动武器。这重要的不同很快让胜利的天平倒向国君一侧。

当然,并非所有商军小队都因有人倒戈而陷入混乱。最初的混乱后,少数几支队伍仍成功重组,并对倒戈者发动反冲锋。其中一辆战车上的武士将视线转向仍端坐在牛车上的英子,并驱车朝她冲了过来。

"你到底是哪边的?!"在两车接近时,武士喊道,"国君,还是摄政?!"

"当然是摄政大人!"英子连忙装出任何一个十五岁女孩看到这种场景时都会露出的惊慌面孔,"以天帝和祖先的名义发誓!"

"请上来,这里很危险!"武士拍了拍战车驭手的肩膀,示意后者降速。英子立即从牛车上翻身跃起，跳上战车，顺势一脚踢在了武士的肩窝部位。

"唔！"虽有犀牛皮甲片缓冲，但那武士还是因疼痛立脚不稳，在当胸吃了第二次踢击后，从战车车厢里翻滚了下去。右侧的战车兵面对这突发事件完全来不及反应，他手中六尺半长的战车用戈在近距离内完全无法施展。当他扔掉长戈，伸手去拔挂在腰间的短剑时，却发现这件护体兵器已被英子抢先拔了出来。

"抱歉啦，这个借我用一下。"英子用一记肘击准确命中武士的喉结，让他也像一只破口袋般从车上栽了下去。接着，她将青铜剑刃抵在车厢前方的驭手脖子上，"前面的，麻烦照我说的去做。"

"是……是的，殿下。"别无选择的驭手只好从命。

英子命令这辆战车撞翻混斗的步兵，强行闯出人墙，沿着祭典场地的外围绕了一大圈，重又朝着高大的祭坛疾驰而去。在她附近，混战演化成了阵线相对分明的搏杀。支持摄政的武士抛弃了战车，以战象为核心组成数个临时防御阵型，勉强支撑着对方的猛攻。但由于在突袭中遭受了重创，他们仍在节节败退，大量军官的损失让他们完全无法与那些不需要任何人发号施令就能紧密配合的对手相抗衡。更糟的，战斗开始后，大量硕鼠、野狗、野猫也涌入战场。畜生们从盾墙间穿过，疯狂撕咬摄政方的武士，让他们更难保持阵型继续对抗。在这样的困境中，摄政方的失败似乎只是时间问题……

直到那群羊出现。

国君宣布"神谕"前,只有少数人注意到那些羊。它们被几名牧人赶着,混迹在成群围观者间。这个时代,家畜与人时常待在一起,因此没人太把它们当一回事。但当这些咩咩叫的偶蹄动物突然闯入混战的人群时,奇怪的变化发生了:原本动作整齐划一,毫不留情地朝自己同袍挥动武器的武士们,在羊群跑过后不久,便陷入了奇怪的混乱中。一些人的动作显著慢了下来,迷茫间即被面前的对手打倒,另一些人则陷入癫狂,漫无目的地挥舞着兵刃……变化发生,战局开始逆转。重新组织起来的摄政方武士斗志大振,开始击退并分割陷于混乱的对手。

"这……这到底是……"被英子用短剑抵着喉咙的战车驭手看呆了,"怎么……"

"'言灵'开始失效了。"英子松开短剑,跳到了驭手身边,用剑尖朝着一旁比画了一下,"对不起,请下去吧。"

"啊……好的!"驭手立即跳下战车,把缰绳交给英子。英子控制着四匹战马迅速掉头,硬生生撞进尚在混战中的人群里。

由于一时间不知道来者是友是敌,交战双方只得仓促避开英子的战车,任由她一口气冲到了祭坛之下。但这里也成了她的终点——接近祭坛时,一支流箭射中了最右侧战马的颈动脉,战马在倒下时绊倒了第二、第三匹马,整辆车重重地翻倒在地。英子第一时间用手臂护住了头颈部位,借势从车上翻滚了出去,但战车的轮辐已大量折断,再也无法使用。

"难得你还能到这里来。"当英子挣扎着试图站起时,一只胳膊揽住了她的肩膀,帮她站了起来。国君已走下祭坛,他旁边是拿着粗糙武器、眼神空洞的奴隶们。在他扶起英子的瞬间,英子嗅到一股难以用语言表述的气息。这气味让她有了母亲怀抱般的安心感,有一种渴望服从与追随的冲动。"不过,看起来孤失败了。"

"确实。为了陛下的安全,我请求陛下立即命令所有人都放下武器。"伊尹的声音从不远处传来。这名老人乘坐着身躯最为庞大的战象,在另两头体格稍逊的战象陪伴下走向祭坛。几名倒向国君方的武士企图用短戈与剑抵抗这些巨兽,但压倒性的力量差距使他们要么被象背上的弓箭手射倒在地,要么被粗壮的象鼻逐一卷起、投掷。"还有,王妃殿下,您不打算改变主意吗?"

"不打算。"英子答道。接着她突然抽出从战车兵那里抢来的青铜短剑,一剑刺穿了护卫在国君身边奴隶的胸膛,并将沾血的剑刃横在国君的喉咙上,"抱歉,陛下,但我觉得您应按摄政大人说的去做。"

言 灵

"伊尹对你说了什么吗?"

突然被自己名义上的妻子背叛,在濒临失败的情况下,国君的声音依然冷静。

"事实上,是我主动提的。"英子轻轻叹了口气,"请不要把女孩儿当成只会乖乖听话的傻瓜,陛下。我也会思考问题的。王宫里的记录、您要我做的事,以及过去几年里发生的一切,只要有办法得知足够多的必要信息,推测出真相并不难。"

"那你推测出了什么?"

"'言灵'到底是什么,以及摄政大人为什么要做那些看上去对任何人都没好处的事。"英子冷静地回答,"我看过记载王室始祖事迹的壁画,也打探过陛下在被囚禁前做过的事,甚至还询问过宫内的资深仆役,得知了两位先王——也就是陛下您的两位叔叔——去世时所发生的一切。把这一切拼凑在一起,事情的前因后果就不难解释了。"

"哦?"

"所谓'言灵',恐怕和传说中王室先祖获得的'玄鸟之卵'存在着某种联系吧?只不过,那东西并非鸟卵,而是滋生于腐肉中的虫卵。"英子说,"自然界中,有许多种虫子,比如蜜蜂和蚂蚁,有着自己的'王',能像人类建造城市和村落般造出巨大的巢穴来。和人类不同,它们的'国度'无须通过君王发号施令来维持,所有的'臣民'都会本能地相互合作、共同执行任务,正如那些为您而战的人。"

"有趣。"国君说。锃亮的剑刃就抵在他咽喉的皮肤上,但他脸上却无任何恐惧绝望之色,"如果孤没猜错,得知这些事后,你相当惊讶吧?"

"没错,陛下。"英子点了点头。当将这些推测告诉伊尹,并从对方那儿得知事实时,她既震惊又错愕。她甚至希望,这些都是谎言,或仅是个荒谬故事。但不幸的是,依据理性逻辑判断,伊尹所说的一切,才是最合理的解释。

"所谓'天命玄鸟',不过是个谎言。"那天摄政语气严肃地回答了英子的疑问,并取出一块专门储存的干肉,将那肉放进木碗、倒入一些水后,一些细小的白色虫子挣扎着从里面钻了出来。"王室用这个故事掩盖了祖先的所作所为。那幅壁画上记载的,才是真事。数百年前,因和他人私通怀孕被逐出部落的简狄,偶然吃下的,不过是你见到的这种东西。"

"看上去很不值一提,不是吗?但就是这些微不足道的虫子,却可以操纵比它们大得多的生物——老鼠、狗、人类,甚至豺狼虎豹。而且,如果其他动物吃下被这些虫子寄生的动物血肉,它们自己也会成为寄生对象。吃下的肉数量越多、越新鲜,被寄生的速度就越快。通常情况下,被寄生并不会对宿主造成直接影响,但如果虫子的'王'出现后,一切就会不同。被虫子的'王'寄生的宿主,可让其他体内寄生着虫的生物服从其意愿。据我观察,'言灵'有时也会受到影响。在几次战斗中,因为宿主偶然接近正处于发情期的战马、战象,'言灵'的效果曾显著削弱。因此我猜测,也许'王'的宿主可以产生某种特殊的气息,以此传递信息,就像发情期的动物用气味来传达自己希望交配的信号一样。"

"也就是说,王室的祖先……"

"他们被'王'寄生了。一开始,这种寄生的好处还比较有限,只能让同样被虫寄生的人对'王'的宿主产生好感,本能地保护后者。但即便如此,也足以让契从一名弃婴一跃成为部落的首领。为巩固地位,之后的许多代,王室的先祖逐渐形成人祭的习惯——让人们分食已被虫感染的人牲,或用人牲的血肉喂食猛兽,以确保部落里总有一批人会受'言灵'的影响。在我和先王决定起义、反抗凌虐各部落的夏后氏部族时,对'言灵'的使用达到顶峰。决战前,先王的三个儿子以及长孙,都主动服下'玄鸟之卵',让'言灵'的影响扩展到极限。但取得胜利后,我们意识到'言灵'必须被废除。"

"为何?"

"虫子的'王'变得越来越智慧。许是与人类共存改变了它们,到先王那代,与'王'共生的人意识到,'王虫'正在逐渐操控宿主的意识和思想,要求他们不计一切代价地增加被虫感染的人数,而非仅限少数武士组成的敢死队。当然,这种影响可被遏制,不断地大量摄入铅,能暂时让'王'对宿主意识的影响中断。但铅中毒会逐渐积累并摧毁人的身体,可只要停止摄入铅,'王'的影响又会复苏。我们推测虫子有办法缓慢地排出铅毒。"说话的同时,伊尹将灰色的铅粉洒进浸泡着干肉的碗里,很快,蠕动着的细小虫子动作变缓,最终不再动弹。"因此,'王'的宿主们便陷入了两难:他们要么慢慢地把自己毒死,要么让自己的意识被'王'夺走。先王的三个儿子里,长子在继位前死于中毒,而次子和三子不愿忍受这种痛苦,最后恳求我杀死他们,以免被'王'肆意操纵。但我无法对现任国君也这么做,毕竟他还没有子嗣,也没有可继承王位的兄弟。为避免国家陷入混乱,我只能将他软禁。"

"但这并不解决问题。"听完伊尹的陈述,英子说,"只要国君还被虫子'王'控制着,一切就没有结束。"

"是的。"伊尹答。他没有再多说,只是将那碗水,连同水中的干肉和虫子一同倒入火炉内,"殿下,我知道我在干什么,请相信我。"

英子相信了他。

"哈，真是不错的计划！"当最后一名试图抵抗的武士也被战象踏倒在地后，国君大笑起来，"你们放孤出来，为的是这个？利用孤找出那些被虫寄生的人？！"

"部分而言，确实如此。"伊尹说，"我们不可能精确知道曾在您举行的秘密仪式上吃下含有虫子的人牲肉后被寄生的具体人数。大量含铅餐具酒器的使用，可暂时压制住虫的威胁，但这毕竟还是个威胁。"

"恭喜你，摄政大人。"国君语带讥讽，"但你觉得一切都结束了吗？"他耸耸肩，用只有站在身后的英子才能听到的声音低声说出了下一句话，"爱妃，替孤杀了摄政。"

"什——"英子正要反驳，却发现自己已无法控制自己的身体，听到命令的瞬间，一种强烈渴望服从的情绪充满她的脑海，迅速压制了她的理智。接着，她发现自己已撤回架在国君脖子上的短剑，并奋力将它投掷了出去。

糟了！短剑脱手的瞬间，与国君初次见面的记忆重现在英子脑海：那个晚上，她曾咬了攻击她的奴隶中的一个，并吞下了后者的一小块血肉。无疑，虫已然进入她的体内，并侵蚀了她的意志。大错铸成。

寒光闪闪的短剑在空中划出漂亮的抛物线，最终准确地插进坐在战象背上摄政的胸膛。伊尹没有试图躲避，甚至没用手臂格挡。在生命的最后一刻，他只是张开双臂，仿佛在欢迎那把携带着死亡的短剑的到来。

言灵

祀

人们是健忘的。

祭祀火焰在桐宫宽广的院落中燃起,英子感慨道。此时距摄政死去只过了五年,但绝大多数人似乎已经忘记,他是以什么方式死去的。数以百计的人曾目睹摄政死亡的一幕,参与那场诡异厮杀的人更是数以千计。但当国君在战后次日突然改口,不再称摄政是被诛杀的篡位者,反而赐给他"元圣"至尊称号,并宣布以天子之礼埋葬他时,并没人对其中的矛盾提出异议。

只要一件事被宣布为是天帝与祖先的意志,人们就会欣然接受。这个时代,这是多数人的世界观。

当然,少数受过足够多的教育、比常人见多识广的高级贵族们并不那么轻信。那天,他们大多在国君与摄政身边,亲眼见到那惊人一幕:垂死的摄政被卫士们抬下战象,一条足有成人中指长、有妖异红黑双色外壳的虫子从他的嘴角钻了出来。接着,正在冷笑的国君也跪了下来,开始剧烈呕吐……从他的呕吐物中,爬出另一条一模一样的怪虫,两只虫子迅速相互搂抱在一起,开始交配。

贵族们立即踩扁了它们。

"至少,我们并没对人们说谎。"当主持祭祀的巫师开始宣讲去世的元圣大人所做的巨大牺牲及卓越贡献时,英子轻抚着已经隆起的腹部,对坐在身旁的国君说,"伊尹大人所做的一切都不会被埋没……除了不该让人们知道的那些事之外。"

"是啊,那段被控制的日子,对孤而言,像是噩梦。"国君点点头,"多亏摄政大人想出的法子。他服下王室所藏的玄鸟之卵,在虫子的'王'孵化之前,通过大量摄入铅来抑制了它的活动。孤实在是无法想象,他是怎么熬过那三年的痛苦,还保持着神志清醒的。一般人在那种状态下,就算没毒发身亡,也定已发疯了。"

英子眼角有些发酸,不过,她克制住了流泪的冲动——自己会被杀死,也早在伊尹的计划之中。他早知道,虫子的"王"虽可独自诞下普通虫卵,但下一代"王"却必须通过在宿主体外交配产生。他也知道它们发育成熟的时间,以及在感知到宿主即将死亡时会逃离宿主身体的特点。最终,在那一日,国君的灵魂得到了解脱。

"但他为何不让其他人来担任'王'的容器?"象征国君和王妃要亲自献祭品的铜锣响起,离开座位前,英子问,"商不缺忠臣义士,他们愿意用生命来换取您恢复神智,可他为什么要自己……"

"孤也不知,但或许,摄政大人有他自己的理由。"国君说,"他曾说,每个人都有属于自己的时代,而且也只属于自己的时代。大概,这就是他的理由。"

铜锣响起了第二遍,又是一遍。在未来的数个世纪里,这样的仪式还会一遍遍地举行,持续整整一个时代。

鄢红

杨健

我的美术作品再次获奖,对此我早已麻木。比起得奖这件事,更让我麻木的是我的画。

清理掉刮刀上的颜料,把学生们的喧嚣送出画室,这个下午和以往所有的下午一样,没有什么特别。借着落日昏黄的余晖清点亚麻布上那些习作,也和往日里所有的作业一样,没有特别差,也没有特别好。

放弃了热门的媒体、设计等专业,国油版雕①的学生们对于审美的追求应该是更加纯粹,可他们对我作品的评价大多只是"顾老师画得真像"。散课后我撕掉了那些匠气横溢的"高清照片",毕竟在我还能和大志一起摆摊卖画的学生时代,买主们也是这样夸我的。

当年的练笔之作大都变现了学资,幸存一纸水粉还留在故纸堆里——画中的少年大志在逆光里勾勒着一名女子的轮廓,而这一霎光影又忠实地记录在我的画里。

这画中画的构图十分取巧,牵强的明暗关系却让自己时常揣摩。无论从造型能力还是叙事架构上,这幅画都明显生涩,可那种肆意激荡不怕犯错的感觉却再也找不回来了。我将这种感觉归结于画中人在我生命里的分量。我知道这是在给自己找借

---

① 国画、油画、版画、雕塑的简称。

鄢　红

口,我已经没有了彼时的灵气,支撑我走到现在的只是"技术"和"基本功"。

我的目光一如既往拂过画中那位女子,肤色的耐光性经过时光的打磨早已褪去,色膜也不争气,如皱纹般四处龟裂。他们的模样一如记忆里那般模糊,他们的快乐却在画里继续生动。我撕掉了太多差强人意的作品,唯独把这份涂鸦保留了下来,我想我是舍不得扔掉他们曾经的鲜活。

我把陈年旧画卷了起来,连同思绪也卷入那个年代。

那时手机还没有普及,流行音乐还在卡带里,尽管画室老师反复告诫我们不要在画画的时候听音乐,可羽泉的《叶子》仍是画室里的热门BGM。

我示意大志摘下他不知从哪儿蹭来的"随身听",告诉他我的赭石又不见了。他闻讯一惊,手里装模作样的畅销书摔得掷地有声,封面上赫然是《谁动了我的颜料》,扉页里却摔出那管干瘪的答案。

考前班里有个可怕的诅咒,橡皮、小刀、擦笔、海绵、胶带什么的小物件总会莫名消失,让美术考生们本已沉重的经济负担雪上加霜。有人说家里没矿就别来学美术,大志却身体力行地颠覆了这个真理。

瞟一眼他的装备,你就会发现它只够瞟一眼——素描纸是最便宜的雪山,正面四开素描反面再对开速写,打完分还要留着画水粉;铅笔是清一色的中华,缺型少号,只残留着HB、4B和6B,起型是就着断芯甚至笔灰直接上手抹,画错了便多改少擦节约橡皮；颜料可顾不上饱和度，只买三原色加钛白自己调，用剩的也舍不得扔，结块了拿水化开，实在没招了就收集在破塑料瓶里，那些红红绿绿通通往里一搅和，一抹随缘的高级灰就这么信手拈来……

因此，面对我此番兴师问罪，他理所当然只能祭出他那物美价廉的"马利三兄弟"，要"调一点儿还我"的架势可谓诚挚感人，不卑不亢让人气绝。

即便悭吝如此，仍然不足以抠出美术生的开销，大志用善于发现美的目光搜刮着画室的每个角落，从喷壶到临摹书，从可塑橡皮到洗笔液，本着能蹭就绝不买的原则，这位来自国防三线破产大厂的潦倒子弟无所不用其极，祸害了一位又一位同窗逐梦的少年。而最令人发指的是，就连这集训课他也是蹭的。

大多数考前班都会推出个把月免费体验课，从高二暑假开始，他就背上画板在县城里四处蹭课。当他颠沛到我们画室时，这个本就不大的三线城市里，已经没有哪个考前班可供他容身了。自打他来了画室，我们学会了给施德楼藏身，给康颂纸点数，甚至还得照护好静物以防被偷吃。大家劝他早点回去补文化课，丫呵呵装傻，说不急不急他文化课还可以，然后继续其斑斑劣迹。我甚至怀疑，他是"大志"若愚。

这样的人自然不招人待见，唯有我会有意落下些"用剩"的姜思序堂在画室，这样的纵容倒不是出于对他家境的同情，而是因为在这个考前班里，他是我为数不多的同类。当年的艺考生，大多是迫于文化课差强人意来为高考找条捷径，只有这厮和我一样，是纯粹喜欢。

遗憾的是，热情并不等于天赋。

也许是频繁更换画室的缘故，也许是过分地节省画材，在我们已经熟练驾驭整开色彩时，他的8开石膏几何依旧是一塌糊涂。他甚至不会排线，暗部基本用擦灰来表现，遇到吃铅一点的纸，画面就脏得跟抹布似的，更谈不上塑造体积。在色彩方面，他不仅审美观极其庸俗，钟爱大红大紫的铺陈，还特别喜欢纸上谈兵。作为我们中少有的愿意花大把时间去研究色彩构成理论的人，他分得清三种视锥细胞，却分不清百合叶片与其脉络是两种不同的绿，而不仅仅是明度的差异。

好在他看上去并不在意这些，继续每天起早摸黑疯狂地消耗着我的软炭和丙烯，人去楼空的深夜画室，他总有一幅还没画完的画。

如果有一天他真的能侥幸名垂美术史，一定是这样被提起的："马大志同志，执着的艺术爱好者，可惜毫无天分，空有旺盛的创作精力，却自始至终对自己的画面、结构乃至人格的扭曲熟视无睹。这里提到他碌碌无为的一生，完全是因为他有一个伟大的艺术家朋友顾凯旋。"

对了，还有一个人，那就是他在我画里画下的那个女人，她的名字叫鄢红。

第一次见到鄢红是在人体写生课上，这位插班生似乎忘了带画本，无助地坐在窗前，任凭风起发丝，把阳光切割成一道道飘动的彩虹，她也恰似一轮棱镜，牵动着在场每道"好色"的目光。

自以为是的男生们拎了画具上前施舍殷勤,被她一句冷峻的"滚"所震慑,只换得女生们一屋子的嘲笑。

老师反复强调着熟悉人体结构对于速写的重要性,今天的模特却迟迟没有现身。毕竟都是一些为了改善晚年生活的大爷大妈,我们倒也无甚期待。因此,当老师结束了解剖讲解,鄢红站起身来,一件一件宽解衣物时,我们的震惊无以复加。

而她却若无其事,就像自己家里一次普通的起居,没有半点儿羞涩或者犹豫。待她熟练地摆好动态,我们竟忘记了动笔,目光只在她皮肤上跳动,渲染开每一寸细碎的毳毛。画室从未如此肃静,平日里嘴上豪横的我们个个目瞪口呆。她的美丽抓住了我们,我们的视线却点到即止,旋即将一脸薄红深埋于画布。二九年华未经人事的热血男儿们,第一次学会了虚伪的羞赧,反观女生们的视线里却是风生水起,气象万千。那次写生我没有发挥好,心里的起伏太大了。

课间休息,鄢红并没有歇着,竟挨个儿打量起我们的半成品。我心里不由抓紧,努力不去注意她浴袍里乍泄的春光。

她在我的画前站得最久,我有些得意。她懂画,我是画得最好的。她举着烟,我阿谀地为她点上。她默许了我的举动,想必是对我刮目相看。我便大起胆子,讨要一句评价,她却吐我一脸烟圈,"不过是照本宣科。"

这让我不由失落,还有些自责,为什么我要在意她的看法?

"画室里不许抽烟!"抗议来自妒火中烧的女生。鄢红侧目回敬,眼神里只是讥诮。

年轻的模特不好请,老师只在一旁假装摆弄石膏,并没有趟

鄢　红

这浑水的意思。而吞云吐雾间,鄢红已侧身查看起下一块画板,那便是大志的大作了。为了更方便地蹭我画材,这孽畜长期扎根在我身旁。

她驻足于大志的画前,显然是被惊吓到了,画室里爆发出隐约的讪笑。

大志坐在模特身后,画的却是她的正面。在这纯属臆想的画面里,肤色明显地红移,四肢在透视上也是长短不一。鄢红眉间凝重,半晌才回过魂,她把烟屁股拧熄在他的调色盘里,然后竟拿过画笔帮他改起了画,自然是未经画主同意,可大志这怂包又敢怎样?

我竟然有些羡慕,整个课间,她就这样衣衫不整坐于大志身旁,他们一言未发,却似乎相谈甚欢。

多年以后,鄢红谈起那幅画,说她第一次从别人的画里感受到了温暖。

我们的青春热血不光挥洒在画板上,不时也献给暴力。

"割孽①伤了手影响画画咋个办?"面对融入集体的绝佳机会,大志开始无病呻吟,但事主允诺一整盒艾隆83色免调,他的病就好了。

画室的姐们儿被欺负了,事由并不重要,只要有架可打,在弄清来龙去脉之前,男生们就会无脑地吹响集结号,根本不管对方是谁。

所以在出发前,我们并不知道要修理的人就是鄢红。

---

① 川渝方言,指打架。

女人们撕逼，拼的是男人缘，鄢红这样的女人，显然没什么人缘。那寥寥几个护花使者压根儿不够我们消化，很快就寡不敌众做了鸟兽散，剩下她孤身一人被我们团团围住。

我们这才认出了她，她的眼神依旧凌厉，却掩盖不住手脚的慌张。

现在的问题是，我们认出了她，就不敢动手了，互相推搡着，谁都不愿落下打女人的恶名。女生们见男生怂了，便亲自上手。鄢红势单力薄，这顿揉搓却毫不手软，大有撕了衣服游街的架势。

此情此景，大志竟尖叫着发起了莫名的冲刺。趁好汉们狐疑的空档，他从一众巾帼手里夺过了霸凌的对象，似乎奋发了此生全数的勇力，撒开大脚丫子，跑了。男生们都傻眼了，居然下意识地让出一道华容。

我终于后知后觉，大志不过是做了一件我们都想做却不好意思做的事情，这才想起亡羊补牢振臂高呼："哥几个等着，我去把狗日的抓回来！"然后在众目睽睽下也跑出个绝尘的配速。

年久失修的灰砖楼间耷拉着一根废弃的柱式水塔，盘旋于外墙的扶梯是通往塔顶的必经之路，那铁梯上了年纪，大风一刮就会飘摇着发出哀号，一踩上去还会喘着大气吓唬你。只有勇敢的攀登者才能发现那环绕顶部水柜的"回廊"，本是堆砌杂物的所在，却有幸作为悭吝艺术家马大志的栖身之所。为了摆脱追杀，叛徒们甘冒奇险做客此地。

我们仨气息未定，正以一腔肺腑净化尘螨，在那堆一看就很久没洗的内衣袜子下面,我发现了画室里遗失已久的色卡和教参,那些对考试毫无帮助的莫奈和毕加索就这么散乱在地铺上,那是大志仅有的家具,拾荒得来。

鄢红惊魂甫定,问我们为什么要救她。这个问题很难解释,尤其考验情商。我思考着如何表明立场,与那些宵小恶行划清界限,而大志却轻描淡写,说只是心疼她头发里被人揪住的彩虹。

鄢红突然怔住,拿沉默与我们对峙,空气凝固半晌,她居然转身收拾起房间。这通操作让我不明所以,我扯了扯大志的衣角,示意他要不要假客气一下?他竟木讷地也跟着拾掇起来。

鄢红说她不想欠别人人情,也没什么可以感谢我们的,要不免费让我们画她吧。说着她又开始脱衣服,吓得我俩一个战术后仰,果断制止了她的慷慨。我想,我们或将抱憾自己的虚伪。

是的,在画室以外这似乎有些欠妥,但我们想到了更有趣的贺胜仪式。

这回廊四面开窗,是天然的天光画室,我们就地取材,各自支棱起一块简易画板,间于这四道侧光组成一个等边三角形,依次记录着彼此作画的背影,就像色相环里那对比强烈的三原色。

这游戏远比想象的复杂,我不仅要画出两面受光的大志,还要画出他顺光画板上逆光的鄢红,以及鄢红那逆光画面中顺光的我自己……光影在我们的画里轮番折射,明暗错综复杂跟我们玩起了戏法。

我抱怨大志色调定得不准。他叫我别叨叨,说视野不同,你照着画就行了。我说那你倒是有个准数,不要老改啊!他说不改不行啊,他也是跟着红姐在改。鄢红大呼冤枉,说那是因为凯旋动换了。我说我画画能不动换吗?大志却拔着高调说画画是动脑子不是动膀子。我反唇相讥,你那猪脑子就省省吧,瞧把人红姐画成啥样了!于是鄢红笑了,说我们仨的画面互相牵制,这是一幅永远画不完的画。

这是我第一次看见鄢红露出笑容,只不过是通过大志的画。这也是我第一次目睹鄢红的画,她出手不凡。

从那天起我萌发了一个挥之不去的想法——我也许从没真正地见过鄢红,我所见到的鄢红都是大志画里的投影。

那天,我们画了很久,直到日薄西窗光影婉转,大志自制的松脂蜡烛点了一屋子的烟,我们饥肠辘辘地聊起了彼此的画。

我这才从鄢红口中得知,她是去年的落榜生,甚至拿到过校考的合格证(那时还没有联考),可惜文化课被刷了下来。家里反对复读,让她去卖房子供弟弟读书,她不从,就断了她的开销。鄢红这样的姐们儿可不会逆来顺受,她偷偷出来做起了人体模特,赚钱养活自己的梦想。

我们不由肃然起敬,在那个年代,这样的壮举是需要莫大的勇气的。

"男模要吗?"我突发奇想,扭头观望大志,他防备地问我看他干吗?鄢红却会意说圈里一般不招青年男模,因为几个小时的写生,他们很难"保持结构"。

于是我们笑得意味深长。

我问鄢红,是什么让她如此执着?而这个问题,我也想问大志已久。

鄢　红

　　鄢红自己也说不清楚,只说不知道为什么,只要拿起画笔就没有了烦恼,好像全世界都是自己的。客体的美本不属于自己,记录下来便好像获得了一种拥有感。

　　对此大志也深有同感。他说美感是没有原因的,它往往毫无征兆地发生,而你被这突如其来的冲动所震撼时,内心对这种感觉却做不出合乎理性的解释,于是伴随而来的是莫名而剧烈的焦虑和疑惑,你甚至难以理解这种体验从何而来,你将自己贯注其中探究一个答案,却总是无法把握每一个细节无功而返,只好退而求其次,悉数将它概括在画里,以自己能够理解的形式,得到似是而非的答案后释然——审美是一种认知活动,画画的过程其实就是一个不断解除美带来的认知焦虑的过程。

　　对于他的这番故弄玄虚,我们似懂非懂地点头。我不知道他成天都在看些什么书,但他似乎说得没错,画画是一种本能,他一直在用本能画画。

　　那天,我们聊了很久,然后又聊了很久。

　　那天,鄢红回去得很晚,寻呼机响了几次,也没见她回。

　　很快又到了鄢红的人体课。当她鼻歪脸肿一身青紫出现在我们面前时,男生们面面相觑。他们记得自己并不曾动她一根汗毛,难不成这是要讹人了吗?女生们先发制人,七嘴八舌说模特太不敬业,形象毁成这样了还怎么继续画?

　　面对围攻鄢红有些憋屈,毕竟别人说得在理,她也不敢发作。

　　我知道她不能失去这份收入,便当仁不让拽过大志的画板敲重点,"不会画瘀斑吗?要不要大志教你们?"

对一个画手,这是伤害性极大的羞辱,终于成功息事宁人。

我向鄢红递出邀功的眼神,她却不胜失落,把目光里的橄榄枝狠狠地扔给大志。后者只是低头摆弄着画具,今天并没有仗义挺身。我知道作为一个旁听生,他把在这里的学习机会看得很重,他的勇气只限于画室之外。

课间休息,鄢红又坐到我们身边。我问她怎么回事?她眼里的冷灰色不断加深,说是被她爸打的。

在那个年代,人体模特在父母眼中自然不是什么正经的工作。躲在水塔那天,她回去晚了,父母怒气冲冲找到画室,顺藤摸瓜一打听,几个女生再睚眦长舌一通报复。好家伙,原来在外面干这没羞没臊的勾当,当晚就把这丢人现眼的逆子给关了禁闭。今天临了上课的时间,她是狗急跳墙翻窗出来的。

要说这爸妈下手比仇人还狠,大志默默地骂了句畜生,亲生女儿也下得去手?

鄢红低头抿笑,这次又把烟屁股灭在我的调色盘里。我纳闷她怎么就突然快乐了起来,她却咯咯地笑出声,"这是我翻窗户摔的。"

她笑的时候并没抬起头来,以至于我们差点儿就信以为真,以为她只是单纯的不正常。可画手的观察力是敏锐的,那一团团瘀斑已经红得发紫,不可能是今天的新伤。后来鄢红对我们撒过不少的谎,我们心知肚明,却只敢用画笔拆穿。

那天课后,我们被大志的画惊呆了,他的结构依然不准,他的比例依然失调,但那些淤青与肤色的渐变却表现得无比自然。红黄白是肤色的经典调和，大志没有教条的桎梏，他运用了赭石。那幅画依然没有得到高分，但我想看过的人一定都过目不忘。

对于红紫色系，大志展现出惊人的色彩分辨力，我想是受了鄢红的启发。回想起来，大志的成长从一开始就建立在鄢红的伤口上。

鄢红彻底被家里人赶了出来。

那天我去水塔看大志，试听课到期之后，他只能长期蜗居于此自学成才。

我惊讶地发现，他的水粉笔不再是开花的那几支了，圆头扇形平峰板刷一应俱全，橡皮用上了樱花，雪山换成了法布亚诺，他终于不再用修正液画高光了，他的颜料盒里是115色温莎艺术家全套。

正想问他中大奖了吗，又发现他的陋室一新，不见了积尘，杂用堆叠整齐，甚至有小野花轻摆于窗前，本已没什么空间添案置几，却不遗余力生挤出一张新铺，而薄帘之后分明是女人的衣物。

我正满腹疑惑，窗外那锈迹斑斑的铁梯再次发出哀号，这次是因为鄢红的奋力攀爬，她提溜着塑料桶一步一晃悠。大志赶紧停下画笔，起身迎接她手里淌剩的半桶水——这废弃的水塔最大的问题就是没水。

见着我，鄢红气喘牛息招呼我坐，然后麻利地在门前生起煤渣烧水，俨然村妇待客的模样。我悄问大志："你们俩……"大志却一本正经,说是"纯洁的男女关系"。

我顿时觉得自己的画室宿舍不香了,我也想分享这么一份"纯洁的友谊"。

鄢红似乎洞悉了我的心事,把一碗阳春面推到我俩面前说:"要不要搬过来一起学习?"

我打趣说:"好啊,我来监督你们俩……的学习。"

可我最终很识相,没有大志那么大智若愚,因为那碗面鄢红煮得很用心,就像她的画,朴素但有温度。从那天起大志的主食里有了蔬菜,但我吃得有些不是滋味。

我只是偶尔约他们外出写生,而鄢红成了大志的室友、良师和专属模特。她硬把画材分给大志当"房租",还手把手教他色彩的基本技法。为了贴补开销,她甚至卖掉了寻呼机,说反正再也没人呼她了。大志说,那我有事找不着你怎么办?鄢红张嘴就来,说那咱俩就别分开啊。说罢她发现哪里不对,泛起酡颜满腮。大志却不解风情,说回头把画卖了,争取给你买部新的。于是鄢红又抿嘴傻笑起来。

在鄢红的帮助下,大志画技精进,除了时不时抽风的色彩,在素描和速写这一块,足以应付艺考了。

画室不允许学生和模特谈恋爱,理由是"破坏教具",好在大志已经离开了画室。

大志不在画室,但鄢红的工作还在继续。

随着艺考的临近,我们的压力与日俱增。我们不再关心那美妙的胴体,只关心来不来得及画完,能不能得到高分,鄢红在

鄢　红

我们笔下只是一尊会呼吸的静物。时间的紧迫感终于把我们都教育成了正人君子，也剥夺了我们作为自然人的审美冲动。

我们与模特的关系也日渐亲密，冬寒降临画室，女生们还特地为她准备了电炉子暖身。我们凑钱请她周末加班给我们画，她也没有跟我们以及钱过不去，几乎有求必应。我知道她现在的经济负担是以前的两倍。

他们开始在公园里给人画肖像赚钱，我也去凑热闹，很不幸，生意被我抢光了。

为了表达歉意，我请他俩下乡采风。在紫燕衔春微波映柳的河堤，我和大志照旧为了柳黄还是柳绿而争吵。他不甘心，还掏出颜料比对给我看，可惜色号没带齐。他说全套是115色，剩下的女朋友没让带，搁家里了。我悲愤地骂道："115色就115色，提你女朋友干吗啊，混蛋！"

混蛋的女朋友就在一旁乐不可支地看着我们，并不给一句公正的裁决。她说："不管画成什么颜色，看了让人高兴就行。"

我担心风景写生的考官不会这样认为。

突如其来的一场大雨稀释了争吵的雅兴。我们扛着画板在树下躲雨，一簇菘蓝给了大志在鄢红面前展现自己的机会。他对鄢红说这就是我们感冒时喝的板蓝根，其主要成分靛蓝还可用作植物染料。鄢红听得是一脸盲目的崇拜，大志很高兴，他的色彩理论终于派上了用场。于是他跃跃欲试，还想再去觅些个番红花、茜草根什么的，凑合个三原色。

我说你省省吧，别自不量力了。他说对啊，他就是想省省。

我这才知道这家伙不是为了卖弄,他只是单纯想省颜料钱。鄢红非不让他去,说雨这么大别着凉了。我说让丫去,咱不是有板蓝根吗?鄢红便拉垮下大脸,索性喊冷,大志这货就没了骨头挪不动腿儿了,直接把鄢红裹进了自个儿外套里。

接下来,他就这么不停地向鄢红传授着各种冷知识,什么白屈菜可以发出紫外线,吸引蝴蝶来为它授粉;秋天叶子变黄,是因为胡萝卜素超过叶绿素云云。我心想,这瓜娃子连黄色和绿色都分不清,就别跟那儿吹牛逼了!他还为她唱起歌来,满嘴跑调唱的是"爱情是什么颜色的?"我看这个问题你是得好好问问你自己!

好在暴雨短暂,很快就雨过天晴,我们重新回到画板上就位,这顿狗粮才算撒完,而雨后不期的天穹,便自然进入了我们那天的写生。大志果然还是那个大志,黄绿青敷衍了事,紫色和红色却浓墨重彩,以至于彩虹胖成了彩饼,布满了整片天空。他对于红紫色系的偏好我可以理解,可真实的彩虹往往只有那么委婉一缕,哪有那么丰富的渐变?诚然写生也是一种创作,不必完全忠实于客观原型,但至少不该背离视觉常识。

我让鄢红劝着点儿大志,别让他在放飞自我的路上走得太远。可是女人的关注点却总是刁钻,她兀自赞叹起那些色彩的层次,说只可惜红色易褪如朱颜易老,爱如大雨然而大雨无常,再宽广的彩虹只怕也逃不过转瞬褪逝的归宿。

我相信大志是一个有着自己世界的人,可他的画也许只有鄢红真正懂得。人生得一知己尚不知足,大志还信誓旦旦,说他一定要找到最好的茜草,配制出永不褪色的红,那种红,咱就叫它"鄢红"。

我很想打击他的肉麻,告诉他有一种东西叫作"定画液"。可我的恶毒没有脱口,因为鄢红的发梢再次沐浴彩虹,她的素颜上酡红永固。

二月的艺考大军拥入各大院校,大多数人只是陪跑。

我和鄢红顺利地拿到了好几张合格证,但是大志……我们早该想到他是个色盲,他都看不清满目的春色!

正式进入画室前,我们都做过色觉检测,而作为万年的旁听生,大志没能及时发现自己的色觉缺陷。

鄢红陪他转战各地美院,花光了攒下的盘缠,却连一次考试的机会都得不到,这个打击对大志来说无疑是致命的。

"为什么色盲就不能拥有自己的颜色艺术?"他嘴里只剩下这句重复的抱怨。

现在回去补文化课还来得及,鄢红劝他改考普通高校。他开始暴跳如雷,赌咒发誓说就是跪着也要跪进美院。鄢红要带他去医院检查,他说自己没病,为什么每个人都这么认为?鄢红急了,把他心爱的三菱铅笔摔出内伤,他就掀翻画板把她撑了出来。

如果说人性都有至暗的一刻,那一定是他失去了胸中最为挚爱的色彩,而大志的挚爱不是鄢红。

大志把自己关进了水塔里,用报纸把小窗糊了起来,终日疯狂地在墙上涂抹。我和鄢红轮流给他送饭,他并不跟我们多说一句。

鄢红天天以泪洗面,她向我哭诉,手里的烟不停地发抖。我知道她正在做一个决定,一个足以让自己后悔一辈子的决定,可我不敢说破。

"我还有一幅画没有画完!"

被父母五花大绑接走时,大志撕心裂肺地挣扎着,他一如既往说着这样的话,他投向鄢红的眼神里全都是背叛。

鄢红不敢看他,靠在我胸前抽泣,我应该多穿一件外套的,这样她湿润的悲伤就不会透进我的胸膛。

对于鄢红,大志妈非但没有一句感谢,还毫不避讳地一直数落儿子,"跟这种女的混在一起,都成什么样了!"

车门关上的那一声闷响总是能惊醒某种思绪,鄢红突然收敛了啜泣,朝那一骑绝尘死命狂奔。我从没想过那样冷峻不羁的她可以迸发出如此疯狂的能量,可她终归脚力不济,将膝盖重重地磕在石子路上。

现在的人们可能很难理解,可通信不便的年代就是这样,一场分别很可能就是永诀。

大志走了,从此消失在我们的生活,他口口声声要送给她的"鄢红",不过是留在她膝盖上的一对难看的伤疤。

我问过鄢红是否为此而后悔。她不置可否,只说这是对他最好的安排,只是自己不该卖掉那部该死的寻呼机。

我忽然意识到,鄢红和大志是多么地相似。同为那个时代特立独行的人,她喜欢的也许正是他的与众不同。因为热爱,所以格格不入,他们这样的人从来不被"大多数"所接纳,只为那一丝可能的理解和相惜,终其一生都在寻找"同类"。这就是他们之间的感情,并不是我们所理解的爱情。

可正如父母对他们的专制,我们总是以爱之名,剥夺被爱之人追逐自由的权利。因为爱,我们不愿让所爱之人冒险,我们宁可他平凡普通,但求安安稳稳,即便是鄢红这样的人也难免俗。她亲手阻止了大志危险的远航,让他驶离自己那孤傲的航线,她的爱就如那天郊外的大雨,可以灌溉梦想,也可以熄灭梦想。

鄢红似乎"忘记"了初衷,这不正是他们彼此吸引的地方吗?当白屈菜不再发光的那天,蝴蝶还会注意到它吗?

鄢红用实力向父母证明了自己,他们终于放下成见,亲自送我们北上求学。这一路上我才得知,他们并非鄢红的亲生父母。

鄢红的生母临终托孤,曾向无助的幼女耳叮面嘱:"从此你就要寄人篱下,莫拿自己跟别个亲生娃儿比,你要懂事,要对自己的人生负责,要活成自己的模样。"

"从此她在我家谨小慎微,连饭也不多吃一口。"鄢红的养父说道,"她从不抢弟弟东西,被欺负了也不吭声,她很听话,从不惹是生非。可她越懂事,我们就越心疼她,小孩子不该这样心事重重。我给她买了巧克力,她不吃,我急了,强喂到她嘴里,她哭了,巧克力流了一下巴,她一边哭一边往嘴里抹,从没见她哭得如此伤心。我不明白,小孩子怎么会不爱吃巧克力呢?从此她要走自己的路,我们再也管不住她。我们对她很严格,是想对得起她死去的母亲。"

他说的这些,鄢红从未提起。我想,正是从小失去了父母的庇护，她早早地从一个小姑娘蜕变成了"鄢红"。

大志再也没有联系过我们，我们也没有办法联系他。

整个大学期间，鄢红都在问我大志有没有来信？她说她跟着老师做外活，再也不用当模特了，她还重金回购了原来的寻呼机号，一有陌生号码她都第一时间去回。她还说如果大志跟我联系，请我转告他号码。可惜那时诺基亚已经开始普及，很快寻呼机业务就没有服务台了。

选专业时，她学了服装设计。我从杂志上看到过她的作品，那些抽象的体块、炽烈的色彩和狂乱的笔触，分明是把脱掉的彩虹加倍绚烂地穿回了身上。我不知道这是否有报复人生的意味，总之她说她很快乐，而我没有说破。

我再没见过鄢红，尽管我们还有联系。

日子就这样清醒着，直到画室里又有人放起了《叶子》——在我的画室里是允许放歌的。

我问学生们今天怎么不朋克了，还听这么老的歌？他们说前几天过组织生活，集体去看了个革命军人画展，还真是邪门儿了，看完展后，大家都开始哼起了这首歌。更邪门儿的是，他们中比较有灵性的几个，风格开始变得很"塞尚"，静物不再是摹仿和再现，似乎是利用双眼视差形成了散点透视，创造性地在平面的画布里同时描绘出立体的不同矛盾面；严谨的色块也被分割、堆砌和重组，他们在同一视界中用富于变化的色彩机理构筑起多维度的空间，进而表现出动态乃至时间的先后关系。

这样的手法似曾相识，我不禁拍手叫好，并向他们打听起那个画展，那个画师似乎不简单。他们说，是个名不见经传的军人画家，好像叫马大志。

我就这样找到了大志？他还办了画展？

我得把这个好消息告诉鄢红，多年不见，他的画技一定精进了不少。

本着激动的心情，来到画展门前，还没见着本尊，就收到好几张传单，传单上赫然是几张圈里的熟面孔，还印着"专业辅导，名师助跑，三月速成，轻松艺考……"

我婉拒了"好意"，说我是来看展的。发传单的就发出熟悉的讪笑，说那考前班的水平您就别浪费时间了，那些章法一看就不是科班出身。

我有些气愤，可看完第一幅画，我就认同了他们的观点，因为那就是大志考前班时的作品。展厅里到处都是鄢红，放眼望去触目惊心。我很好奇大志自己会怎么介绍这些生涩的作品，便雇了一个讲解员，权当作给老友捧场了。

讲解员说这个画展是按画家生平的创作顺序布置的，第一个展厅便是回顾马大志同志学生时代的作品，看得出他对于艺术的追求以及对画中那位女士的执着。

跟随着讲解，我逐渐了解到大志与我们分道扬镳的人生轨迹。

这家伙的文化课果然了得，大半年的集训也没有耽误他考上军校，当然，这也得益于他们军工企业的定向名额。军校的免学费政策和各项补助让他的家庭经济压力大为缓解,大学里的他也因此有了更为自由的美术创作空间,只是不再以考学为目的。

不用担心别人的评价,自然也就不怕犯错,他的画肆无忌惮地抽象发挥起来。他这个时期的作品完全忠实于自己的感受,逐渐强调起光影对色彩产生的影响,像带着滤镜的莫奈,当然,滤掉的都是绿色。而节省似乎成了习惯,他只在重要的地方下笔,然而颜色流动起来,连贯了笔触,笔断意不断,形散神不散,寥寥数笔,便让我认出那仍是他心中的"鄢红"。

他画得不是太好,但也绝不是一文不值。尽管结构矛盾,但他的画总是给人以温暖,让人想要摹仿。

艺术的本质是情绪,画画不是复制现实,而是传达信息,情绪的信息。面对眼前纷繁复杂的世界,我们大脑接受信息的能力却是有限的,所以它并不是不加选择地照搬。大脑在知觉一个物体时,并不需要掌握其全部信息,概括的认知往往更加高效。相对于我的"超写实",大志的"简笔画"更容易被观察者接受,也能更快地引起审美的心理共鸣,对于较少受到"专业思想"桎梏的人尤其如此。这就是为什么我的学生能在那些"鄢红"里听到《叶子》,那是大志心里的旋律,他充分考虑并利用了读者的大脑,用色彩暗示出来。

我怎么那么笨,那些名家画册我都白看了,那些美术理论我都白学了,那些"知识"和"技术"限制了我创作的自由,也扼杀了我犯错的勇气,我画里没了的魂就是这样丢掉的啊!我仿佛再次听到大志的声音,"美感是不符合理性的,你永远不能理解,只能卑微地概括。"

审美是一种认知方式,大志一直在用美感来认识世界。

讲解员说,毕业后的大志按部就班分配入伍,还应征到了维和部队,在巴布亚新几内亚的一所援外医院驻守了三年,作为战斗英雄被多次表彰。

一切都那么美好,看来鄢红说得没错,这的确是对他人生的最好安排。

第二个展厅便是他在这段时期的作品展示,主色调仍然是革命色,题材则更为丰富。于是我跟随着画面内容的变迁,走进了他那段不凡的人生……

驻地里的日子平静而简单,当地的打打杀杀都被国旗挡在了外面。大志的性格在铁打的营盘里更是格格不入,所以他负责后勤,但他不好好打杂,喜欢冒充文艺兵。他在病房、围墙甚至沙袋上到处作画,说是要鼓励当地病人振作,那些画里也总是充满着温暖的色温。

尽管白天可以请假外出,但当地经济落后,物价昂贵,大志基本不离开驻地——除了执行任务。

炎热的雨季,丛林部族爆发了登革热,援外医疗队要现场指导当地卫生机构防蚊抗疫和实施医疗救助,连队负责护送任务。本是一次稀松平常的援助任务,可没想杀机暗藏,生机勃勃的热带雨林里见了血光。

大志开的是一辆货运装甲车,他押送药品走在车队最后。车队驶进了密林,大志却突然刹车。他说不好,树上有人!

副驾上的连长狐疑地看着他,问他怎么知道?

"我也说不上来,树上、草里、山后……颜色都不对,总之快叫大家撤出林子再说。"大志焦躁不安地张望。

"说得有模有样,就跟你小子会透视一样。"连长很信任他,但更信任无人机,他命令这个胆小鬼继续开车。

大志服从命令开了车,却是掉头逃跑的方向,连长拿枪扬言要毙了他,于是枪响了,树影乱颤,是先头的车队被打成了马蜂窝。

无冤无仇,反抗武装是冲着药品来的。医疗队失去了机动力被当成活靶子打,仗着有装甲,车队还没有出现人员伤亡,可密集的火力下怕也撑不到政府军的支援。

连长架好车载机枪开始反击,唯有他们的车躲过一劫。可摸不清敌人的位置,连长这一通胡乱扫射也是毫无建树,索性他一脚把大志踹到机枪位上,自己则夺过方向盘,开始狼奔豕突做起机动规避。

现在只能靠大志了,所谓超能力这回事儿,连长不信也得姑且相信了。可大志慌了,他害怕得发抖,他说自己不行,从来没参加过实战。连长骂道:"别废话了,我看过你的射击成绩,可你为什么从不愿拿枪?"大志竟涕泗横流起来,"我怕拿过枪的手就再也拿不动画笔。"这话惹来连长的暴怒,他给了大志一记狠的,"那么多人命在你手里,你他妈跟我这儿矫情,信不信我真毙了你!"大志吃了疼,死死抱住了机枪。

一枪、两枪……大志拿机枪当步枪打,他一边打一边哭,弹无虚发。除了训练,大志从不拿枪,他第一次实战开枪就是屠杀。

大志拯救了整个医疗队,他成了战斗英雄,但从此一拿起画笔手就发抖,笔触变得"点彩"一般。他再也不能使用他最爱的红色了,这让他回想起那些鲜血,而他总是不停地洗手,想洗去手上那些"红色染料"。他失了魂,常常喃喃自语:"割孽伤了手影响画画咋个办?"

纵观他这个时期的画,主观心境的表现取代了客观的描绘,如果能接受到更好的美术教育,他或许会成为另一个梵高。

"马先生真的能透视?"我故意这么问讲解员,我知道他的解说稿是死记硬背的。大志当然不可能有什么特异功能,他能在密林间发现精心埋伏的敌人,只是因为他是一个绿色盲,那些绿色的伪装他根本就看不见,而被他无视的绿色背景下,那一丁点儿的肤色对他来说都会特别显眼。

对于我的置疑,讲解员显然早有准备,他反问我,"光线可不会为色盲而转弯,他又是如何命中那些藏在树后的目标的?"

对此我有些语塞,遂把视线闪躲在大志的画里。不知道为什么,他的画总是看起来很温暖,吸引着孤独的审视。这种温暖不仅仅基于他惯用的暖色调,似乎还有着某种真实的温度在作祟。

回忆出现在一瞬间,很多事情浮现在我眼前:

人体写生课上,大志画出了鄢红那"不为人知"的另一面,难道光线在他的眼里真的转了弯?鄢红那斑驳的瘀斑上,一点点细微的色相差别他也要斤斤计较,他为什么对于紫红色系如此敏感而执着?

人对色光的分辨力在500纳米左右（即绿色）最为敏感，哪怕1纳米的差别都有可能引起觉知，这可能是人类为了适应农耕需要发生的进化。但大志的色觉敏感区域明显红移，这难道仅仅是因为他看不见绿色，而获得对其补色①的知觉补偿？

要知道这补色是不存在的，那只是红蓝两组视锥细胞为我们共同演绎的视错觉，它只能由其他两种颜色合成，因而永远不能饱和。当它无限趋近于饱和，便超出了可见光的波长范围。事实上在紫红色内部，藏着大量我们看不到的色彩，它们代表着红外与紫外，以及更为广阔乃至无限的色彩空间。

波长越长的电磁波，衍射性也越强，也越容易绕过障碍物。

如此推测，虽然匪夷所思，但也似乎没有更为合理的解释了，而我这个结论很快就得到了讲解员的证实："由于创伤后应激障碍，马大志同志被安排在他所服役的援外医院就地治疗，并提前转业。治疗期间，专家曾对他的透视能力进行会诊，结论是，他能看到红外线，乃至波长更长的微波。"

我仿佛看到了战场上那辆飞驰的装甲车，危机四伏的热带雨林向大志身后退散，俨然一道道衍射光栅，将伏兵们那立体的红外光影重组在大志眼里。

大志总是在画里呈现出物体被遮挡的一部分，正视的模特几乎可以画到后脑勺，原来这并不是凭空的想象，而正是为了表现他的亲眼所见。

我们凡夫俗子那贫瘠苍白的颜料，自然不足以描绘他眼中丰富而曲折的色彩世界，所以他的画在我们看来非常古怪。

---

① 指色环中成180°角的两种颜色。

鄢　红

　　我们把彩虹的颜色自以为是地头尾拼接起来,组成了看似完美的色相环。而那个拼接于紫红位置的缺口,我们却视而不见。五色令人目盲,在我们为自己看到的哪点微不足道的绿而沾沾自喜时,大志早已见识了我们看不到的风景。

　　最后一个展厅是一个装置艺术,这里并没有更多的介绍,讲解员让我自行去感悟。

　　"好的,可它在哪儿呢?"我环顾四周,这个房间里什么都没有。

　　"您已经在里面了。"讲解员微笑地退出了房间。

　　比起大志的特殊能力,这个更让我惊讶,我身处的这个环形展厅不正是当年水塔上的那个回廊吗?这老古董竟然没有被拆除,还被他整个儿搬到了画展上!

　　可把这充满个人情感色彩的庞然大物放在画展上又是何用意呢?沿着回廊四壁探索,仅有一段卑微的彩虹条带粉刷于入口附近,我记得那是大志当年考场失意时的愤然挥洒,可除此之外,不过是一墙的石灰。

　　脚步绕回廊一周,似乎又回到了我们艺术之路的起点,我不禁感叹:大志,你究竟在哪儿?我看不懂你的画了!

　　我失望地退出回廊。回廊的外围是整洁肃穆的白墙,这才是建筑意义上的展厅,在回廊外白墙里,我竟隐约看到了鄢红的背影,她一身青碧常磐,似乎正在作画。

　　我叫她,她没听见,我向她走去,她就绕着回廊往前躲闪。我追不上她,于是穿过回廊去往反方向,我没有堵到她,却看到了我自己，而我也正在画画……我似乎出现了幻觉，仿佛置身于当年的光影接龙游戏，只是我站在了大志的位置，看到了他的视野。

所幸这些幻影很快就消失在白墙灰壁之间，我这才明白发生了什么——这是视觉残像。

色彩的视觉残像多为负后像，不仅明度上相反，色相上也会形成补色，仅仅几分钟对紫红色的注视，就会在墙壁的白色背景上看到绿色的影像。

而我看到的残像，正是大志留在回廊四壁的回忆，他画下了他眼中的我和鄢红，而那些大面积的灰色正是他使用的红外染料——原来他早已找到了属于他的"鄢红"！

生理的感觉阈限低于意识到的感觉阈限，看不见的波长仍然会被人感知，进而产生色彩暗示。我看不见那些红外壁画，但它仍能对我产生影响，所以在残像里，我看到了缤纷夺目的绿和并不存在的"鄢红"。

也许这就是大志眼中的世界，我第一次得见，可它如雨后轻虹转瞬即逝。原来大志不是色盲，他比我们能看到更多的"绿"，只是他的色谱与我们相反！

"我看到的红和你看到的红是同一个颜色吗？"大志曾向我问起这个永远无法证明的问题。没有人会思考这样的问题，只要带给我们的情绪体验一致，谁会去管我们眼中的色彩是否有别？

"只要你看到红色觉得温暖，那就是我看到的红。"我记得我是这样回答他的。

"可为什么红色会让我们觉得温暖呢？它明明波长更长，能量更低，但给人的感觉却比蓝色温暖。"大志固执的追问让人懊恼，因为这个问题我回答不上。

当时的我还没有认识到：色彩的心理表征是通过遗传和适应形成的生活经验，红橙色系的温暖是太阳带给我们的联想，黄绿色系的生命感来自春天和沃野，青蓝色系则让人想到大海，其色温最低。所以心理色温的高低并不反映光波的真实能量，有趣的是，它们往往刚好相反。

大志眼中的红色也许正是我们眼中的绿。

我推测，大志的绿色视蛋白发生了变异，向红色发生了偏移，而红色视蛋白则移向了更远的红外甚或微波区域。因而大志能看到红外线并清楚地分辨其色差，就像我们敏锐地分辨绿色的各种调性；而对于黄绿青等色光，他却只能用红蓝两种色感来合成，就像我们对紫红色一样迟钝。

我需要他更多的作品来验证这一点，但讲解员却告诉我："很遗憾了，这恐怕是马大志同志生前的全部作品了。"

"生前？你说生前是什么意思？"我顿失泰然，抓紧了他的肩膀，要他把话说明白。

经过治疗，大志的精神状况已经大为好转，但仍会不时出现状况。那天，他说他看见了漫山遍野的茜草，要摘一点回来做染料，他答应过某个人，就一定要做到。上级考虑到放松心情有助于康复，就批准了他的请假。可热带地区哪有茜草生长，他看到的其实是乌拉旺火山喷发的前兆。据说他牺牲前曾鸣枪发出最后的警告，然后化为一梭烟雨，消失在绿树红荫之间。

他又救了一村子的人。

"我要去北京办个画展，这样鄢红就能找到我了。"大志生前向战友们讲述过自己转业后的打算，可他是被国旗盖着身体回来的，他回来时已和那抹红色融为了一体。

我收回前言，这绝不是对大志人生最好的安排，一个脆弱的灵魂不应该承担英雄的命运，因为他的挚爱就是鄢红。

似乎出于某种弥补，大志的父母在战友们的帮助下，替儿子完成了这个遗愿。大志的美术梦也终以这样的形式得偿所愿。

无可奈何花落去，似曾相识燕归来。

锈蚀的回廊发出熟悉的哀号，我再次看见了她，还是当年的模样，就像从幻想里走了出来，嘴角挂着悲恸，眼底在绝望地调灰。

是你吗？鄢红。你什么时候到的？不不不，你别听他们瞎说……你哭什么啊，你听我说……不，我不让开……你别推我，别进去你不能看这个！

手指在画壁上触碰回忆，你绕回廊一周，像当年一样审视着大志的画，从背影看不出悲喜，而灰壁上已是遗作。

——灰色是灰色的影子，蘸满透明为透明填色，空空的无名指拭过空空的画壁，我看得见深灰，却看不见深空。

说着奇怪的话，你猛然抽回触摸，突然惊动，突然又快乐了起来。和多年前一样,我还是搞不懂你。

你说:"大志没有死。"

我说:"啊?"

你说:"他只是色觉发生了变异。"

我说:"啊。"

你说:"色盲怎么会死人呢?一定是什么任务,他不得不藏了起来。"

我明白了你,你只是在安慰自己。可你混浊的目子里生长出光亮:"他就藏在这些光谱里,我看不到,但能感受到。"

"你听我说,鄢红。"

"不,你应该听他说,你听……这回廊是完美的谐振腔,微波谐振好比声学共鸣,他画的是星空,他唱的是《叶子》!"

"你疯了,鄢红!"

"不,我没疯,我们当时不也以为大志疯了?直到现在,你仍然认为色盲是一种遗传缺陷吗?"

"他少了一种色觉,不是吗?至少在我们看来是。"

"哺乳动物丢失了两种视锥细胞,最终在进化中战胜了四色觉的爬行动物,而有着十六种视锥细胞的皮皮虾却在原地踏步。所以,是什么让你觉得奇怪?"

"奇怪?"

"我是说这种变异,它不一直在人类的身上发生着吗?为什么大惊小怪?红色与绿色对比强烈,但它们对应的视蛋白却关系暧昧,两者的敏感波峰不过只相差约30纳米,究其原因,红色视蛋白本就是绿色视蛋白变异而来,其进化意义在于使我们的祖先能够更好地发现成熟的果实以及使用火。而人类社会离采集和农耕越远,绿色对我们的意义就越小。如果人类终将离开地球母亲的庇护,不断走向深空,我们需要的则是更为广阔的色域,而那些重要的颜色大都存在于紫红色里,我们还看不见。所以大志根本就不是色盲,在进化的路上他走在了大多数人前面。"

你的悲伤在这里停顿,我逐渐读懂了你的快乐,你的快乐还在继续:"漫漫进化路,从来先驱是孤独,那些异类们用自己被嫌弃和误解的一生,领航人类前进的方向。或许永远不被理解,或许永远被命运所亏欠,但他们的暗流不会停止汹涌,他们的征途也不会就此末路!"

你不关心人类,你只关心他,可不知为何,我也为你的快乐而快乐了起来。

"曾几何时,他就在这里,无数次凤泊鸾漂,描摹下我的心情。大志用尽一生完成一个画展,他还没找到我,怎么舍得半途而废?他只是提前了征程,却说不定在某处笔墨里留下了尾迹,指引我流转丹青去追赶他的光影。"

你轻抚画壁,巧笑嫣然,你回头望我,就像是最后一眼。我知道你已经做了一个决定,一个不再让自己后悔的决定。

鄢红也和大志一样,最终消失在我平凡的人生,就像消失在残像里。我一厢情愿地为他们编织了似锦前程,一厢情愿地相信他们最终找到了彼此,作为同类携手前行,为还在黑夜中摸索的我们点亮星空。兴许有一天,我们也将和他们一样,不再盲目。

鄢　红

我终于又可以画画了。

我带着学生们在夜里写生,星空下只一片黛黑,他们不明白这究竟是要画什么,要怎么去画,而我笔下的荧光染料流淌开来,它们春风化雨:"我们的夜空其实并不是黑色的,那里斑驳着宇宙大爆炸留下的微波背景辐射,我们看不见,但它们并不因此而消失。我要画出这夜空中的流光,代替我,去加入他们的快乐。"

"他们是谁?"学生们这样问我,于是这个晚上不同于以往,它有了那么一点儿特别。

夜色在画布上雀跃,我向他们诉说着我的欣喜,"在玫红与茜色之间,有着这么一簇卑微而又宽广的紫红,我们看不见它们,也调不出来,它们似乎并不存在,也因此永不褪色,我们将它们称为'鄢红'。"

旧日之花

陈虹羽

1

晚上八点多的时候,天上劈下一个响雷,浓云翻滚。黄时雨正准备夜宵,这样女儿下了晚自习九点回家刚好吃上。她看着就要下雨,拿起伞急匆匆出了门。

驱车到女儿就读的高中,校门口被接孩子的私家车围得水泄不通。找了几圈,只在两三百米外的路边有个勉强能停进去的车位。黄时雨停了车,拿着伞去校门口等待。她没能挤进核心站位,只得在稍远的角落站着张望。

雷声大雨点儿小,适才落了几滴,这就停了。

放学铃响,几分钟后,陆续有学生出来。

又等了一会儿,只见女儿和一个男生有说有笑地往外走。一出校门他俩就牵起手,很亲昵的样子。女儿眼里只有那个男孩,走到这边也完全没看见妈妈。黄时雨不自在地咳了几声,女儿这才看见她,有些慌乱地将男孩的手甩开,抱怨地问道:"妈……你怎么来了?"

黄时雨假装没看见男孩。她也是从十五岁过来的,这个年纪有喜欢的男生太正常了。她举了举手中的伞,"怕下雨。"

"都说过你不用来接我,就算下雨了,我也可以打车。"

"晚上打车不安全。"

"我又不是小孩子了!"

女儿正值叛逆期,黄时雨没跟她正面理论。那个男生已悄悄走掉。黄时雨说:"车停得有点儿远,跟我过去取吧。"

到了车上,女儿坐在后排发呆。黄时雨不知如何开口,想了想:"还有两个月就中考了。"

"嗯。"

"这个时期的话,还是应该以学业为重……"真是土掉牙的老生常谈。

"妈,你都看见了呗?"

黄时雨想说的一大段话被噎了回去。她承认,"是看见了。我其实就想说:第一,要保护好自己;第二,不要影响学习。"

女儿在后座"喊"了一声,没答话。

沉默了一会儿,女儿冷不丁说:"学习差不多过得去就行了吧。妈,你读了那么好的大学,现在呢? 挣得还没我爸一半多。工作又闲,天天在家围着我转,搞得我很压抑。"

一股气从黄时雨心中涌起。但现在的她,确如女儿所言,不过是一个因为又要上班又要照顾孩子,所以只能找到低工资的工作,反过来还要被孩子嫌弃挣得不多的庸碌中年人罢了。不管说什么话反驳,都显得可悲又可笑,还不可信。

到了家,黄时雨接着做准备到一半的夜宵。端上桌后,叫女儿出来吃。女儿吃完,洗漱好,回房间关上了门。快十点了。黄时雨本来想再找女儿谈谈,最后还是作罢,回了主卧。

每天差不多要她睡着后,先生才回来。说是公司加班,谁知道是不是在公司玩游戏,或者别的。倒无所谓,黄时雨觉得他不在家更自在些。

第二天早上,女儿要钱。

黄时雨第一反应就是不给。她每个月给女儿固定额度的零花钱,并不算少,怎么也超过平均水平了。"上周不是刚给了你这个月的吗?"

女儿没反驳,但垮着脸,又不说话了,整个早餐都一言不发。直到出门,她爸问她要多少,直接掏了钱给她。

平时不管孩子,却莫名其妙跳出来插一脚。黄时雨愠怒,"要就给啊?哪有你这样的,有这钱怎么不给家里?"

先生和稀泥,"她要的又不多,别这么小气嘛。"

黄时雨上前欲理论。

女儿说:"你就是挣得少,才这么一百两百的都要计较!"

说完,"砰"的一声关上门走了。黄时雨定在原地,半天顺不过气来。最后骂了句"妈的"但无济于事。

孩子爸说:"别老动气,刚做完乳腺结节手术。"

他公司上班晚下班晚,说完就去刷碗了。

黄时雨换了衣服,去上班。

他俩通勤都不开车。乘坐公共交通的成本远低于开车,还更便捷。

黄时雨坐地铁，望着对面车窗上映出的身影发呆。四十多岁，算不上老吧，但离年轻时的一切已非常远了。为什么要过着这样的生活？如果不过这样的生活，又能过怎样的生活呢……

她想着这些，或许又没有在想。只是惯常地任由这些思绪在脑海里搅和，一团乱麻，也没有解。突然，地铁中的光线暗下来，一个温柔、沉稳而富有磁性的男声响起——

"嗨，小姐大人。您要出门去工作了吗？"

地铁车厢内变成了别墅庭院的场景，这是全息投影广告。刚才那个声音的主人，一名穿着礼服的优雅男子现形——标准的二次元美男，当然，这也是全息投影——笔直站在庭院门口，微微俯身，脸上挂着笑容，"小姐大人放心出门工作吧，家里的一切我会打理好。"顿了顿，垂下视线，幽蓝的眼瞳斜看向一旁，并不坦诚却温柔地说，"我想您能……能早点回来。"

阳光、庭院、优雅执事以溶解特效散去了，场景切换为通用模板，若干二次元男子形象依次展现，什么类型的都有。画外音念出广告词："'恋人系统'，你的精神家园。7.0版本正式更新，带一名恋人回家吧！"

文案中规中矩，但配上顶尖的技术与美术表现，整个广告有足够强的氛围。黄时雨在心中默默评价。

广告结束后，公司LOGO露出。黄时雨看着图标下那行小字，这么多年过去了，还是没法不在意。

她默念出这行小字："萌动互娱"。

这是2041年。萌动互娱的雏形成立于2025年，起初是光核科技集团下设的"萌动工作室"。经过十六年的发展,它早已从集团独立出来,成为当今的人工智能巨头,主打游戏娱乐交互方向。

到站了。

黄时雨往站外走。从昨天到今天都很糟,但对于一个中年人来说,只要没有出意外,就算不上真的太糟。黄时雨叹了口气。

她现在是一家小型广告公司里的文案策划,这些年没有做出过什么一鸣惊人的案子,公司也不是业内头部。但她四十四岁了,这个年纪只要不被裁,还能拿着稳定的薪水,就该感恩戴德。

在踏进公司所在的写字楼前,一名男子拦住了她。

"黄女士,请留步。"

黄时雨瞥了瞥这名男子,记忆里没有这个人。她很快判断这是一名推销,"抱歉,我赶时间。"

"只耽误你几分钟……"

"我没钱。"黄时雨早过了不好意思暴露囊中羞涩的时期。想起女儿对自己的态度,在说出这几个字时,她甚至有种自暴自弃的痛快,"如果你是想向我推销什么产品,就不必了。"

"我是于烽。"

"于烽……"怎么可能不记得这个名字呢?但黄时雨不想表现出自己记得。她做了个疑惑的表情,重新仔细打量他。他的模样依稀可辨,想来十六年不见了,一时没认出也很正常。但他的神态和眼神无比疲惫,整个人像干瘪的茄子,这是她没认出他的主要原因。

"就是海燕之前的男朋友。"男子怕黄时雨不记得他了,解释道。

"哦,是你啊。那,找我有什么事吗?"黄时雨尽量表现得已经完全放下了。

"本来想找海燕的,但见她有些困难。你知道的嘛,她在那种蚊子都飞不进去的豪宅里。而且,她应该不想见我。"

黄时雨看了看表,"我快迟到了。"

"那我就直说了。当年那件事,你们一定都很不甘心吧。"

何止是不甘心……黄时雨控制着情绪,"就算不甘心,所以呢?"

于烽说:"几年前,我被萌动踢开了。我也不甘心。"

"噢,所以你想找我们一起,"黄时雨说出这个自己都觉得可笑的猜想,"再成立一家公司,跟萌动抢蛋糕?那你当年何必那么做。"

于烽沉默。

该不会还猜对了吧,黄时雨失笑,"不可能了。且不说市场已完全是萌动的天下,我们也……我们也不是当年的我们了。"

"如果能回到那一年呢?"

"……啊?"

"我是说,就是字面意思上的,如果能回到那一年呢?"

黄时雨最终还是请了半天假,和于烽坐进一家咖啡店,听一些她自己都不相信的言论。她狐疑地审视于烽,动用自己所有的逻辑去问询。

"你的意思是说,你发明了回到过去的办法?"

"可以这么说,但并不完全是。只有标记了信标的人,才能回到过去被标记的那个时间点。打个比方,就像游戏读档,读档的前提是你得先有存档。只要有存档,就能回溯重来。"

"你说的回到那一年,是指哪一年?"

"2025,萌动成立的那一年。我们要回到它成立前夕。"

"这意味着你在当年标记了信标,这种穿梭时空的技术,你在2025年就发明了?为什么捂到现在才用?"

"那年我只研究出了如何存档,但没找到读档的方法。我是今年才成功读档的。"

"你读过档了?"

"读过了。"

"那你大可以自己回去改变历史啊,一个人掌握着这一切的秘密,捞得更多,干吗还来找我们?"

"我试过了,但我一个人能量太小,什么都改变不了。"

"等等……"黄时雨整理着思路,"如果你有了'存档'的技术,这么多年来,你一定不止存了一个档吧?只要打游戏的人都知道,有些boss打不过,或者打不出想要的结局,可以靠读档大法,在若干关键节点都存档,一遍遍重来,最后总会磨过去的。"

"是的,从2025年发现了标记信标的方法后,我存了很多档。但读档需要一些……成本。总之,我不足以独自去改变一切,所以需要你们。"

"你找过李北了吗?"

"没有。我最先找的你。"

"你想先说服我,再让我去说服她们。"

"嗯。"

"但你如果打听过我们这些年的生活,就该知道,我们已经好几年没联系了。"

"你们情谊还在的。无论什么时候重聚,都会再回到亲密无间的状态。"

"这倒是。"想到她们,黄时雨脸上浮现出微笑。

"那你答应我了?"

"这太疯狂了……我还有些问题,等我想想……于烽,你说的是,要有信标的人才能回去,所以那一年,你也标记了我们?你还标记过其他人吗?"

"没有。呃……确实是没有。如你所知,我太贪婪了。我总希望自己独掌秘密,所以后来的存档都只标记了我一人。但我失败了,相信我,但凡有一点儿成功的希望,我都不会来找你们。"

"你还挺有自知之明。"

"好在,在一切开始之前的那个晚上,我标记了我们四个。我,你,李北,还有海燕。如果我们四个一起回去,回到最初,回到萌动成立之前……这可能是我,是我们最后的机会。一起搏一次吧,就算没成功,也无非是过着跟现在一样的日子。我们都没有什么可输的,但如果赢了,萌动大厦顶层办公室里,如今坐着的就是我们!"

真是一段充满激情的演说,黄时雨差点儿就信了。不过中年人哪有这么好骗,"说实话,我建议你去看看精神科,或者心理科。这不是骂你,我真心这么建议。被萌动踢开,你没受什么刺激吧?"

"我能理解你这么想,但你尝试一下,总不吃亏。"

"我这么久没和李北还有海燕见面,再去找她们,却是给她们说这种事,你猜她们会怎么想我?都不如推销个面膜靠谱。"

"我知道。但……包含了除我之外的其他人的关键节点存档,只有那一个。我们四人必须一起回去,少一人都不行。帮帮我吧,也是帮助你们……"

"不如这样,"黄时雨半开玩笑道,"你今天标记我一下,到了明天,你让我回到今天,我就信你。"

黄时雨以为于烽做不到,必然会推脱,但于烽立马答应了,"没问题。成功后,你帮我跟海燕和李北说。"

这下倒轮到她骑虎难下了。她迟疑半晌,"好吧,那就试试。"

于烽住在一个安保措施严密的中高端小区,看来他在萌动的那些年还是挣了不少钱。既然财务自由了,却仍想着要扳回这局,真是人心不足。

黄时雨跟他进了家。

房子很大,光客厅就得有六七十平方米了,但没什么奢靡的享乐之物。整个客厅被一台形状诡异的巨大装置填满。

于烽拿出一只外形看着像是数码相机的东西,给黄时雨拍了照。

"它就是'存档机器',这样就算标记了。"于烽一边操作一边说,"至于那台大家伙,是读档时用的。"

黄时雨看了看自身,没任何变化,"这就行了?那我可以走了?"

"嗯,明天来这里……对了!没必要等到明天!我们马上就可以验证。"

黄时雨想了想,明白了于烽的意图,要了把剪刀把自己衣服下摆剪出几个破洞,"可以了。"

于烽指了指位于装置中心的一间密闭小屋,"进去吧。"

小屋里响起嗡嗡的轰鸣,各种颜色的光流动变幻。黄时雨集中注意力盯着每一处动静,但好像全麻一样,不知怎么就断片了一瞬,再恢复意识,已经在小屋外了。

于烽正拿着存档相机给黄时雨拍照,说:"这样就算标记了。至于那一堆大家伙,是明天读档时用的。"

黄时雨观察着于烽,他确实是几分钟前的状态。最关键的是,她衣服上剪出的破洞没了,完好如初。"已经试过了,我信你了。"

于烽了然,"看吧!都是真的。而除了穿梭者,别人不会知情。"

"你让我们和你一起做这个事,你想得到什么?"

"如果成了,我要百分之四十九的股权,你们仨百分之五十一。"

黄时雨不置可否,迈步到门前准备离开,"我会先去找她们。之后再联系你。"

2

周六清晨,黄时雨坐在高铁上,去几百千米外的一个小城。

她知道,她不在,先生只会带着女儿打一天游戏,吃垃圾食品外卖。但她想开了,任由他俩摆烂一天又死不了。这就行了。

她跟家里说是自己要加班。先生说:"嚯,什么公司啊,发那点儿工资还想让人加班?"但也没再多问。

高铁像一条巨蛇,在惊蛰回春的大地上飞驰前行。她先去找李北。

李北、盛海燕和她,是大学期间的好友,但她们不在一个系。李北是数学系的天才,一米七八的身高,短发,一张厌世而不羁的脸。在漫展上反串COS禁欲系男神,排队来看她的粉丝能绕场馆三圈。

两小时后,高铁在一个小站停靠。站台很新,却没什么人。黄时雨下了车,踏进这个陌生的城市。

这是她第二次来。

上一次还是十几年前,那时她刚怀孕,李北刚定居这里。

小城比十几年前新,柏油公路纵贯东西南北,在绿化带隔出的规整空间里,一座座住宅楼呈方阵型排开。但路上的行人大多在五六十岁以上,没有年轻人。

凭借精准的导航,黄时雨没费什么工夫就找到了李北工作的社区。她走进居委会办事大厅,一眼看见了坐在内室角落的李北。她正对着一台电脑发呆,还是那张厌世的脸,但浮肿严重,不羁已经没了。仍旧是短发,却是那种最普通的中年女性常见款式,软塌塌贴在头皮上。

黄时雨对坐在台前接待的办事员说:"您好,我找李北。我是她的朋友。"

办事员意外道:"李北还有朋友呢?"随即意识到自己失言,客气又敷衍地笑了笑,转头朝角落喊,"李北,朋友找。"

李北扭头看过来,见来人是黄时雨,眼神躲闪了一瞬。之后起身,一瘸一拐走向这边。

"你怎么来了?"她淡淡地问。

黄时雨拉她到一旁,"确实有事找你。方便跟我出去聊聊吗?"

李北低头看了看自己的腿,"不方便走太远。就在门外路边,行吗?"

黄时雨同意。两人一前一后出门,她刻意去看李北的手,但李北将手插在衣服兜里。

她们在路边的绿化带里找了个僻静的地方坐下。

"前几天,于烽来找我……"

"他还有脸?"

"现在情形不同往日,虽然我不知道是什么原理,但他搞出一个神奇的装置。"黄时雨挑着重点信息,给李北说了来龙去脉。

李北问:"你信他?"

"技术是真的,我试过了。但对于他的目的,他要得到什么,我不信。不过,我们这回防着他就行,只要利用那个技术……"

沉默了一会儿。

"时雨,你看看我。就算你说的是真的,我已经没有重来一遍的心气了。"

"就因为你现在这样,所以才更要重来一遍!"黄时雨提高了音量,"我为什么先来找你,为什么同意于烽回到2025年让一切重来,难道我真的是为了发财,为了干倒那个狗屁萌动互娱吗?萌动的事,我们是不甘心,但再来一次我们是不是就真的能成功,那根本无所谓。就算我们仍旧做不成事业,仍旧干不翻萌动,至少你可以不变成现在这个样子了!数学系的天才,计算机系研究生,算法大神,现在呢……"

李北的手就没从衣兜里离开过。但不用再看了,黄时雨又不是不知道。她们创业失败后没多久,李北就出了事。她在街上偶遇两名醉汉欺负一个女孩,上前帮女孩解围,之后跟醉汉扭打在一起。一双手被醉汉用酒瓶砸成粉碎性骨折,腿也伤了。

那双手纤细修长。作为COSER的李北,曾被粉丝称作"手控福音";而作为一名程序员,那双手在键盘上灵巧地翻飞,她们创业项目的一行行代码,全都由那双手实现。

现在呢,黄时雨没说出后面的话是,现在,李北在一个社区居委会,负责维护居民登记系统。哪怕她的手只剩食指能用,也足以胜任这份工作。这是在见义勇为中双手废掉后,政府给李北安排的闲职。

"现在,不是挺好的吗?"李北盯着地面,"这里大家都挺照顾我,我没什么不满的。"

"我没立场替你觉得不好,但我还是……替你惋惜。李北,你再想想,下周六,我在这个地址等你过来,等到晚上八点。"黄时雨把于烽家的地址发到了李北手机上。

李北没有拿出手机点击确认,由始至终,她的手都插在兜里。

"那我走了。"黄时雨告别。

"一起吃个午饭吗?"李北问。

"不了,我赶回去,下午还要找海燕。"

"她……"李北想说什么,但没说出口,"帮我给她带好。"

回程的高铁上,黄时雨琢磨着李北最后没说出口的那句话。她应该是想问海燕会怎么决定吧,毕竟那是四个人共同的节点,缺了谁都无法成行。而海燕是他们四人里过得最好的一个,她有什么理由要和大家一起回到过去再折腾一次?

列车进站,直接站内转乘地铁。在搭地铁去海燕家的途中,黄时雨又遇到了"恋人系统"的广告投放。这次针对的是男性用户,主角是一名白发傲娇少女。她叉腰站在公寓门口,因赌气而鼓着腮,"你啊,就尽管加班吧。我是绝对、绝对、绝对不会想你的!"

和十几年前相比,更逼真的技术、更精细的建模、更流畅的动作,哪怕只是一个如此标签化的苍白人设,也演绎得让人心动。看来,资本足以抹平内容和技术上的沟壑。她们曾经很擅长内容创作,也有独门技术,但资本有钱,某种程度上,有钱就能做出一切。她们所擅长的,到底有没有竞争力,到底能不能拿去跟雄厚的资本上演一出蚍蜉撼大树的好戏？

出了地铁，换上一辆接驳车，终于抵达盛海燕所居住的近郊别墅区。

到了她家门口，只见一名优雅的老妇人一脸严肃地从院中走出。盛海燕披着一条薄羊绒披肩，站在小洋楼门口，恭送老妇人离去。

司机把车滑行到老妇人跟前，下车扶老妇人上车。黄时雨站在一旁，进院也不是，出也不是；打招呼也不是，不打招呼也不是。

倒是老妇人先招呼黄时雨道："新来的阿姨哦？请进吧，我儿媳在，有什么事她给你交代。"

黄时雨看了看自己从头到脚加在一起不到千元的休闲服，露出一个尴尬的微笑。

好在，老妇人没多逗留，乘车而去。黄时雨步入院子，盛海燕拉她进了屋。

不愧是嫁了富二代的阔太太，盛海燕保养得很好。明明是同龄人，看上去比黄时雨年轻个七八岁，又因为没生孩子，身材也没走形。

刚在沙发上坐下，黄时雨就看见了茶几上放的一本册子，是一家高端医院孕产中心的介绍。

黄时雨想装作没看见，但盛海燕先开口说："我婆婆刚拿过来的。"

"你和那位结婚时，不是说好了丁克吗？"黄时雨小心地问。

"他是想丁克,但哪儿拗得过他爸妈啊?公司是他爸妈的,房子是他爸妈的,生不生,哪由得他自己。"她顿了顿,"但子宫是我的。我生不生,还是我说了算。"

"你婆婆怎么说?"

"她说我已经这个年纪啦,再不生就生不出来了。如果我今年内还没有生育打算,明年她就去找代孕——不用我出卵子的那种。"

"让你老公跟别人生个孩子?这样生出来的孩子跟你有什么关系?"

"直白点说就是这样。不过我也没所谓啦,反正我不生的。别说这些了,时雨,你难得来找我,什么事?"

"我上午去找李北了。"

"她……还好吗?"

"我觉得她过的生活配不上她,但她自己觉得还可以。"

"这种事吧,如人饮水,冷暖自知。"

"海燕,我觉得你过的生活,也配不上你。"

"哦,是吗?那你觉得我配过什么样的生活呢?"

黄时雨环视了这个挑高近十米的大客厅一圈,问:"你还画画吗?"

"不画了。漫画家嘛,又穷又累。"盛海燕用开玩笑的语气反问,"你是觉得我要过那种又穷又累的生活才配?"

但黄时雨没有笑。她认真而惋惜地说:"我只觉得你是海燕,不该做这笼中鸟。"

盛海燕,美术系的异类,别人都画"正经的艺术",只有她天天画二次元美男的性感同人图,被粉丝称作"菩萨下凡"。后来她开始画原创漫画,从大四到毕业后的三年,连载了四年完结,虽然没有火到人尽皆知,也积累了一众忠实读者。

三人一起创业后,她自然而然负责了项目中所有美术的部分。黄时雨笔下那些性格各异的角色,在盛海燕的画里终于有了清晰的面目。可惜它们——他们——并没有机会被其他人看见、喜爱,就在硬盘中死去,永不再见天日。

"笼中鸟吗?"盛海燕起身走到窗边,"……也是我自己的选择。"

"如果有机会再选一次呢?"黄时雨说了于烽的事。

盛海燕愣了半晌,才问:"他要什么条件?"

"如果成了,他要百分之四十九的股权,我们仨百分之五十一。"

盛海燕笑出声,"像他的风格。这么多年,他还是这样。知道我们的底线,但会在我们的底线上争取最大值。挺好,他如果不要这么多,我倒怀疑他是不是另有目的了。"

"那你来吗?"

"我会想想。"

该说的都说了,黄时雨起身离开。她踌躇着走到门口,才鼓足勇气又说:"海燕,其实是我自己不甘心,是我自己想重来一次。或许李北和你都满足于现在的生活,但我不……"

言尽于此,再说下去也没意思,会变成没完没了的抱怨和倒苦水。每个人走上什么路，说到底也是由自己的一次次选择筑成，不怨别人，不足与人道。

黄时雨摆摆头，"算了，不说了。下周六，我等你们。"

3

已经很久没有回忆过那段日子了。并不是那段日子被遗忘、蒙尘，而是因为它太过珍贵，于是将它藏在心底，仿若连回忆都是对它的亵渎。这一周，黄时雨终于可以将它从心底的角落捧出，贪婪地、不加节制地回想。

自从在大学的ACGN①社团相识，黄时雨和李北、盛海燕就成了最好的朋友。毕业后，黄时雨在一家游戏公司做了三年编剧。这期间，盛海燕作为自由漫画家，完结了她最重要的作品；李北则读了计算机硕士，并拿到几项技术专利。

二十五岁那年，她们重新聚首，决定干票大的。

那是2022年，虚拟偶像产业仍处于起步阶段，虽有一些向泛用户扩散的尝试，但技术仍未成熟，总体不温不火；以角色为卖点的二次元游戏赛道则"卷"得飞起，各游戏厂商投入大量资金和人才进行游戏角色设计，创造一个角色会涵盖性格、外貌、语音、背景故事、动作、演出等方方面面。这些角色不再是游戏中执行玩法的工具，而是资本家的摇钱树，是玩家的心动对象。玩家花大量金钱养成角色，建立好感度，它们——不，他们——

---
① 指动画、漫画、游戏、小说等。

撑起了一部分当代人的情感。当代人在现实世界爱无能,不婚不育,但会真情实感地喜欢那些由数据筑成的角色。

甚至有人宣布和虚拟偶像结婚,和购买的虚拟偶像手办同吃同住。

作为三名深谙此道的爱好者及相关行业从业者,黄时雨她们产生了一个创业计划:将虚拟角色与用户深度绑定定制,为每一名用户提供可以全天候陪伴的虚拟角色。这便是"恋人系统"的雏形。

彼时,黄时雨在网站写文,盛海燕把漫画版权授予了一家大平台,李北则把专利卖了,三人都有了能够维持基本生活的收入。她们成立了雨燕北工作室,一头扎进开发,花一年时间做出了可以展示的程序。

那是一个虚拟男角色,黄时雨为他创作了完整的人设和故事线。盛海燕为他绘制了精美的外形,做了3D建模,将各种表情、动作微调到完美。李北突破了几项AI算法技术,让虚拟角色以投影的形式存在,并能更自然地和用户交互。

之后,她们卡在了实体产品制作这一步。这并非什么新技术,但三人此前完全未接触过。彼时,盛海燕的男友于烽恰巧有些这方面的人脉,在于烽的引荐下,她们跑了若干工厂,废了七八件样品,终于在又磨了一年后,将这个角色制作为"玻璃罩中的小人儿",成为可以拿在手中与之交互的实体存在。

凭借这份demo[①]产品和一份商业计划书,她们收到了光核科技集团的邀请,进行关于合作可能性的商谈。

---

① 指样本,样品。

光核科技集团旗下有多项产业，目前其游戏部门风头正劲，主攻二次元市场，爆款产品玩家遍布全世界。游戏中每推出一名新角色都能引发网络热议，甚至登上热搜。

周一的下午，她们坐在公司明亮的会议室里，来与她们会面的是集团副总裁、游戏事业部负责人刘总，以及公司拳头产品的制作人。

刘总和制作人详细倾听了她们的创业思路，并不时对技术细节发问。她们一一解答，眼看着聊得十分投机。

末了，刘总却来一句："你们的产品很好，但不会有市场。"

黄时雨被这一句打蒙了，一时气结，又不知如何反驳。李北风轻云淡惯了，但此刻脸上也露出些许费解。

只有盛海燕，长期奋战在跟网友战斗的第一线，处变不惊地露出微笑，"那您找我们聊这么半天，是因为很闲吗？"

刘总大笑，"当然不是。"他顿了顿，"这个产品想法很好，但归根结底，它能不能赚钱，最重要的是有没有IP支持。你们原创的人物设计，没有IP基础，怎么卖给别人？"

这确实是个问题，她们并非全然不知。为此，黄时雨和盛海燕早就在发力，这次虽然只拿出一个人物，但背后相关的故事，两人已开始小说和漫画的创作，目前也有一定的粉丝积累了。但跟大IP相比，的确是有差距的。这需要时间、人力、金钱去打造和运营。

盛海燕说："不投入就不会形成大IP，不是大IP就无法获得资本的投入。这不成悖论了吗？"

刘总道:"确实如此,所以现在的公司在投资新IP时都很谨慎,但现成的东西就不一样了,我们的游戏有IP基础。你们三个加入我们公司吧,我们会给你们专门设立一个部门来做这件事,把我们游戏里那些高人气角色做成这样的产品。在我看来,它本质上还是手办,会跟人交互的手办。"

三人从没想过这种结果。她们一直是以创业的姿态做这件事,给游戏角色做周边产品不是不行,但她们想要的是以商务合作的形式展开。她们的野心,是作为独立工作室,跟其他任意公司合作,给所有的ACGN产品中那些令人难忘的人物做这种"次世代手办",并打造属于自身的IP,而不是作为某一家公司的挂件,进行新业务试水。难道她们付出了两年,只是为了得到面试机会来光核科技集团上班吗?

她们对视一眼,统一了彼此的想法。海燕起身,"这个提议并不符合我们的预期。事实上,还有其他的公司想跟我们商谈合作的事,因为贵司目前在二次元游戏领域极具实力,我们才先来与您商谈,并带着足够的诚意。既然如此,我们会再综合比较其他公司的条件,考虑后给你们答复。"

确实还有几家公司邀请她们面谈,可谈完结果都不太理想。她们开始怀疑,她们做了两年的这个产品,是不是真的不好呢?

——不是的。

没有不好。时间已经证明了,以她们的思路为雏形起步的"恋人系统",经过多次形态的迭代更新,早已成为当今最赚钱的文娱项目。那年她们处处碰壁,既是因为疫情下经济大环境不好,资方投资都很谨慎;又因为她们都是年轻小姑娘,资本不断提出严苛的条件,以为她们能够步步退让;更因为她们社会经验太少,都只想着如何把产品做成,却不懂人心险恶。

很多事,成了是因为天时地利,不成是因为阴差阳错。

就这样回忆着那些往事,一周过去了。

约好的周六傍晚,黄时雨先到了于烽所在的小区。两人在小区旁的馆子里吃晚饭,同时等不知会不会来的盛海燕和李北。

于烽说:"我知道你们恨我。"

当然恨,恨得想起来就恶心。但黄时雨说:"没有,你太看得起自己了。"

于烽挂起癞皮狗一样的笑容,举起啤酒杯,"不恨更好,那祝我们合作愉快。"

黄时雨早看透于烽这副嘴脸。当年,于烽是物理系的高才生,长得也不赖,自视甚高。大伙儿毕业后,他一路读到博士,但见到同学要么在企业挣到高薪,要么创业发财,自己却还得看导师脸色行事,是穷学生一个,所选的研究方向又半天出不了成果,眼看就要肄业,心态渐渐失衡。他最终选择铤而走险,偷走她们三人的心血,卖给光核科技集团,拿到职位,拿到股票,赚到让他财富自由的钱。

但现在,她们又必须靠他才能回到过去,让这一切从未发生。

李北和盛海燕会来吗?

有那么一瞬,黄时雨希望她们还是别来了。就算重来一次能改变结局,难道要把这十几二十年的日子重新过一遍吗?日子总不会一帆风顺,那些难以跨过的坎,不是现在这些,也会是别的一些什么。又要再熬几次吗?

但就在这时,盛海燕来了。

盛海燕一到,就和于烽针锋相对,完全不给于烽留面子。于烽暗示黄时雨帮他说点好话,黄时雨没理。她不停拿出手机看时间,都快八点半了。李北不来了吗?那就让这场闹剧结束在这里好了。

那年,和几家公司的谈判都进入了瓶颈,拖着拖着,又过了一年。这一年,她们继续完善产品,中途又跟光核科技集团碰了两三次,双方始终没达成一致。

但光核的态度越来越软化,后面几乎同意了她们提出的所有条件。双方在网上都谈好了,说是公司正准备投资合同,邀她们两周后去公司现场签约。

在约定的签约日上午十点,她们接到光核科技集团通知:不打算投资她们了,所有已在进行中的合作、未来可能的合作,全部取消。

她们一下全蒙了,根本不知道发生了什么,只能接受光核的说法:集团再次评估了她们的创业计划,认为没有前景。

接连的打击,令她们丧失了全部信心,终于放弃。

几个月后,当时还在和于烽恋爱的盛海燕发现了端倪。是于烽,在约定的签约日前一晚偷拿到李北开发的机密技术,给了光核。她和于烽大闹一场,但终究于事无补。于烽就此成为她们的仇人,而放弃了这项事业的她们,各自滑向人生的B面。

虽然未开口明说，黄时雨认为——她相信盛海燕也如此认为，李北是她们之中最惨的一个。那么耀眼的她，因为一场见义勇为，整个人生轨迹完全改变。一想起李北，黄时雨就热血往头顶冒，绝不能就这么算了！可是……

她在心底叹了口气，抬头望向街口。

黑夜之中，一个蹒跚的身影渐渐显现。

黄时雨心中为之一振。

因腿脚不便，那个身影走得不快。双手还是插在兜里。明明是高个子，却完全和"挺拔"这个词扯不上关系。

身影越来越近。

黄时雨忍不住挥手高喊："李北，这里！"

她心如死灰很久了，无论发生什么事，心中都不会起波澜。但这一刻，她感觉热泪像要从心中流出。四十多岁的中年女性可以在街上大跳大喊吗？她不管了。她跳起来双手交叉挥舞，生怕李北看不见。

李北并没有因黄时雨的激动加快脚步，还是那么不紧不慢地走着。

她终于走到了所有人面前，看了看大家。

"抱歉，迟了些。既然都来了，我们就开始吧。"

4

回到过去几乎是一瞬间的事，让人有些转不过神。从体感上说,你前一秒还是一名四十多岁、人生失意的中年人,下一秒,你的灵魂仍旧如此,却来到了十六年前的2025年,拥有了一具二十八岁的躯壳。

她们互相打量彼此年轻的容颜。李北埋头看了一眼自己的手,别过头待了一会儿。

于烽在一旁得意地拍大腿,"看吧,成了。"

夏日晚风,街边的烧烤摊,矮木桌,小塑料凳。他们四人围坐在一起,桌上是尚有余温的烤串儿。这就是当年的情景,在和光核科技集团签订合同的前夜。他们准备材料一直忙到九点多,于烽提议请大家下楼吃夜宵。

心情和当年完全不一样了,没人动桌上的食物,它们很快变凉。盛海燕说:"于烽,我想起来了,你请我们吃这顿饭,不仅用你那个什么机器拍了合影,那天你还拼命劝我们喝酒。当时我只以为是你不懂事爱胡闹,没想到你全都计划好了。想把我们灌醉,好偷材料是吧?"

"结果你们不是都不喝嘛,说怕耽误明天。"

"但你还是趁我睡着把材料偷走了。"

"海燕,那都是过去的事了。我当时年轻,考虑问题不成熟……我不会再这么做了。这次你们的敌人不是我,我们不是说好了要一起把这些年失去的,从萌动手中抢过来吗?"

"别套近乎。"盛海燕冷冷地盯着于烽,"你把手机交出来,今晚你随便睡,但我们会轮流盯着你,不介意吧?"

大家回了出租屋,是当时黄时雨和李北合租的一套两室一厅。于烽睡沙发,留一个人在客厅盯他,另两人到卧室睡觉。

黄时雨醒得早,负责盯黎明前这一段。

五点过,天光一点点变亮。屋里的一切陌生又熟悉,像死去的记忆。

餐桌在客厅的一角,黄时雨坐在桌边,打开笔记本电脑,浏览过去的文档。

原来那些年,自己写了那么多……她一边看,一边回忆当时的心境,甚至忍俊不禁。谁能抗拒想象中的完美恋人呢,谁能抗拒喜欢的角色活过来在身边陪伴自己生活呢?当时的她们为什么不能再自信一点儿,被资本拒绝、签约不顺利,总以为是自己不够好,就没想过会是别人的问题。

等大家都睡醒,吃过早饭,她们又再次整理确认了资料。

没人提,但每人心里都很忐忑。十点钟还会接到那个取消签约的电话吗?

黄时雨紧张得不停地上厕所,半小时去了三次。到底在期待着些什么啊,难道还不明白没有期望才不会失望这个道理吗?还是因为这件事太过离奇,超越常识,因此让人有了不切实际的期待呢?

十点了。十点零一分。十点零二分。十点零五分。

电话没有来。

历史被改变了!

她们没像年轻女孩那样欢呼雀跃,只是彼此点了点头,眼中泛起亮光。

李北一直谨慎地进行着最后一次程序自检测试,这么多年没碰相关内容,此时虽然回到完好的身躯,技艺却生疏了,输入口令都小心翼翼。但过了十点这个时间之后,她明显轻盈了,修长的手指在键盘上飞舞起来。

盛海燕整理完项目的全部画集,去洗了头。二十八岁的她一头黑色长发,漂亮又灵动。

黄时雨也检查完了所有策划案和文档。

其实她们不用再检查一遍,这些内容早在昨日,曾经的她们就准备好了,只等着今天去跟光核科技集团签约。但她们初来乍到,好像不再检查一遍,就不够诚意。

中午,她们叫了外卖。吃完后,带上材料,叫了辆网约车,准备出发。

电话是这时响起的。一个陌生号。

黄时雨下意识地认为是网约车司机,接起来就说:"师傅您稍等哈,我们已经在下楼了,马上就到。"

对面顿了顿,"那个,请问是雨燕北工作室吗?"

黄时雨整颗心猛地往下一沉,不好的预感。她定了定神,"啊,对,是我们。"

盛海燕在前方催促,"时雨,快点儿呀,车不是在等我们了吗?"

黄时雨摆摆手,做了个噤声的手势。

大家看着黄时雨的脸色,明白过来。

黄时雨捏着手机,像捏着一坨沉重的铁。对面说:"你们好,我是光核集团刘总的秘书,这边打电话呢,是非常抱歉地通知你们一声,经过公司高层连夜紧急商议,决定暂缓与您方的投资签约流程。有什么消息,我会及时跟你们沟通的。随时保持联系。"

一长段话,一套标准说辞,一气呵成,让人连置喙的余地都没有。

但这是第二次了,不能像第一次那样愣住,被动地说"哦,好"。黄时雨赶紧打起精神,抢在对方挂电话前说:"可以请问一下是什么原因吗?还有我注意到您说的是'暂缓'流程,那流程什么时候会再次推进呢?"

"这是公司的战略规划调整,遇到这种情况的不止你们一家呢。我们刘总是非常认可你们能力的,但公司要调整未来的投资策略,也算是不可抗力。"

黄时雨不愿挂电话,她不想又死得不明不白,说是死缠烂打也好,她缠着对方追问原因,但最后还是没能问出什么,电话被挂断了。

其他人紧张地看着她。

电话又响了。黄时雨赶紧接起来,"喂,您好?"

这次却是真正的网约车师傅,"我等你们半天了,你们到哪儿了?!"

"啊,我们不用车了,稍等我取消一下订单。对不起。"

说完"对不起",黄时雨在楼道里蹲下来哭了。为什么她们被人放鸽子,就连一句"对不起"都得不到?

她想起了自己的人生。之前的她逃避这个现实,刻意不去想自己的失意,因为她的生活虽然谈不上好,但也绝不坏,是大多数普通中年人过的日子,所以她就催眠自己说,就该是这样,大家都是这样，活着就是这样。但现在呢，自从有了重来的机会，内心隐藏的欲望清晰地显露出来，她明白了，她根本不喜欢之前的人生，简直太讨厌了。创业失败后，很快跟家里介绍的条件合适的相亲对象结婚，年龄刚好适合生育，于是赶在三十岁前怀孕生了孩子。一切都踩在无可挑剔的节点，日渐被生活裹挟，便放弃了写作，只是上班、带孩子，偶有闲暇也没精力创作，而是看些垃圾短视频消磨时间。和先生之间没有感情，也没有大矛盾，离婚太麻烦也没必要，跟谁不是搭伙过呢。这样的人生，与其说是活着，不如说是在等待死去。烂透了。

烂透了！

却是李北最先过来安慰她。李北蹲到黄时雨身旁，拍拍她肩膀说："没关系。又不是第一次经历了。"

黄时雨抬头，透过眼泪，不太好意思地看着李北。

李北接着说："能改变固然很好。不能改变，无非就是和之前一样。"

可是，你怎么能跟之前一样？黄时雨在心里问，她没力气问出口了。

"是啊。"盛海燕往回走，"我们又没什么好输的。"

可是，明明赌注最大的就是你。如果输了，可能连之前优渥的阔太太生活都要失去。

黄时雨拭去眼泪，深呼吸，止住哭泣。她呀，既算不上惨，赌注又算不上大。她是最没有资格哭的。她在不甘心些什么呢？

5

接下来的日子,她们自然又试着联系光核科技集团争取了几次,但并未扭转集团高层的决策。于烽托人打听,得知就在签约那天上午,他们自己的程序组攻克了之前没能解决的技术问题,于是紧急叫停了对雨燕北工作室的投资。目前,光核科技集团内部已经立项这个所谓的次世代手办,或者说"虚拟恋人"的项目,代号"萌动"。

改变了一些,又什么都没能改变。

几个月一晃而过,来的时候还是夏天,转眼间秋天都结束了。昨夜一场风雨,今天树叶就掉了个精光。但她们还没彻底偃旗息鼓,所有人心中都吊着最后一口气,那就是,这一年的冬天要来了。

这一年的冬天,12月3号,是李北见义勇为的那天。

她们就是彼此在这个城市的朋友,没有其他相熟的人可以邀约同行了。她们也犹豫过还要不要去,但最终选择了去。12月3号这天晚上,她们一起去了那条街,再加上于烽。李北记得,上次对方是两名男性,那么这一次,他们四个应该没问题。

她们想了很久要不要揣把剪刀在身上,最后决定还是别带。带锐器很可能只会让事态更为失控。毕竟她们已经知道会发生什么,到时只要一有苗头就及时报警。

为了万无一失,她们在出发前还让于烽给存了个档,想着即使失败,也可以读档重来。

当时于烽一副欲言又止的样子,她们以为是存档的成本比较高,于烽舍不得。盛海燕说于烽你别磨磨唧唧的。于烽就没说什么,拿了存档照相机出来一声不吭完成了一系列操作。

一开始,事情的发展和上次一模一样。不同的只是上次李北是一个人,这次有他们四个。女孩被两名醉汉搭讪,女孩不理,醉汉就去搂抱女孩,两边起了冲突。

黄时雨这个时候已经拿手机报警了。他们一起站出来把女孩护到身后,斥责那两名男子。

醉汉拎着酒瓶就要打上来。虽然黄时雨他们人多,但毕竟都是没经历过这种场面的纸老虎,只得硬着头皮应付,尽量拖延时间等警察赶到。可当他们和那两名醉汉扭打在一起,都没占着便宜之时,又有两个男的走过来了。

原来他们一伙是四个男人,之前其中两人去上厕所了。两人回来见自己的同伴正跟人扭打,当下便抄起酒瓶冲过来。

黄时雨心下一慌,想跑但已经跑不掉了。她俩挡在被欺负的那个女孩前面,李北又挡在她俩前面。黄时雨和盛海燕把李北死死往后拽,但敲碎的酒瓶再次扎进李北双手。面对四个男人,李北很快招架不住。倒是于烽出人意料地勇了一回,他撞开几个男人,又挡到了李北前方,头上很快挨了几下,血从脑门往下流。

终于听见警笛声,警察赶到了。

滋事的四名男子被警察带走，黄时雨他们去了急诊。

处理完伤口，于烽要留观有没有颅内出血，李北的手要等着明天做骨科手术。黄时雨和盛海燕守在床边。四人待在昏暗的急诊病房，一言不发。

沉默了好一阵，盛海燕问："于烽，你睡着没？"

于烽说："没有。"

盛海燕说："要不然读档重来一次？"

于烽却闷了一阵，才说："读档技术，按正常的时间点来说的话，我是在十几年后才能突破难点，又花两三年找材料和制作调试机器，才真正投入使用。也就是说，即便现在我已经知道了技术原理，但要把那台机器做出来，至少需要一年。而且，之前我有钱，可以搞到很多贵重零件。但现在，我们连钱也没有。那台机器的成本——就算我做过一次，有了经验，能避免很多浪费和返工，但没有个上千万，是不行的。"

原来这就是于烽欲言又止的原因。黄时雨问："所以，没有读档的机器，无论我们存多少档，都毫无意义？"

"……对。"

"我们如果想再重来，就得等读档的机器造出来，至少好几年，甚至十几年后，等和之前的时间线重叠了，才可以？"

"不。"于烽露出一个诡异的笑，黄时雨从来没在一个笑容中看到过如此的严肃、沧桑、绝望。他额头还裹着绷带，让这个笑显得更为瘆人。于烽摇了摇头，"比你、比你们想象的要更糟。"

"你什么意思？"黄时雨不由得提高音量。对面床的老太太看过来，黄时雨只得压着嗓子，"你把话说清楚，别说一半。"

于烽脸上带着那种笑,"有没有想过,如果这一次我们永远挣不了上千万,再也造不出那台读档机器了呢?"

"再也……造不出?"

"而且,我现在终于可以确认了。我先要纠正你们一个错误的概念,不存在'上一次的时间线'和'这一次的时间线'……我的那台机器并不能改变时间线,我们仍旧在之前那一次的时间线上。"

"什么叫你现在可以确认?你之前不确认的是什么?你之前隐瞒了什么信息?!"

"我之前不确认的是,时间线究竟能不能改变。"

"那你为什么现在就确认时间线不能改变了?如果不能改变,那我们是怎么回事,我们经历的这些算什么?按照上一次的时间线,我现在应该已经跟相亲的男人快结婚了,但这一次我根本没按我父母的要求去相亲,明明就改变了!就算不提这些小事,那像你说的,之前的时间线上你造出了读档机器,这一遍却有可能根本造不出来,这么大的事,走向完全不一样,怎么能说无法改变?"

"因为它不重要。因为它什么都改变不了。所以它是不是被制造出来,根本无所谓。明白了吗?"

"于烽,你是不是撞坏脑子了?"

"没有!我比任何时候都更清醒,这个我想不通的问题,终于想通了!原来如此!我所有的疑问都解开了!时间才是最伟大的主人,我们都是它的奴隶……"

大家思索着于烽说的那些。

过了一会儿,盛海燕说:"这样吧,于烽,既然你确认了什么都改变不了这一点,干脆让我们回去吧。我们也别费这劲儿了。"

"你说的回去是指,回到我们这次读档前,2041年,对吗?"

"废话,要不然呢?"

于烽摇摇头,"回不去了。"

原来这才是今晚的终极核弹。黄时雨突然回想起在公司楼下被于烽拦下那日。当时于烽看起来历经沧桑,像个干瘪的茄子。哪怕他被萌动一脚踢开,也解释不了那种沧桑。

黄时雨想到一种可能性。

这太可怕了,她不愿相信这是真的。她试探着问:"于烽,你是不是,已经读过很多次档了?"

"对啊。"于烽仰头靠在病床的枕头上,呆滞地望着天花板,"你不是问过我,像我这么贪婪的人,怎么会来找你们一起做这件事?我明明应该独享这个秘密,用读档大法一遍遍重来,总有一次我能成功,站上巅峰……你没看错我,你们应该都清楚,我的确是这样的人。我根本没有变好,也没有良心发现。我是这样做了,我起码读了二十多次档……"

"只能往过去回档,而一旦回档,在它之后的所有存档就被'洗'掉了,因此无法再往后跳,对不对?"黄时雨声音发颤地问。

"是的。比如你从2041年回到了2031年的存档,2031年的你想再跳回2031年之后的某个存档是不可能的,因为它们都不存在了。你只能一天一天把这十年过完,重新过到2041年。"

"你读了快二十次档……"

"短的几天,长的几年,最长的一次是十一年。如果回到读档机器还没做出来的时候,我就得重新制作它。我做过五次了。所有这些加在一起,我重新过了六十多年的日子,两万三千九百二十五天。按我度过的时日来计,我已经是一名一百多岁的老人。"

"那我们现在如果想回到2041年……"

"没有别的办法,就是重新度过这些日子。"于烽平静地说。

盛海燕举手一个耳光就要扇下去。但快扇到于烽脸上时,她停下了。"你已经得到了惩罚。而且,我也不想把你真的扇成脑震荡。于烽,如果你脑子没坏,你他妈就好好再想想,还有没有别的办法?!你既然知道真相是这样,为什么还要把我们卷进来?你是不是不拖我们垫背,不一而再地坑我们,就浑身难受?我们欠你?!"

"我没想过要坑你们。我也说了,我是经历了这一次的事,才想通所有关节的。现在最希望你们发达的就是我,我快疯了,你们是我的最后一搏,是我最后的机会。我怎么会再坑你们?"

"那现在到底是什么情况?你给我们解释清楚,从头开始解释!"

6

当年,于烽私底下联系了光核科技集团,得知光核其实比较看好她们那个项目,但认为这个项目的重点并非技术突破,而是内容和IP。光核他们不缺内容和IP,至于技术,他们组建了攻坚部门，有信心能够拿下。谁知研发了快一年，却怎么也做不出李北的效果，这才慢慢松口，同意了雨燕北的签约条件。但光核也私下向于烽许诺，如果他能把技术拿过来，会给他超过百万的年薪，以及公司股份分红。

于烽犹豫许久，到底贪欲占了上风，这才在最后签约那天偷拿了她们的技术材料当投名状。得到了技术，光核科技集团当即终止了对雨燕北工作室投资的签约合作流程。

之后的十几年，于烽在光核科技集团总共赚了几大千万。除了买房外，他倒没怎么享乐，把赚来的钱全部投入了读档机器的研发。这不是因为他热衷于科学探索，而是读博时的研究方向，现在让他看到了实现的可能，而一旦在这方面获得突破，将能满足他更大的野心和欲望。他早已造出保存某几个人物在某个时间点状态切片的"存档相机"，一旦读档机器问世，他几乎可以在这个世界为所欲为，掌控、操纵一切。

事实却并非如此。

经过二十余次的回溯，于烽推测出一些规律：他的"读档机器"只能在一条时间线上往回跳跃，但并不能让人跳去另一条。对于一条时间线而言，所有过去已成为不可更改的既定历史，好比一棵麦子，过去是唯一的一根秆，未来才是散开的穗。而未来正不断变为过去，这是无数可能性朝唯一确定性坍缩的过程，不可逆，不可更改。

如果这个推测是真的，于烽引以为傲的发明就没有任何用处了。他心中抱着另一丝侥幸，希望这个推测是错的，之所以每次回溯没能改变事态的发展，是因为他一个人的能量不足以撼动历史的车轮。但如果要叫上另外相关的人，也就是黄时雨她们，意味着得回到一切的开始，他还没加入光核集团、没赚到钱的那年。这风险实在太大，像适才所说，如果没有钱，甚至做不出读档的机器，那么他将失去所有重来的机会——

这的确是他的最后一搏。

现在他确认了，他们确实无法跳出这条时间线，历史也确实无法更改。这一次他们可能做不出读档机器，这恰恰说明了读档机器的无关紧要，有或没有都影响不了什么。

虽然，他重新过了六十几年，也不想再重来了，但只能认命。这一次是怎样就怎样，买定离手，愿赌服输。

黄时雨明白了今天于烽怎么会一反常态地勇敢，挡在她们前面，头上还挨了几瓶子。他不是在帮她们，他是不甘心，不甘心他的推测变为盖棺定论，不甘心这一次终究也改变不了历史，甚至往对他来说更糟的方向滑去。他是在反抗命运，反抗自己竟被时间当作无足重轻的小卒，他是发财或是落魄，对这条时间线来说不重要，对这个世界不重要。

黄时雨呢，她是不是和之前的先生结婚不重要，是不是生了之前的女儿不重要。所有不重要的细节都可以随意更改，重要的节点却无法撼动。

但这一切也说明了另外的事实：

她们的创业很重要。她们本可以改变世界的，只是在这条时间线上没有发生，所以就再也不会发生。

李北的手很重要。她可以通过它们对世界产生影响，但因为被毁了,影响没能发生。所以就再也不会发生。

该为此欢欣吗?她们的重要性被伟大的时间承认了。该为此沮丧吗?因为重要,所以无论怎么努力,这条时间线都无法再改变了。她们拿到了回到过去的车票,到头来这车票却是一张废纸。她们只能向人生的深渊坠去,坠得更深,摔得更痛。该怪她们的妄想与贪念吗,还是该赞扬她们都是如此孤注一掷的赌徒?

每个人都在发生着激烈的内心活动。很长一段时间都没人说话。

倒是今晚一直话很少的李北,冷不丁开口道:"我觉得是可以改变的。"

于烽疲倦地反驳:"我试过二十多次了,用过很多办法,改变的都只是些无关紧要的细节,大方向改不了的。时间总有办法让一切阴差阳错地错过,它会修正我们努力制造出来的偏差。"

"我没怀疑你说的那些经历的真实性,你得出的结论我也相信是对的,过去的确无法改变。但你也说了,未来尚未坍缩,还处于向无数可能性发散的状态,对吧?"李北反问。

听到李北的话,黄时雨脑海中闪过一丝亮光。

于烽也像明白了什么。

李北接着说:"你太执着于过去,反而忽略了未来。如果我们没有这次回溯,正常时间中的我们,明天会是什么样,会做什么呢?我应该还是会去居委会上班吧,每天都是如此,干到退休,然后死去,又或者在退休前就因为疾病或意外死去。这是我本来会有的未来。

"未来的确有无数可能性，但如果看不见它们，其实就只有一种可能性。因为对于四十多岁的中年人来说，每个抉择的关口都已经过去了：出生，高考，第一份工作，婚姻……剩下的日子一眼能望到头，其他的可能性，我们根本看不见。就像一条路，本来有无数分叉，但如果你只能看见直走的那条，那么它有没有分叉、有多少分叉，又有什么意义？

"而我们这次回溯的意义就是，我看见那些路了。"

"看见那些路了……"黄时雨呢喃着重复李北的话。

"于烽，我没说错吧？"李北追问，"我们的回溯其实只发生在一瞬，当我们过到和出发那一刻相同的时间，整个世界的时间线才会往前推进。因此，之后尚未发生的一切，都算作未来，对不对？"

"好像是这样，但我没专门验证过，我不确定……"

"有可能性就够了。"李北看了看黄时雨和盛海燕，"起初我并不想来的，但当我决定要来，就做好了不到最后一刻不放弃任何可能性的准备。如果我们现在就放弃，那我们就成了时间的囚徒，被困在这里坐十几年的牢。而如果我们想做点儿什么，不是为了改变过去，是为了让真正的未来发生改变，那我们就并非什么都没得到，而是偷来了时间，有了十几年去准备这件事。"

振聋发聩。

李北伸出包扎着纱布的手，"我的确没法像之前那样写代码了。但好在时间足够长，慢慢写也来得及。这一次，你们还愿意和我一起合伙吗？"

"我愿意。"黄时雨伸出手说。

"我也愿意。"盛海燕的手和她们叠在一起。

"那我呢?"于烽问。

"你?"盛海燕白他一眼,"自己爱干吗干吗吧,你也可以去追寻你的未来。等出了院,我们就不要再联系了。我们不用你的时间机器了,不管这一次你还能不能把它做出来,我们都不用了。"

"别这么小心眼嘛,过河拆桥啊……"

"你那也不是桥,是个坑。装作是个桥,人上来了,底破了,给人掉河里了。"

两人一斗嘴,之前死气沉沉的气氛消解了大半。或许于烽对未来也有了新的打算,他并不是真的那么介意被抛下。

黄时雨拉了拉海燕,既然是再也不联系之人,便没必要争个对错输赢。她换上稍正式的语气对于烽说:"不管怎样,还是谢谢你的时间机器。现在机器没了,也没能把萌动抹去,我们的合作到此结束吧。"

于烽摆摆手。罢了。

尾　声

2041年。

每三年一届的"未来已来"杯创业项目大赛已进行到第五届。该比赛由国家牵头、五家顶尖投资机构主办、数十家投资机构协办，目前第一届、第二届、第三届比赛中的前三名项目里，均诞生了已成功上市的企业。这项比赛成为国内优质项目孵化的摇篮，能在该比赛中得到评委的认可，对创业团队而言是莫大的荣耀，也意味着他们离成功只有一步之遥。

六月，主办方公布了五十个入围项目。又经过五十进二十五、二十五进十的两轮选拔，最终敲定了十强项目名单。

其中一个项目备受关注。

这个时代和二十年前一样，流量为王，甚至愈演愈烈。十强项目的创业团队均得到大量曝光，各路自媒体为了搏眼球，对一些具有话题性的标签穷追猛挖。

该项目的创业团队，由三名"40+"的未婚女性组建。她们的产品名为"陪伴系统"，针对用户群是独居老人。在老龄化人口基数越来越大的当下，独居老人的生活问题本就是社会长期热议的焦点。一些八卦账号的互联网考古，又挖出了李北大学时期COSPLAY的照片、盛海燕的同人及原创漫画作品、黄时雨的游戏同人网络文学……典型的"老二次元"了。各种标签加起来，她们不被关注都很难，甚至连主流媒体都跟进了这波流量，对她们进行了一次较为正式的访谈。

记者："能谈谈你们项目的特色吗？"

回答该问题的，是一名高个子短发女性："相信大家都很熟悉'恋人系统'，但'恋人系统'更多的是针对人群的情感需求。我们的产品在解决情感需求的同时，更希望能解决老年独居生活的实际问题。它仍然可以按照顾客的喜好定制形象、性格，但不局限于人类角色,还可以是宠物、幻想生物,甚至是魔怪……只要顾客喜欢,一切皆可定制。除了摆在家中与主人互动外,它更重要的功能是:自带数个重要的人体感应传感器,并与全屋智能系统关联,随时监测主人的健康状况,在主人的身体出现紧急问题时自动呼叫救护。"

记者:"你们知道几十年前,日本有一个很火的女子漫画家组合,叫作'CLAMP'①吗?有人认为无论是她们的行为,还是她们创作的作品,都在创作一种女性乌托邦。你们有意效仿她们吗?"

黑色长发、清丽漂亮的女性答道:"CLAMP是我很尊敬的前辈,我小时候就看过她们的漫画作品,也受到了她们华丽画风的影响。但我们选择一起创业,没有结婚、生育,并不是效仿谁刻意做出的行为。只是人生自然而然如此发展,我们便顺其自然地接受罢了。"

记者:"那你们想过要结婚组建家庭吗?"

这是一个很没水平的问题,烂俗到已经没人想吐槽了。每一名成功或不成功的女性,在接受访谈时,最后总会被问到婚育相关的话题。记者不是不明白,只是作为"主流"媒体,有些问题总要下意识问问。

没想到的是,意兴阑珊的记者不经意看到,那名中发齐肩、相貌平平的女性,似乎被这个问题触动,脸上表情变幻莫测。

记者赶紧将话筒递到她面前。

她还没开口就哽咽了,深深吸了一口气,才将情绪暂且压

---

① 她们的作品包括《魔卡少女樱》《人型电脑天使心》等。

下去,缓缓答道:"我在梦中、在另一种可能性中……是有过家庭的。我设想过另外那种生活,有一名相亲结婚的先生,生下一名女儿。她童年时期非常可爱,当我疲惫时,会过来帮我捶腿。她每天都黏着我,想着我。我下班回家,无论多晚,她都会第一时间冲上来将我抱住。后来她慢慢长大,我好像无法知道她在想什么了,和她的距离越来越远。她到了青春叛逆期,几乎成了一个讨厌的孩子……是挺讨厌的,常常让我生气。但哪有叛逆期的孩子不讨厌的呢?我自己叛逆期时也是那样。我非常爱她。非常爱她……这些都是梦里的事了。在现实里,我没有相亲,也没有结婚。所以我不会有一个这样的女儿。永远不会再有一个这样的女儿……"

她再也说不下去,掩面失声痛哭起来。记者有些疑惑,她来采访前做了十足的准备,并未查到这名黄女士有过女儿的相关记录。但黄女士在说那段话时,感情真挚,像极了一名失去女儿的母亲,令人几乎想跟着她哭出来。

采访视频放出后,人们对黄时雨的这段表达褒贬不一,但无疑引发了更多的讨论,获得了更多的流量与曝光。有人认为,黄时雨这段对家庭和女儿的向往式想象,和她们团队不婚不育的行为严重不符,感觉是在演。但没人能说出她演这一段的动机,怎么分析都很奇怪。

黄时雨没做任何回应。

今天是决赛的日子,十强项目将进行路演答辩,最后根据评委打分,角逐出金、银、铜奖。

后台人头攒动,每个团队都在为自己的项目做着最后的准备。

一名男子混了进来。

他似乎不属于任何一个团队,不怎么起眼,带着一身与年龄极为不相称的沧桑与倦怠。他像幽灵般穿过人群,径直走向"雨燕北工作室"的筹备展台,但又在还有几米远的距离停下了。

他等着。等到黄时雨暂时离开展台,去卫生间时,他走了过去,叫住黄时雨。

"嗨。"

黄时雨认出他是谁后面色微变,没有理会,埋头往前走。

男子却穷追猛打,跟在黄时雨身旁说:"我终于还是又做出那个机器了。"

"我叫保安了。"黄时雨说。

男子举手投降,"我说完这句就走。你想不想再来一遍?这一遍,你们仍然可以做'陪伴系统',参加这个比赛,迎接你们的未来,这一切都不会变。但于你个人而言,却能改变另一件事——你可以把你的女儿再次带来这个世界。"

黄时雨迈步的节奏乱了一拍。

后台广播通知:"7号项目,雨燕北工作室准备候场。"

黄时雨迅速进入洗手间,甩开刚才听到的那些话,对着镜子补了补妆。

出去时,男子还等在外面,殷切地对她说:"时雨,考虑一下吧!只要你提出来,她们一定愿意帮你的。我的条件很低,让我参与你们的项目,我只要百分之十……"

黄时雨朝保安招手,"他不是参赛选手,一直在这里影响骚扰我。"

两名保安走过来,要查验男子的证件。男子拿不出来,只好被"请"了出去。快到门口时,他还扭头对着黄时雨喊:"真的,你考虑一下。我手机号没变,随时联系我!"

黄时雨做了三次深呼吸。

走回她们的展台,盛海燕和李北已经做好了上场的准备。她们叫黄时雨:"快呀,马上就该我们了。"

黄时雨点头,"好,我们走。"

路演舞台是轻度赛博朋克风格,所有演示采用全息投影的方式呈现。

她们开始介绍项目:"陪伴系统1.0"。

这个时代,虚拟的东西包围着真实的我们。我们用真实的血肉之躯,在真实的世界中生存,却将情感,甚至更多体验交付给虚拟出来的一切。

那么,虚拟是否能回馈我们以真实,真正地在实际上给予我们帮助?

舞台下面,是可容纳三千人的会场。现场座无虚席。除主办方工作人员及评委外,听众形形色色,来自各行各业。

站在舞台上看观众席,会有一种恍惚感。你会觉得视线无法聚焦,像是在看虚空。

盛海燕是整个演示的主讲人。她讲述的时候，黄时雨站在一旁，眼神在会场中流浪着。

突然，游离的视线在一名女孩小小的脸上聚焦了。

那个女孩看上去十五岁的样子，那张脸，黄时雨熟悉得不能再熟悉。

她差点儿就要冲下舞台去抱住那个女孩。但这时女孩朝旁边伸出手，上下嘴唇轻碰，做出了"mama"的口型。黄时雨这才看见，女孩旁边还坐着一名中年女性。面对女孩伸过来的手，中年女性塞进去一瓶水。女孩拿到水，咕咚咕咚喝了几口。所有动作这么自然，是母女相处的那种自然。

她突然非常释怀，原来，并不是她的女儿对这个世界不重要，而是她的女儿很重要，但她是不是她的女儿，不重要。

黄时雨鼻子发酸，但她没有失态。

她已经是一名成熟的中年人了，也不是第一次做中年人了。

这条时间线收束于此，一切都没什么遗憾，至于未来，仍然没人能预测会发生什么。但无论是什么，黄时雨都于此刻获得了足够的勇气，去面对每一种可能。

盛海燕的演示即将结束，接下来的环节就是黄时雨主讲了。

她重新将自己的视线焦点打散，把注意力集中到舞台上。在过去的十几年里，这场演讲她已演习了上百次，每一个词都镌刻于心。

她迈出轻盈的步子，走向舞台中间，走向下一个明日。

白色谎言

归芜

委托人档案-639-意外事故类-临时转接
委托人记录-脑电波关联-单项输出端
2030年6月2日15：03 星期日

我好痛，身体到处都在痛。别在我脑子里嗡了，我没心思听。什么，我活不成了？

真没救了？你们再试试啊，认真试。

认真也没辙啊，那劳烦把我痛觉神经切了吧。

你说的我记得，是一辆路虎对吧，照着我撞上来，躲都躲不开。我跟你讲，司机肯定酒驾了，我还在人行道呢，都没上马路！也不知道能理赔多少，我就怕家里老头老太太养老没着落。

唉，不知道他们能不能接受，辛苦大半辈子，拉扯大一个儿子，还没过上一天好日子，就白发人送黑发人了。

你问我有没有什么挂念不下的人？刚说了啊，就我家老头老太太。我又没成家。

他俩虽然穷吧，但还真不怕穷，我多少也算有点儿积蓄，这方面我还不大担心。我就愁他们接受不了儿子没了。

哎，你们是专业的不？专业立遗嘱。

临终关怀机构啊，也行，我不挑，能让我立遗嘱就行。我现在是清醒的,有完整自我意识的,我接下来说的话是具备法律效力的。

我要求,对我的父母双亲保密我的死讯。对,中断死亡通知。

就告诉他们,我意识上传了,永生了。什么成为先驱,为全体人类做贡献啊,什么感受生命的跃升,实现人生价值啊……什么糊弄人就说什么。他们听不懂就对了,要的就是听不懂。真懂了还不露馅了。

说实话,我干着这一行,以前还真考虑过上传意识。但不是想着还要尽孝嘛,义务没尽完,不能落跑。说起来现在我能上传不?不能哦,我寻思着也不能。上传要事先做好准备,往身体里注射流体介质,方便扫描读取,那玩意儿有毒的,你就得清醒着让它取数。整个读取过程最快也得十来分钟,我哪还能撑十来分钟呢。不赶趟,可惜了。

对了,我还在立遗嘱是吧,那不说这个了。可能是失血过多,注意力难以集中,意识有点儿发散,麻烦担待一下。

这样,司机和保险公司的赔偿就打我账上——我的账户先不注销——逢年过节地往我爸妈账上转,几千几万的分批转。遇到他们生日就给订个小礼物。应该不难操作吧,这种小程序我三分钟能给你写一个,你要不会我可以现场报代码。

噢,会就行。你们确实是专业的。

我们家老太太还在乡下种地呢,老头儿在城中村,你们就通知老头儿吧。

跟老头儿讲我意识上传的时候,记得带一笔支票作证据,名目就写"为意识上传事业做出长远贡献"。支票让我公司开,我们就是研究意识上传的,能开出来。死亡抚恤等不及了,这钱就先让财务从工资里扣。你们得拿着钱跟他讲,不然他不能信你。正好他不会用支票,给他这个转移注意力的渠道,过渡一下,好接受点儿。

他不爱把人往坏处想,农民工嘛,一辈子姿态都放很低。你们认真点儿骗他,能骗过去的。

拜托了。

受理人签字:(脑电波确认)郑毅

委托关联人档案-639-01
遗嘱执行回访记录-现场收音-单项输入端(B口)
2030年6月3日11:10 星期一

诶,是我。

对,我儿子叫冯谷,您找他啊,他在市中心上班呢。

哦,您找我呢。不好意思,没反应过来,一般找我的人都不会穿西装。您有什么事吗?

意识上传……我不懂的,但我儿子懂,他做这一块儿的,不然您问问他?

哦,您不是这意思啊,那您说,我不乱插话了。

嗯……我还是没太明白您说的啥。我一老头子,年纪大了,早就落伍了,蛮多东西就是搞不明白,也习惯了。没事儿,您就当我明白了,请您接着说吧。

什么,谷子去上传了,啥意思? 就是回不来了? 瞎说,没影子的事儿。您是不是搞错了,您再查查,查清楚了再来,我要做午饭了。

是这个公司,谷子是在这儿上班,但这说明不了什么。

身份证号是对的……

不可能啊,他没跟我说过他有这想法。这么大的事不得和家里商量一下吗,还能闷声就去了? 这不是他的性格。我得给他打个电话问问。

接不了? 已经在上传了? 个不孝子! 在哪儿呢,我得把他拉回来。

拉不回来了? 你们不会是骗子吧! 我要报警了。

谁信你们的证件,我又没见过真的,假不假的我哪看得出。走开走开,不听你们的鬼话。

没接电话是他这会儿在忙,高科技公司呢,肯定辛苦得很。等谷子下班我就跟他联系,你们骗不到我。

什么支票,拿走拿走。

别留电话,不要。

还明天来,明天也别来!

受理人签字:郑毅

委托人档案-639-意外事故类-临时转接
遗嘱交付记录-脑电波关联-单项输出端
2030年6月2日15:04 星期日

你问我和老头子的关系啊？不算好。

虽然这么说有点难受，但我们相处真的不太好，不是那种亲密的父子关系。我每次回家也就是和他相对而坐，说不了几句话的。沉默是我们交流的方式。

倒不是代沟，也不是嫌他没文化，他现在也不多管我，就是一种习惯吧。

小时候不懂事，和他闹得厉害，到现在我也没学会说软话。

说实话，我原来是有点儿瞧不起他。我现在当然知道那样不对，当时其实也知道，但年纪小嘛，冲动，受不得委屈，就看不上他老好人的窝囊做派，谁都能欺负。他就是太自卑了，但这也不是他的错。

我爷爷那辈是农民，到他这代赶上进城务工，说要在城里赚大钱，攒的本钱做生意赔了，只能去工地了。工地辛苦啊，虽然说哪行都辛苦，但有的辛苦是带有成就感的，能提升你综合素养，但工地这种辛苦是慢慢磨灭一个人的。老头身体越来越不好，天冷的时候腰椎颈椎啊关节啊整宿整宿痛到睡不着。

而且他这个工作说实话，真挺缺乏尊严感的，就永远在底层。老头儿的腰背佝偻了一辈子，逢人便弯，都弯出了惯性。我靠他的血汗钱读书算是出息了，是我欠他的，但有一次我下班去看他，和他因为什么争了两句，也没别的意思，他一不留神居然冲我躬了下身。当然幅度不大，就是一种下意识退让的反应，我当时就愣住了，半天说不出话。

我觉得我对不住他。

我还记得进城读中学的时候，和他一起挤城中村。环境差都不算什么了，关键那会儿我抽条，一天天脑子连着胃，尽想着饿。那会儿真缺油水，就等着一周吃一回肉。没肉的时候只有青菜，老头子就拿菜心哄我，说着一棵白菜就一根菜心，多精贵啊。他扒拉两下挑出来，献宝似的搁我眼前晃。菜叶子也分出来给我，他就咔咔啃白菜帮子。直到现在我在外吃饭，还是下意识会去夹叶子，惯出来的。有时候我觉着，老头子就像外圈的白菜帮子，汲取养分供养绿菜心，菜心一圈圈长大，他在变黄，缺损，逐渐边缘化。不只在我的人生里边缘化，他就在整个世界的最边缘。世界在前进，而他在后退。

我是他唯一融入世界的那一部分。如果我没了，除了我们家老太太，不知道谁还会记得他……

受理人签字：（脑电波确认）郑毅

委托关联人档案-639-01
遗嘱执行回访记录-现场收音-单项输入端（B口）
2030年6月4日8∶10 星期二

你们怎么一大早就来了。

昨天谷子没接我电话，我打了一晚上。是不是谷子手机掉了，然后你们给捡着了，就来骗我—老头子……

是有点儿说不通。

我瞎说的，您别介意。我就是有点儿怕，谷子不会真出事了吧?

您再给我细讲讲呗,那个上船是怎么回事,哪条船,往哪儿去的。

啊,不是这个船啊,那是哪个船?哦,人专传,等等我比画一下。

那您的意思是,谷子以后就住电线里了?我家里就有电线,能让他住我们家不,我们家基本不跳闸。

所有电线里面啊,那还是一个谷子吗?哦,是一个就好。那谷子得多累啊,管那么多线。

那谷子的身体还在吗?

你们有话直说,你别老瞪他,把簧①是吧?你们就说,谷子到底怎么了?

烧了?

所以谷子……是不是再也……还能不能回来?

骨灰……

等我擦一下手汗,别摔了。

我会收着的。

嗯……

别安慰了,越安慰我越受不了。

之前怎么不让我知道呢?

哦,是谷子的意思啊。是谷子不让说。谷子怕我伤心,怕我不理解他。

谷子他是怕我拦着他吧。那我肯定是要拦的,咱们是人,

---

① 方言,指江湖艺人察言观色,以寻找容易上当受骗的人。

咱们要活着,怎么这么简单的道理他都不懂呢?是不是文化人想问题和我们普通人就是不一样啊?能有什么比好好活着更重要呢?

永生……永远活着。我就不信这鬼话。以前村里老人去了,请来哭灵的师傅,他们就爱唱,什么不会真的离去,什么永远活在我们心里。谁都知道这就是骗人的。死了就是死了。

你说谷子怎么就想不开要一个人寻死呢……是我没做好,让孩子伤心了吧。

为国家做贡献啊,他做的贡献还不够吗?自愿的?我就怕他自愿。这孩子打小心思就轴,认死理。

为行业探路啊……他们行业多少人啊,就他一人往前冲呢?

快要普及了?除了谷子这傻孩子,还有谁会愿意啊?就普及不了。

你说富人都愿意?技术还不成熟的时候好多富人就排队预约了?他们这是什么好日子都尝过,活腻了吧。

嗯,我知道。我不会想不开。老婆子也不会想不开。

好,支票我收着,好赖也是个荣誉呢。最后一个荣誉。

谷子是咱老冯家出的唯一一个文化人,一辈子都是我们的骄傲。

受理人签字:郑毅

委托人档案-639-意外事故类-临时转接

遗嘱交付记录－脑电波关联－单项输出端
2030年6月2日15：05 星期日

你说所有人老了都一样？不一样的。

你就说我们，每个人身上都贴着一长串简明易懂的标签，在不同时候，别人会产生不同的直觉印象，组合起来就是你这个人。

像邻居家的小孩，看到他你就知道，好学生、叛逆期、篮球、网游。不能说多准确，但你可以很快建立起对他的初步印象，会很愿意和他交谈。

像我，别人看到我会想到，名牌大学生、科研工作者、凤凰男、理工男。就有一个先入为主的刻板印象了，需要一定的接触才能去打破，建立起对我个人本身的理解。比如，多数时候脾气温吞，但遇到大事却很固执；有一些不易被人理解的幽默感；会偷偷产生很多中二的想法……

但老头子走出去，别人看到他，就是农民工、贫穷、辛苦、没文化、不卫生、讨薪、留守儿童……有人关心这个群体，试图解决他们遇到的问题，这是一件好事。但他本人，并不能直接和弱势群体画上等号。老头子，包括他身边的朋友们，都是人，不是问题，却容易让人联想起社会的问题，然后一不留神就被代表了。他们有着各自不同的人生，独有的悲喜，但很少有人会意识到这一点。

你知道我家老头子有什么不同吗？他有个比我有文化的名字，叫冯正声，原来村里的教书先生取的；他从来不用讨薪，老板一直按时发工资;我也不是留守儿童,小时候他外出打工,我母亲在家里种地呢;他很讲卫生,买过一件白衬衣穿得很珍惜,就是照镜子觉得皮肤太黑了不自然,所以没怎么穿出门,觉得别人会笑话;他观念陈旧,思想僵化,这是因为他接收外界信息的渠道太少,理解不了世界的飞速变化;他不太会用智能机,不为别的,就是拼音没学好,字也爱写错,所以他没有办法在网上发出自己的声音。他没有办法让外界看到他的生活,他真实的生活。

只有我和我家老太太知道,老头子爱喝茶,一天不喝就睡不着觉;他还爱听广播,国际国内的新闻一天不落;每到大日子,他都会试试那件白衬衣,有时候脱下来,有时候穿一天;我找到现在的工作后,多次想让他回家,不要再那么辛苦,他却说自己还没老到需要靠人养着的地步,劝急了就几天不理人。

他不是一个符号,他是我爸。他是冯正声。

受理人签字:(脑电波确认)郑毅

委托关联人档案-639-01
遗嘱执行回访记录-通信接收-单项输出端
2030年6月20日18:02 星期四

不好意思,打扰您了。我是冯谷的父亲,月初你们上门来找过我的,还给我留了电话。

蛮抱歉当时不相信您,说了蛮多过激的话。

啊，该道歉的，该道歉的。

当时我真不信，拿了支票都觉得烫手，生怕弄坏了就再也见不到谷子了，还怕钱取出来之后你们说的就变成现实了。但现在我信了，谷子真的在我手机里。

谢谢你们，我就想问，我有话想和他说该怎么联系他。能帮个忙联系一下吗？

联系不了啊，那怎么他能联系我？

就今天我生日嘛，我自己都忘脑后了，刚下工的点儿，有个快递师傅找我，给我送来一蛋糕。一整天我也就这会儿才开了下手机，屏幕也变了，写的谷子祝我生日快乐。我就知道了，这蛋糕啊，得是谷子给订的。我就想跟他讲，别花这冤枉钱，蛋糕是小孩子吃的，别给我买了。也不知道他在电线里住得舒服不，能看到我不，要不要吃东西，比如电啊什么的。我都不知道能为他做点什么，对他的生活完全不了解，这哪行啊。我就想，他既然能做这些，应该也能跟我说几句话吧？

不能啊。怎么就不能呢？

不好意思还是没听懂，那您说谷子他到底能不能看到我们？

您问我希不希望他看到我？这还真不好说，多数情况下吧，我希望他能看到我们，但这会儿我有点儿希望他看不到。

为什么啊？因为我刚有点儿丢人。

我要是跟你说他不会知道吧。就他给我的那个蛋糕，我拿着回家其实蛮尴尬的，虽然蛋糕就巴掌大，但包装大啊，还拿彩带缠上了。我一老头儿，提着这玩意儿挤公交，就觉得所有人都在看我,浑身不得劲。有个带孩子的姑娘还要给我让座,不过我没坐。

为什么没坐啊,因为我先听到她教育她孩子,用那种有点儿拿腔调的语气,说,农民工好辛苦的。也不知道自己是怎么了,就是心里有些不舒服。坐不下去。

唉,说出来显得我更奇怪了。其实真没啥,她也是好心。如果她说要给老人让座,要给拿了东西不方便的人让座,我都不会这样。

是没什么吧。唉,我其实蛮少被人让座,拒绝别人的善意有点儿内疚吧。

这还没完。那对母子在我前面下了车嘛,往郊区开的时候,车上没那么挤。我今天整个人就是有点儿反常,还是坐在了那个姑娘之前坐的位子上,捧着蛋糕。想着那姑娘给她孩子讲,你看,这位农民工还给他孙子带蛋糕。我就特别想拆它。忍了两站没忍住,我就拆了。就在公交车上那个靠窗的座位上,大口大口地吃。我想起来谷子小时候,我只给他买过几次生日蛋糕,他还让我吃,我推不过说就吃一口,然后他就塞过来一大口。其实我真不爱吃这玩意儿。太没出息了,吃着吃着我还……哭了。

谷子可千万别看到。

我平时没那么多话的,今天真是不知道着了什么魔,整个人不对劲。可能就是想谷子了。

对不起,耽误您时间了。

哦,有摄像头的地方谷子就看得见我,没摄像头就看不见是吧。好好好,我明白了,我们工地仓库就有摄像头,以后每天上工我都和他唠几句，免得他住在电线里寂寞。

我知道，他是高科技人才嘛，忙得很，不一定看得过来。反正知道他想看我的时候能看着我，这就行了。

谢谢您，谢谢您。真谢谢您。

受理人签字：郑毅

委托人档案-639-意外事故类-临时转接
遗嘱交付记录-脑电波关联-单项输出端
2030年6月2日15：06 星期日

我其实挺后悔。

之前一直和老头子处不来，我们在很多事情上确实分歧太大了，他又固执，不听劝，聊不了两句就爱吵。之前关系最僵的那段时间我有点烦他，考虑过做一个AI语音聊天助手，把我的常用对话录进去，以后就让AI接他电话。后来还是良心发现，没有实行。

现在我就后悔当初没给做出来，不然能给这个谎打个补丁。一个可以回复他电话的、无处不在的智能儿子，多好啊。我要真上传意识了，说不定也就和这个AI差不多。那他就不会觉得儿子没了，死了。他会觉得我一直在陪着他。他年纪也大了，就剩下最难走的最后一段路，我真想陪着他。假的也行。

唉，我都想到了，怎么就不做一个呢。

不过这可能也是件好事，不然想想也有点儿可怕。万一他过度依赖那个只会机械回复的AI冯谷，寄予越来越多的希望，还是挺危险的。毕竟纸包不住火。

我们家老太太心态比老头儿好些，一辈子扎根在土地上，心里踏实。我还记得小时候，老太太最早和我谈起死亡，她说啊，人不会真的离开，所有的一切都还留在这片土地上。我家老太太虽然没什么文化，但我一直觉得她是有大智慧的人。你看，真的是这样，肉体啊，精神啊，都还在。只是以另一种方式留存。

没事，不用安慰我。想到法子把老头子糊弄过去我就安心了。

对，没什么放不下了。

谢谢你们。拜托你们了。

嗯，我能感觉到意识不大撑得住了。

再见。

嘀——

受理人签字：（脑电波确认）郑毅

委托关联人档案-639-01
遗嘱执行回访记录-通信接收-单项输出端
2030年6月25日8：10 星期二

您好，我是冯谷的父亲。一大早就来找您，对不住啊。

对，冯正声，您还记得我啊。

最近还好，生活没什么困难。

我就想问问,那个上传,是所有人都能传吗?

嘿,也没什么,我就问问。

哦,都行是吧。那去哪儿排队啊?

我是有点儿想上传。

因为谷子在那里嘛。你说谷子一辈子就这样了,不老不死的,一个人住线里,他怕不怕啊,他孤独不啊?

每次想到他连个伴都没有,心里老难受了。有点儿想去陪他。

我到处打听过这个上传的事儿,虽然还是没太闹明白,但多少晓得一点了。大概就是把人的脑子,想东西的方式,一股脑放到一台大电脑里,然后连上各种线,人就活在线里了。是这么回事吧?

差不多是吧?差不多就行。

我就担心,现在都有好多事情搞不明白,到电脑里要是也搞不明白可怎么办。这个想法还是太大胆了。

我在家里和老婆子商量。她没什么想法。

她也没拦我。

这不是还要排队嘛,我琢磨着要是老婆子先我一步去了,我一个人也没什么意思,不如去陪谷子。

我要能比老婆子先走那是我的福气。

您觉得咋样嘛?

再想想啊,我想过啦。这几天晚上都没睡着,在床上翻过来翻过去地琢磨这事儿。上工的时候也总琢磨,几次差点出事儿。每天大早赶着别人没到的时候,我就对着摄像头问谷子,我想看看谷子怎么想,愿不愿意我去陪,但谷子都没理我。谷子大概在忙吧,没看到。我再多问几遍。

您的意思是还要看谷子的意见,是吧?对,我也想问问谷子在线里过得怎么样。

您说我要是上传了,是不是就能见到谷子了?

不好说啊。

那您说,这个上传该去哪儿排队啊?是去谷子单位吗?那个意识上传研究中心。

不是啊。

就在您这里排啊。早说嘛,那就好说了。那您帮我登记一个呗。

冯正声,男,五十六岁。

那排到了麻烦您通知我啊。

谢谢了。

好嘞,再见。您好人有好报。

受理人签字:郑毅

受理人备注:该委托非程序完备的遗嘱委托,登记无效,请勿告知639-01。

和故事有关的故事

张 潇

这是一个风雪交加,最适合分享故事的夜晚。

小镇略显荒凉,却一直吸引着南来北往的旅人在此落脚。这些四海为家的梦想者们,夜里最常聚集的地方,是一家名字叫作"和故事有关"的小酒馆。今晚,酒馆里喧嚣一如往常。

寒冷似乎无法冻结酒友们的热情,老客人们呼朋引伴,如期而至。才九点多钟,酒馆里已经坐满了一屋子人,吧台边上熙熙攘攘,连一处落脚之地都欠奉。

世上有千万种人:北方粗犷的汉子难耐南方的潮湿闷热,水乡那些娇滴滴的姑娘惧怕高原凛冽的利风;有人每餐无辣不欢,有人素来滴酒不沾……但不论来自何方,有着怎样的经历与背景,源自本质上的相同之处,让人类在某些时候总会表现出惊人的一致性,比如说对孤独的惧怕。

这样冷冽冰寒的夜晚,无疑会加倍放大每个人内心的孤寂空虚,但同样的情绪也是滋生故事的沃土。老板在经营这家酒馆之初便领悟到,他真正向人们贩售的并非酒水或小食,更不是表演或小礼品这些东西。从酒馆开门营业的那天起,每一个夜晚无一例外,顾客希冀在这里获得的,从来都只有消遣与热闹。他们愿意消费金钱,只为寻觅排遣寂寞、驱散孤独的良方,填补心底与生俱来的那片空白。

三杯两盏淡酒入口,心底的倾诉欲自然随之高涨。老板亲手调好一杯马天尼放上吧台,看到酒馆里的氛围差不多正合适:那些吆五喝六的声音刚告一段落,此刻只零星有一些推杯换盏的声音。大家都心照不宣地放低了声音,仿佛在为下一段热情酝酿能量。于是,他高高举起双手,一脸坏笑,然后开始"啪——啪——啪"有节奏地用力击掌。

熟悉情况的老酒友都知道这意味着什么,他们一个个怪叫着,纷纷跟着节奏用力击掌,酒馆里的气氛瞬间热烈起来。紧接着,老板用他那粗犷的嗓音宣布了酒馆里的保留活动——任何客人,只要能讲一个精彩的故事,就能赢得一杯老板的免费特调;而对故事的唯一评判标准,就是当故事讲完时,屋子里是否有足以压过老板说话音量的掌声。

老板有几手珍藏的特调远近闻名,真正对酒有品位的客人可不会错过。一片怂恿声中,有个身材高大、脸色苍白的男人奋力挤开身边的人,三步两步来到吧台旁边。他仰起头,饱经沧桑的脸上卸去了几分阴沉,眉宇间写满了迫不及待。倘若有人从他进门开始就关注到他,就会发现,这个人自从进了酒馆就一副心事重重的样子,连一杯酒都没有喝过,换言之,他并非此间常见的酒友,来此似乎别有目的。

男人穿着一身皮毛外套,看似北方路边随处可见的酒中豪杰,可一旦行动起来,他却显示出了跟形象不相符的细致。他径直来到吧台边,先是用袖口在吧台上擦几下,然后反身跳起,半个屁股搭上了吧台,居高临下环顾四周。

"我要讲一个在我自己身上发生的故事,这是我这辈子遇到的,最离奇的事情。"他打开嗓门,就这样讲了起来,语速不缓不急,低沉而磁性的声音引人入胜。

我从很小的时候起,就跟着父母在这座镇子定居了。那时候,本地有一则流传了很久的传说——说不清多久,反正打我五六岁的时候就常听说——亲眼见过死亡的人,会与通往另一个世界的门连通。这样的人,总会在生命的某个时刻,看到或听到一些不同寻常的东西,那些正是另一个世界的人想要向这边传递的信息。正因如此,当我第一次听到那个声音时,一点儿都没有感到害怕,我相信那是另一个世界的人选中了我,有什么特别重要的信息,需要通过我来向这边的世界传递。

不好意思,这样讲顺序可能不太对。在真正开始讲这个故事之前,我先问一下,在座有多少人相信世界上存在多元宇宙?我看看,一、二、三……大部分人还是不信的对吗?什么,你问我信不信?我无所谓相不相信,因为那就是发生在我自己身上的亲身经历。

好了好了,不卖关子了。我第一次听到那个陌生的声音,是在我爷爷死去半年之后。什么?不不不,这个故事跟我爷爷一点儿关系都没有,他去世时我才十五岁,别打岔。总之,那时候我先是看到了一些奇怪的光点,大概就像是酒馆门口那些射灯的样子吧,很多颜色,像万花筒一样在我眼前展开,像是打开了异世界的通道。紧接着我就听到了那个来自天上,或者来自什么其他地方的声音。就像刚才说的,我一开始以为这是另一个世界的爷爷有求于我,他老人家生前很照顾我,如果可以的话,我当然愿意替天上的他完成点儿什么愿望,别太费劲的就行。

但可惜啊,那个声音说的是跟我爷爷完全不相干的事儿,刚听了三句我就把已经溜到嘴边的"爷爷我好想你"给咽了回去。那个声音吧,有点儿阴柔,或者难听点儿说也可以叫不男不女。他用很客气的语气问我,是否愿意花点儿时间了解整个银河系最新最流行的故事。我低声跟他交谈几句,确定了这家伙并不是我的幻觉,然后他就开始了滔滔不绝。大概有半个小时吧,也可能更长时间,他介绍了很多,但中心思想只有一套:如果我愿意跟他签订合约,成为某些新故事的专属读者,就能获得不菲的零花钱。

你们猜怎么着?哈哈,你说让我别这样吞吞吐吐?抱歉不行,我好不容易捞到个能跟人说点儿话的机会,你们可别想限制我。好吧,其实也没什么好猜的,我只是个十几岁的孩子,对这个世界正有着无穷的欲望,但是裤兜里穷得叮当响,突然有人对我提出这样厚道的交易,又不用付出什么成本,我根本没过脑子就同意了,生怕对方反悔。后面的事情就很简单了,我想那位推销员藏身的位面,科技层次一定远高于我们吧,起码他使用的方式对我来说就跟魔法一样,等我回过神来时,所有的光点都已消散,我的手里攥着一笔钱——对当时的我来说,那堪称是一笔巨款。随即,我的耳边响起了一个平静的声音,开始读一些故事。我最开始还津津有味地听听具体的情节——抱歉,这段记忆实在太过遥远,我不可能回忆起那个故事究竟是在讲什么,总之就跟市面上流行的那些小说差不多吧,男孩、女孩、奇遇、悬念之类的。但当我发现那个声音从不停下,无论我是吃饭上厕所甚至睡觉都不会停歇时,我也就很快失去了兴趣。

我当时自以为睿智无比,对这一套交易的把戏了然于心:想必是哪个奇怪的平行世界里,物质生活已经足够丰富,闲下来的人只好以胡编故事为乐,最终这种不入流的作者产量实在过剩,甚至达到了写故事的人比看故事的人还多,于是读者就变成了珍惜资源。要知道故事写出来,天生就是要让人看的呀,要是没有读者,那群作者还不一个个憋得发疯?于是他们开始委托这种跨位面的销售公司,千方百计将自己源源不断量产的小说向外面的世界推销。我遇到的就是这样一家中介公司,他们定期给我一些钱,为这些没人看的故事多增加一个忠实的读者——看看多么划算,谁都知道一个真正合格的读者可是无价的。

至于我,当时做的那个决定,现在看来当然太过冲动,可那时年轻的我根本想象不到自己究竟要付出什么,而这正是那个向我推销的魔鬼最最狡诈之处。不管怎么说,我还是过了一段很逍遥的日子,虽然不长。刚刚步入青春期的我,手握一笔不劳而获的巨款,很自然就开始了挥霍无度的生活。我请朋友一起吃喝玩乐,跟喜欢的女孩子从早到晚煲电话粥,最火的商品、最潮的玩具,只要能用钱得到的东西,我想要什么就有什么。当然,所有这一切都伴随着耳边那个絮絮叨叨的声音,和那些像水一样,流过耳边却了无痕迹的故事情节。

每时每刻,每分每秒,这玩意儿从不停歇,就是一直一直在给我讲故事。这些我从没听过的平庸故事近乎无穷无尽,我粗略估算了一下,从我耳朵里出现这个声音开始,一周之内它就输出了两千多万字的故事,吞吐量可谓惊人。我偶尔还是会沉下心听一听那些故事的具体情节，因为我心底隐约觉得，既然签订了合同，自己就有履行读者义务的基本责任。当然，玩忽职守一点儿也不打紧。但是每到这个时候，我才会察觉到这项工作的艰难之处，那些故事写得或许不能说差，但也谈不上多好，我不论多努力沉浸进去，结果都是下次再听的时候还是记不起之前都讲过什么。

我甚至尝试过将这些文字敲出来，再冠以自己的名字发表到网络上。试想一下，有这样一个强大的文字输出机器在，没有任何作者能够跟我比拼稳定产出吧？不用考虑灵感从何而来，也完全没有抄袭的风险——这些可都是另一个宇宙的故事。最妙的是我甚至都不需要用到自己的大脑，只要有足够的时间，轻易就能名利双收。反正异世界的作者不可能跨宇宙来主张著作权，我这样也是以更高的效率帮他争取更多的读者嘛，这可是双赢。有这样正当的理由，我的心思迅速活络起来。于是我花一大笔钱买了高级的键盘、屏幕和人体工学椅。你说打开文档就是干？不不不，这是必要的投资呀，因为耳边的声音一直在读，我得有足够快的打字速度才能记下来。后来，你们也可以料到结果吧？开工后，只干了一天我就烦了：打字实在是太累了，我总要有休息的时候，但耳边的声音却不会停，这样记录下的情节其实是不连贯的，而我压根儿懒得去想自己敲出来的字连起来究竟是什么东西，这样的东一榔头西一棒子的东西，是不可能有人看的。而且我发现，我高价购入的那套设备，用来打游戏要比码字舒服太多。

这样的尝试一而再、再而三告吹之后，我放弃了这种无意义的努力，又回到了花天酒地的日子里去。反正没人来验收我究竟有没有听那些故事，我只要心安理得地拿自己应得的钱就好，又何必对交易的对象这样负责？

然而快乐的时光并不长久，我很快意识到，这份工作的挑战与压力，正以惊人的速度与日俱增。对那二十四小时不停、宛如催眠的絮絮念叨，我完全不想分配任何精力给它，但又做不到听而不闻，结果就是，随着时间的推移，这些故事对我带来的影响远比想象中更大、更可怕。白天的时候，我开始精神恍惚，时不时被耳边那些故事分散走注意力，而这样频繁走神的结果，是我无法做任何需要持续投入注意力的事情。我没法上课，没法打游戏，父母想跟我促膝长谈，但每次我都聊了几句就开始神思恍惚，我甚至没法跟女孩子约会，妈的。哦对不起，反正当时的我就像这样吧，事事不顺，于是我再也无法控制自己的脾气，甚至开始混淆故事里的人物和现实中的朋友，结果当然是我又失去了与人交往的能力。简单来说就是，我变成了一个暴躁、郁郁寡欢、一事无成，时刻准备伤害自己或他人的废物。

有一段时间，我干脆自暴自弃。我离开学校，跑去尽情放纵；我跟人斗殴被关进看守所；我满地撒钱疯狂大笑，被人当作疯子；我甚至花钱让人当着我的面吃屎，还被人拍了下来，在网上引起了好大一阵风波……类似的蠢事我不知干了多少。但不管我在哪里，我在做什么，无论开心或是沮丧，耳边那个声音只会以恒定的速度，不受任何影响，继续讲那些无穷无尽的故事。

到了这个时候，我才懂得什么叫追悔莫及。究竟是什么样的笨蛋才会觉得，忍受一个永远无法关掉的机器在耳边以永恒不变的速度嘟囔下去,以这样的代价赚钱会是一个好主意?我他妈简直就是有史以来的头号大蠢货!当然,即便是我这样的蠢货,这时也意识到了,解铃还须系铃人,要摆脱现状唯一的方法就是找到跟我交易的那个推销员,结束这可怕的合作。

问题在于,我没有任何能主动联系对方的方式,当时满心欢喜地敲定合作,也没想着要个售后电话什么的。我只好采用最笨的办法,我去医院里找那种快死的人,希望以这样笨拙的方式多沾染一点儿另一个世界的气息。但我所有的努力都落空了,另一个世界没有任何回应,我只能在日复一日的折磨中变成废人。后面的故事不用说得太细,我经历了地狱般的折磨,在死亡的边境线上面见了阎王,但他老人家没有收留我,最终我是在一家精神病院的床上活了过来。我在那家医院里住了很多年——那段日子太过不堪回首,我至今一想起来还要浑身打颤。

那些故事的声音在我耳边一如往常折磨着我,而我已经万念俱灰。终于有一天,我打算自寻短见。就在我吊好绳索,准备一死了之时,我在浑浑噩噩中听到了另一个声音。

怎么说呢,那个声音不大,只是在故事片段的字里行间透出一点点奇怪的动静。当时我已经在精神病院里荒废了好些年,精神状况理所当然不是很好,所以一开始我并没意识到那是什么,虽然某种潜意识似乎拼命提醒我有什么不同寻常,要注意,再注意,但我就是呆呆地无法做出任何反应。

又过了一会儿,我的耳边突然安静了下来,然后,期盼已久的奇特光点再次在我面前绽放了开来。毫不夸张地说,来自身体的本能让我先哭了出来,然后才意识到发生什么。

这么多年来一直在我耳边的声音消失了,没有任何先兆,也没有剩下哪怕一分贝的残留。

眼前斑驳的光彩交错,仿佛将人带往迷离的梦境,恍惚中我不禁问自己,这是来到天堂了吗?这是否就是传闻中永恒的解脱,谁都躲不过去的无形之墙,每一个生命最初的起点和最后的归宿?

"抱歉,为了进行这次回访,我们不得不暂时中断您的故事收听业务,由此给您造成应得阅读量的损失,我们会酌情以其他方式补偿给您。"

一个阴柔的声音凭空出现,他一定不知道,我等他等了多久。我慌忙大叫,等一等,请停在这里吧!

因为担心他说完几句话就消失,我匆忙跟他交谈起来,然而被囚于精神病院多年的我,没说几句就开始语无伦次。当他两次提醒,我们目前花费的时间已经远远超出他平均回访沟通时间后,我还是花大力气让他弄清楚了我的现状。

"如果您要咨询这个合同到什么时候结束的话,请稍等,我看一下。"对面的声音顿了一下,然后告诉我,我当时签订的是薪酬最高的终身制合同,所以无法终止,期限就是到我生命终结的那一天,这些条件都是上次他解释清楚、并且经过我同意的。接着,他兴高采烈地说起我签下的合同是如何如何划算,按照人类的平均寿命只有七十多岁来计算,我可是拿到了百倍以上的溢价,简直是赚大了。

你们听听,这说的都是什么鬼话!

无论我怎么哀求终止合同,那个一肚子坏水的家伙只是顾左右而言他，丝毫不接我的话茬。明知回访结束后，我将重回无穷故事的地狱，我满头是汗，一死了之的念头频频闪现。

等等，你刚才说，要以什么其他方式补偿我对吧？猛地，我灵光乍现。

"是的，先生。您有一次免费的机会，可以选择将现有火爆故事套餐升级为范围涵盖前后三百年的经典故事套餐，这套新的服务条款如下……"

既然你能够让故事进入我的脑子，那么我可以认为你们已经掌握了某种改造大脑的能力对吧？我希望得到的补偿就是，给我的大脑进行一次新的改造。也就是独立于我们之前签订的小说服务协议，另外进行一次新的合作，只是合作的条件由我来指定？

"这样不太妥当。"他沉吟片刻后回答道。纵然他这样说，我却喜上眉梢，因为有犹豫就说明这条路可行，只是条件不够丰厚而已。

你并非一次两次出入于我所在的这个宇宙对吧，这说明我的世界对你而言应该有某种长期价值，如果你不愿意帮我手术的话，那我可能选择去死——在你到来之前我正做此打算。不管怎么说，一个死掉的人，无法给你带来新的价值吧？

这番说辞进一步打动了他，之后的几分钟，又经过一番讨价还价，他终于松了口说："好吧，先生，虽然无法完全达成您的诉求，但我们的确可以试试。按照您说的那个条件，是可以做到的，但是这样的手术，技术上还不太成熟，后续有小概率出现变异的风险。"

让什么风险都见鬼去吧，我拍拍胸脯说没问题，无怨无悔。事到如今，就算是饮鸩止渴我也认了。

跟他当初把故事植入我脑子里一样，我没有任何异常的感觉，手术就已经结束。他麻利地办完我们约好的一切，随即消失不见，大概是又跑去哪个宇宙坑害无知少年了吧。

那之后的几天，对我来说是完全新奇的体验。我时而能够听到故事的声音，时而又听不到。当我想要去捕捉那些字句时，耳边往往只会蹦出零星的词和字，根本连不成一句完整的话。我兴奋无比，因为这说明我的办法真的成功了！那些声音依然在，但我大脑中的某个区域已经可以自动屏蔽故事的声音，筛选出其他的正常声音！

我花了几天测试，最终得到的结论是，我的大脑已经具备这种防火墙的功能，但是它还不够强，所以时不时才会有失灵的情况。纵然这套机制并不完全管用，但对我来说处境已大为改善，我或许还有余裕去进一步完善这道墙。对我来说，从故事听众身份中解脱的希望哪怕是毒药，也一定是最甘甜的一颗。我开始自学心理学和脑科学，走访了很多国家的顶尖大学，尝试了很多很多方法，包括物理学、生命科学、心理学……最终我成功了，我可以给自己加固这道壁垒！那个声音出现的频率越来越低，我的睡眠也愈加美好。终于，说不清从哪天起，我再也听不见那些故事了！

朋友们，我重获新生了。我再也不用听那个喋喋不休的声音了！当然，这次手术的结果并非那么完美，也就是像那个推销员对我说的，无法完全达成我的诉求。实际上，我的大脑屏蔽的是一切带有戏剧性的情节。也就是说,古老的神话、未解的谜题、精彩的小说、动人的电影……这些东西对我来说全都变成了一片空白,通通被我的大脑防火墙从认知中抹去。

我可以听到一切跟戏剧性无关的话语,正常与人交谈也毫无障碍。但要是对话中一旦体现出某种故事性,我只能闭口不言,因为我的大脑的预警机制会在万分之一秒内启动,屏蔽掉这些戏剧性的情节,在我的眼里,会认为对面的人什么都没说过。就结果来看,别人会把我当作一个刻板无趣、有着奇怪癖好的怪人,他们当然无法体会现在的我是多么快乐。而作为交易的一部分,当屏蔽机制生效后,我就从推销员那里自动领取了十份故事套餐同时开工。理论上,我的耳边现在有一支足球队在喋喋不休,但把它们全都屏蔽掉的我,仍旧泰然自若。

那之后,我开心了好一段时间。我有钱,而且比起年轻时更加珍惜现在拥有的一切,我开始老实经商,也投入很多钱来研发脑科学,想要为人类做出一点儿贡献。我还维持了一段稳定的感情,对象是一个年轻聪慧的女孩子,一切看起来是那么美好,充满希望。那个时候的我以为,自己会是一个浪子回头故事的主角,然而我错了,在未来等待着我的,除了更大的灾难别无他物。

或许是手术真的有瑕疵,也或许是我领到的故事大礼包所产生的信息量在日积月累中超出了防火墙所能处理的带宽。我惊恐地发现,那些声音又开始出现了。这一次,我听到的是十一个故事交叉错位形成的复合信息,呈现出的是难以辨认的嘈杂语音,而我的大脑防范机制,仍然依赖于大脑自身的基础辨识机能,换言之,能够屏蔽故事的前提首先是我要能够辨认故事。在十一个故事形成的混乱魔音面前,大坝已然决堤,这一次我无能为力。

我被迫放弃了自己已拥有的一切,隐居到一处无人的沙漠边缘,没日没夜被那声音折磨。在痛不欲生中,我差点儿刺聋了自己的耳朵,可我知道那无济于事,无穷无尽的声音只会依旧向我脑子里狂灌,汹涌不停。我甚至希望能够回到第二次交易之前,起码那时候我听到的还是有逻辑可言的故事。

但是,跟上次不一样的是,已经见到过阳光与希望的我,这一次决定不再轻言放弃,我相信自己可以坚持到新奇迹的诞生。从那之后又过了很久。大概有几年?也许是十几年……我发现自己的大脑中再次发生了变化。也许是平行世界的技术真的对它造成了什么不可控的改变吧,这一次,我彻底失去了语言能力。

然后又是几年,请原谅我无法提供更具体的时间标尺,因为时间对我来说没什么确切的意义,我的一生都被这些沉默的年头分割成了一块又一块的碎片,可这些零落的碎片拼起来,也还原不出我这一生的模样。总之几年之后,我又因为什么奇怪的因缘际会恢复了一点儿语言的功能,但却受到很大限制——我失去了跟这个世界交流的机会,只剩下了跟脑子里的十一个声音沟通的能力,用他们的语言。

我说得还不够清楚?好吧,我是说,现在的我,只能讲出带有戏剧性的故事情节,别的话什么都说不出来。

我成了一个说书人,而在讲故事之外的时间,我都是一个超级大哑巴加空前绝后的文盲。

我漂泊过很多地方，只为了能跟陌生人多说几个故事，借此来确认我依然存在于这个世界上的事实。所以，当我听说有家酒馆老板喜欢听故事的时候，我想，再不济我还能为自己的故事找到几个新的听众吧？对，酒什么的对我来说完全无所谓，但我可不能错过这个说话的机会，所以我来了。

谢谢你们愿意花时间听我的故事。

这个故事带着三分戏谑，两点荒唐，一丝猎奇，最重要的是还有点儿烂尾。即便如此，很多酒客还是没有吝于献上他们的掌声。男人为自己赢得了一杯加入了利口酒和冰樱桃的特调鸡尾酒，他细细品味，之后略带腼腆地离开了吧台。仿佛在刚才的故事里用光了所有热情，他就这样安静地躲到了酒馆的角落里，再没吐出一个字来。

很多人还在回味第一个故事，有那么一会儿，再没有自告奋勇的人出现。但冷场没有持续太久，第二位出场者便迈着婀娜的脚步出现了。这个人穿着高领风衣，还戴着面罩，大半张脸都被掩藏起来，只露出一双漆黑得仿佛没有瞳仁的眼睛。他半长的黑发垂到肩头，发梢有些卷曲，看不出是男是女，只是姿态有几分妖娆，姑且称其为蒙面人吧。

蒙面人没有摘下面罩，他的声音也和身姿一样，轻柔多变，缥缈动听。

在这里，我想首先向刚才那个故事的讲述者表达一下感谢。

非常微妙的是，他口中的故事，和我多少也算有些关系。直至站在这座酒馆里，听到那个故事，我才明白，自己今晚为什么会身处此地。在此之前我从不喜欢给人讲故事——这和我的职业有关——今晚原本也无此打算。可是听完他的故事后，我却有了一点儿兴致，想跟你们分享一下我的故事。继续听下去，你会知道我为什么这样说。

首先要向大家坦诚的是，我和你们每个人都不相同，并非是长居在地球上的人。我是一名来自第三银河的掮客，几年前我的飞船刚巧降落在地球上，从此我就留在了这里。对，第三银河，你们可能不相信还有其他文明的存在，但实际情况是银河间的文明交流已经延续了上亿年。不，平行宇宙确实存在，但是那位先生听到的声音并非源于另一个世界，而是来自天外，更确切地说，来自我的某一位同事。他看到的光点，就是我们最常用的信息超空间跃迁技术所特有的标志。哦对，你们或许还不清楚像我这种职业是做什么的。简单来说，我们的任务就是连接宇宙间的需求，有的人想要发泄，有的人想要挨打，我有能力让前者找到后者，完美匹配需求，OK，这就是一个非常简单但优秀的案例。

上一个故事里那个推销故事的，就是我的一位同事，我想他应该使用了远程脑桥连线的技术，那确实不太稳定。事实上这种故事推销是新人入行时最主要的收入来源。故事的产出和消化，一度是宇宙间最庞大的生意，在我刚入行的时候当然也做过类似的事情。

每一个掮客都是工作狂，非如此难以从事这个行当。但是当我加入这样的群体之后，我发现自己对工作的完成和晋升，有着远比其他同事更强的狂热与执着。你可以说，有些生命来到世界上就是为了争强好胜，我就是这样的生命。我开始不满足于这种低效的地推式需求匹配和小打小闹般的生意，千方百计钻研如何更高效地完成更大的单子。很快我就发现，对我们这一行来说，想要在效率上更进一步，有一个必需的前提，那就是要精准洞察客户的需求。

亿万年来，沟通与表达一直都是宇宙中最大最复杂的问题，也是大部分争端被引发的直接原因。地球上，不同人之间有着不同的背景与文化，物种、族群之间，语言和符号各不相通；而这个问题一旦放大到宇宙层面，其复杂程度便会指数级上升。

大部分捎客都掌握着很多门语言，凭借这种超强的语言学习能力，我们与银河中七成以上的客户都可以顺利沟通，然而这远远不够。须知语言亦是一种看不见的陷阱，客户的思维更像是米诺陶斯的迷宫，九成的客户是意识不到自己真正的需求的，而剩下的一成里又有九成是无法清楚表达自己需求的。想要跨过语言的屏障，真正理解客户的渴望，抢先一步发掘对方潜在的需求，遍历整个银河也只有一个办法，那就是读心术。

听起来很像胡扯？哈哈，不，读心术当然不是那种胡说八道的超能力。毋宁说，你们所认知的超能力本身也是一种科学范畴内的东西。宇宙之大，无奇不有，在银河系里，确实有一个民族通过经年累月的复杂研究，掌握了读心的能力，他们被称为摩罗人，栖居在银河边陲一颗小行星上。

摩罗人算是银河系中最初级的那种文明，科技水平尚不及一百年前的地球，并且长期停滞在了这一水平。他们对太空也是兴趣缺缺，如果不是某个考察员意外发现并认证了他们的读心技术，摩罗人甚至没有资格跻身于银河大家族的花名册上。他们的读心术最厉害之处，在于可以通过外在观察，经过一系列复杂的算法，得到近乎百分之百正确的结论，这是一套由现象推出结果的超强算法，不管大脑构造如何，甚至有没有大脑都无所谓，理论上来说是可以通行宇宙的。

就像大部分低级文明一样，摩罗人极度排外，而且因为读心能力的存在，任谁都难以在他们面前撒谎，所以很少有外星系的人愿意跟他们打交道。我为了把准备做充分，专门在银河系大图书馆里搜集关于他们的资料，结果却发现作为一个已经被认证了几千年的C级文明，他们在大图书馆里的资料简直少得可怜。

一旦下定决心，哪怕再多阻碍我也会想办法克服，所以在没法找到更多资料的情况下，我还是踏上了前往摩罗人星球的旅程。到了通关口岸，摩罗人对我比预想中要更友好，似乎几千年来的星际接触，多少改变了一点儿他们对外星访客的态度。然而当我心里刚出现了一点儿想要学习摩罗人读心术的意思时，接待我的那位通关员的态度就明显变了。

那个情景有点难以描述，他并没有表现出任何敌意或者抗拒，只是态度从友善一下子变成了懒散，似乎对我这个来访者瞬间失去了兴趣。

然后，我就在摩罗星球客居了一段日子。一开始，我还是没能找到愿意向我传授读心术的摩罗人。对摩罗人来说，威逼利诱都毫无用处,因为在他们面前,我的思想如同一张白纸,任何真实的念头都被一览无余,这样也就没有了任何威慑力。于是我只好把大部分时间用在学习摩罗人的文化习俗上,当然同样没有任何老师愿意教我,我只能尝试从自己可以接触到的东西里自学。

摩罗星球非常和平,这里已经很久都没有过任何战争,几乎每个人都在自己的能力范畴内维持着最低欲望的生活。难怪,他们连改善一下自己生活便利性的动力都没有,就更别说传授读心能力的意愿了。稍微了解摩罗人的历史之后,我发现,自从他们完善了读心的能力后,整个星球就变成了这样。

作为全银河系最优秀的业务人才,我相信办法永远比困难多,既然他们不愿传授,那我就从自学开始好了。每个银河掮客都有强大的学习能力,而这种能力的基础便是模仿。我开始有意模仿我能够接触到的摩罗人每天的一言一行,尝试着通过外在的接近,去学习他们内在的东西。做出这个决定之初,我只想先融入这个群体以尝试与他们达成更好地沟通,事实证明这一招颇有成效。又过去两周,我举手投足间看起来就和一个正牌摩罗人一样,悠闲、谨慎、慵懒、超然物外、和光同尘。当然更好的消息是,我找到愿意向我传授读心术的老师了。

我的老师就是我一直以来最主要的模仿对象,她是一位典型的摩罗女性,皮肤白皙,身材细瘦,也是极少数好奇心超出平均水准的摩罗人之一。当然这种高水准也只体现在其他摩罗人对我这个外来人一个正眼都不会看时,她会额外多看我两眼而已。

也许是我每天的观察与模仿成功引起了她的兴趣吧。某天,她主动来到了我的面前,上下打量了几眼,然后示意我跟着她走。

"你想学习读心的能力,目的是为了更好地完成自己的工作。这很难,绝不是你模仿我们说话和走路的样子就能有什么用的。除非你能有牺牲掉一些东西的觉悟,也只有到那时,你才能真正开始成为一个摩罗人。"这是她对我说的第一句话。

我告诉她,从我做出这个决定开始,就已经有此觉悟。她知道我并非虚言,于是点点头,正式开始了对我的教学。

"首先你要学会坦诚相待,无心无念。"这是她教给我的第一课,后来这也成了我能学到的唯一一课,因为我根本就做不到她所说的那种坦诚。按照她的说法,想了解一种状态,只有进入那种状态才行。学会读心术的首要条件,就是要无心无念,放弃私心与一己之欲。

理智上,我知道她说得没错,每一个摩罗人都是足够坦诚的。他们不会欺瞒、不会作假,甚至不关心自己身边的一切。无心无念的状态,就是构成摩罗人现有社会形态的基础条件。我还注意到,摩罗人从未发展出任何远程通信的技术,不知是否因为远程状态下,摩罗人无法达成并确认彼此坦诚的状态,因此被认为是不合适的。

但如果我成了一个坦诚没有秘密的人,即便是有读心能力,我还怎么跟客户做生意呢?我并不是想说无奸不商这种老生常谈的话,但是在生意场上,你总会有些秘密没法对人坦白对吧?

我希望能读懂客户的心思,但我的每个客户又何尝不想读懂我的心思,以便为自己争取最大的利益呢?换句话说我学习读心术的目的,就是为自己争取更大的利益,那么如果学习读心术的前提,就是要放弃自己的利己之心,那么我学来又有何意义呢?至此,我对读心术的学习陷入了无解的死循环。

我所犯下的最大错误,就是误以为读心术是一种制造信息不对等的能力,并希望借此牟利。然而,冥冥之中的平衡之神在发明这项技术的时候,却注定了这是一种带来彼此平等、天下大同的能力。想到这里,我终于明白摩罗人为什么会变成现在这样了。

我没有任何办法,只能放弃,带着满腔失落离开摩罗星。那个时候我认为自己注定与摩罗星缘尽于此,但是后来的一个契机让我又重新审视起这段经历来。

离开摩罗星后,我继续维持着自己在每一次交易中的出色表现,只是偶尔难免心有不甘。我决定将所有对读心术的念想,都转化为更大的动力,投入到手中的工作上。花了三年,啃下了几个大单之后,我在掮客组织中的地位终于水涨船高。某天,我的上司对我说,想把我介绍给格罗先生。

要说我一点儿都不兴奋,那一定是胡说:格罗先生是我们这一行的传奇人物,他只花了三百年就成了等级最高的掮客,任务的完成率和满意度一直高居掮客组织的榜首,这可是相当了不起的成就。而且,格罗先生一直以来都是我的偶像和追赶的目标,如果他能传授我一些小小的心得,对我来说也将是莫大的收获。

格罗先生的样子跟我想的差不多，他的年纪已经不小，一双大眼睛，略微佝偻着身子，看起来其貌不扬，也没有任何的攻击性。我心想这就对了，在跨星系的交易中，亲和力是最重要的能力之一，但如果你以为他就只有看起来这么普通，就要小心了。像我们这种人的厉害之处，就在于明明有着非凡的智慧，在你面前却一点儿都不会流露出傲慢的感觉。

格罗先生对我颇多嘉许，他告诉我自己就快要退休了，组织希望我能继承他的位置，在他退休后成为第三银河南区的首席掮客。我这才了然，组织是安排了格罗先生来对我进行一番考察，以更深入地了解我的为人。接下来，我们之间的交流特别愉快，格罗先生精熟于如何在对话中说出某句正确的话来打开对方的心扉，往往我还没开口，就知道自己接下来要说的话必然在他意料之中，这当然是极为出色的能力。在他面前，我感觉自己就像是他的孩子，可以放心享受这种被他引导的对话氛围，将自己内心深处的秘密向他坦承。于是，在一种冲动的热情之下，我向他阐释了自己的抱负与人生规划，包括我脑子一热前往摩罗星的经历与挫败。

我的这段经历似乎出乎了他的意料，有那么一瞬间他的眼睛瞪得大大的，露出了一丝狡黠，我明确感觉到，他的兴趣这才被我真正吊起来。我惊讶地发现，格罗先生对读心术和摩罗人的了解几乎不逊于我。他沉思了一会儿，眯起眼睛，摆出一副高深莫测的姿态，问我是不是真的以为，摩罗人就是我看到的那个样子？

"这个民族的古老智慧，早在发明读心术的过程中就已经消耗殆尽，那个星球上现在剩下的就只有一群蠢货了，而且我可以打包票他们绝对不是好的老师，你千万不要被他们那一套玄学给唬住。"

我追问格罗先生，他是否了解如何才能真正得到读心术。

"很遗憾，当我得知这些信息的时候，我已经决定退休，所以我并没有意愿去完成这个念头。不过我可以确认的是，摩罗人身上真正的奥秘，只有充分扫描并解剖过他们的身体才能知道。"

说完，格罗先生看了看表，表示接下来他还有别的安排，今天的谈话就到这里，他会大力向组织推荐我的。回去之后，我沉寂已久的好奇心再度蠢蠢欲动，但是没有哪个摩罗人会任由我在他们的身体上进行试验，而他们又从不离开摩罗星，我要如何才能对他们的身体进行更深入的探索呢？

那时候的我完全没有察觉到，自己根本没考虑要不要解剖摩罗人的选择，直接跳到了如何解剖摩罗人的话题。有些想法，一旦触及，便会扎根于脑海之中，不断汲取你与生俱来的恶念，最终化为罪恶的嫩芽破土而出，这很可怕，也很可悲。一番思前想后，我最终还是再次造访了摩罗星，这一次我也额外做了一些准备，但我还不知道这些措施是否真的会有效果。一旦失败，我面临的命运可能将是再也无法离开这里。对事业正在上升期的我来说，这并不是个理智的选择，但当时的我就像是鬼迷心窍一般，完全不顾这天大的风险。

重返摩罗星的我，完全被某种情感驱动着。在经过关口时，通关员看着我的眼神里满是困惑。但我根本没心思跟他多说一句话，将飞船泊入港口后，便急不可耐地把老师约了出来。

距离我和她上次分别不过五年，她显然对我还有印象，甫一见到我，便盯着看了我很久。看着看着，她的双眼中忽然流下了晶莹的泪水。我不知所措，心中无比怜惜，满是柔情。此时此刻，在荷尔蒙的旺盛分泌下，我脑子里全是一团乱。我对她尽情倾诉离别以来的思念，对她告白说只想与她共度一生，这些话，每一句，都是我此刻的真心话，她想必可以分辨得出来。面对这一番真情攻势，她只是默默地听着，然后在我的主导之下，我们亲切热吻，执手缠绵。彼此的眼神交错间，我感到心中莫名安定下来，像是完成了人生中某件极为重要的事情。接下来我的精神有些恍惚，飞船总控台上响起了一阵诡异的旋律，似乎在唤醒我心底某种不安的情绪。蓦地，仿佛一道闪电划过我的意识之海，我猛然间清醒过来。我清楚地知道这意味着什么——我事先施加给自己的催眠术被破解了。随着我的眼神清明起来，我叹息了一声，对她说，你不该来。就在一念之间，飞船的地板上涌出一阵电流，将她击晕在地。

多么可笑，人一边用行动践行自己的恶念，一边又忍不住说什么都怪你、你不该来这样的鬼话，只为了减轻心中一点点的不安。欺骗别人固然可恶，欺骗自己更是分外可怜。

在来到摩罗星之前，我事先通过催眠术，让自己相信：我已疯狂恋上了我的摩罗老师，这一次回到摩罗星，我只有一个目的，就是对她告白，从此与她生活在一起。然后，我又在飞船上进行了设置，一旦老师真的来到飞船，我们之间发生了最密切的身体接触，飞船主脑会自动判定触发破解条件，执行解除催眠的操作。现在一切如我所料，我成功骗过了她，将她带到了这座可以对她进行扫描和解剖操作的飞船上来。

仰赖于银河系最新型的飞船主脑帮助，我全面分析了老师的身体，发现格罗先生所说的果然没错：摩罗人的大脑中，在间脑脑前丘和丘脑之间，紧贴着松果体的地方，有一个极其复杂的特殊器官，而这正是他们读心的秘密所在。这种由造物主决定的生理差异，是后天训练绝对无法弥补的，什么无心无念，大概只是摩罗人的迷信。于是我剥夺了老师的器官，这个行为也理所当然地剥夺了她的生命。在摩罗星的执法机构作出反应之前，我已经冲出了大气层。

进入太空之后，我迫不及待地设置好程序，对自己进行了手术，将老师的那个读心器官移植到了自己的身上。整个过程中，我的内心没有一丝羞愧或是不安，仿佛只是在冷眼旁观一个与我不相干的恶人做下这一切恶行。然而或许是报应使然吧，移植的过程并不顺利，尽管我事先做好了配型准备，但新的器官还是在我的脑内引发了排斥反应，整整一个月里，我被折磨得痛不欲生。

好不容易依靠药物将排斥反应给抑制下去之后，我马上去找到了格罗先生。那天，我的打扮就和今天差不多，将自己整个隐藏在高领风衣里，没有经过任何预约，直接闯入了他的办公室。

我大声怒斥，指责他给我的消息中隐藏着巨大的谬误。他却饶有兴味地看着我，问我是否真的做到了那一步。我告诉他是的，我解剖了一个摩罗星人，移植了她脑中的器官，但我并没能掌握读心术——我昧着良心做下这一切,结果却以彻底的失败而告终。

听我讲述了摩罗星上发生的事情之后,格罗先生看着我,似笑非笑,他说自己跟摩罗星人打交道的日子,要比我早五十多年,而据他的了解,在摩罗人面前催眠术是没有用的。摩罗星人的读心术是一种由外入内,能够挖掘深层意识的高明技术,即便是催眠了自己的表层意识,骗过自己,也骗不过一个成年的摩罗星人。

不可能!她没有发现我的骗局,还是跟我来到了飞船里……说着说着,我的心跳猛烈加快,想到了一个更加荒谬的可能。

格罗先生没有在意我的无礼,只是继续跟我讲起了摩罗星的习俗。原来我一直都没搞清楚,在摩罗星,模仿是一种有着非常特殊意义的行动。因为彼此之间没有秘密可言,只有想法习惯都完全一致的摩罗星人才能组成配偶一起生活,以保持步调一致。故而在摩罗人的文化中,主动模仿一个人的行动,是求偶时才有的举动。

老师当时究竟有没有读出我要加害她的念头呢?她的眼泪是为什么而流?早在老师教我第一课的时候,我就知道了,摩罗人除了坦诚之外,更懂得牺牲的精神。难道她看出了我的想法,但是为了成全或是惩罚我,选择了这种自我牺牲的高尚行为?这样的念头如附骨之疽,深深植入我的脑海,我根本无法抑制自己去做这样可怕的设想。

我们曾共处了一段时间,还发生了亲密的接触,可我依然对她一无所知,我从没看清过她心里的想法。没有读心术,人与人之间的关系就是这样咫尺天涯,这念头令我无比绝望。

这个故事讲到这里,差不多就可以收尾了。需要说明的是,最终我并非毫无收获,不,或许该说是报应不爽吧。移植了老师的器官之后,我的身体经过反复的折腾与适应,最终得到了一种与预期完全相反的结果。

我没有得到读心的能力,反而失去了隐藏自己想法的能力。我的每一个想法,都会引发特殊器官的共鸣,然后就像广播一样,转化为空气的振动,广而告之给身边的人。我只要站在那里,心里的想法就一个接一个地往外冒,变成别人耳中无休止的唠叨。我无法再从事捐客的工作,只能提前退休。

也就是从那个时候开始,我走遍银河,希望能够做些什么,来让自己得到救赎的机会。后来,我来到了地球,我发现这里有很多喋喋不休的人,是我绝佳的藏身之处。隐藏一棵树最好的方法,当然就是把它放进一片森林。我曾经去过教会,在那里接受了教义的洗礼,感受到自己和周围的人一样,都只剩下同一个念头;我也去过你们的贫民窟,在那里有太多对世界心生不满的人,他们渴望改变却极少有人能付诸行动,剩下的人永远都在抱怨不公与不幸;我还去过你们的游乐园,那里的游客人山人海,掺杂着各种国家的语言,互相倾诉爱意的情侣,为一点鸡毛蒜皮吵架的母子……在这些地方,我的心声都不会显得有任何突兀。我想,只要这些地方还在,我就还能在这个星球上生活很多年。

这是一个美好的夜晚,谢谢你们愿意听我的故事。

说完最后一句话，这位演讲者做了一个令人意想不到的举动：他打开自己的口罩，露出了一张被密密麻麻的细线缝合住的嘴。换句话说，在他刚才讲故事的过程中，没有张嘴说过一个字，难道这真的是从他心中发出的声音？这略显惊人的景象无疑为他的传奇故事增加了一份强有力的佐证。

酒馆里的气氛一时间有些怪异，久久没有人鼓掌，大家似乎都被那张缝起来的嘴给吓到了。尴尬的气氛没有维持多久，老板开口打破了沉默，"虽然没有掌声，但这个故事确实震撼到了我，我要送给您一杯特别的酒，这是一杯不必入口，用嗅觉也能品味的酒。"蒙面人接过老板递来的绿色鸡尾酒，低头轻嗅，几种烈酒的气味混杂在一起，蒸腾而上，形成一股浓郁又层次分明的香气，久久不散。"谢谢。"他点点头，嘴唇依然紧紧闭着没动，但屋里的每个人都听到了他的声音。

这时，酒馆里总算恢复了一点儿活力，有人开始低声猜测他是一位执着于行为艺术的朋克青年，使用了腹语一类的技巧。然而这个讨论还没来得及推出任何更靠谱的结论，第三位故事讲述者已经登场了。这次出场的是大家的一位老熟人，每周七个晚上里会有六天半泡在酒馆的酒中豪客，大家称之为医生的那个中年人。

医生是酒馆里的常客，但今天他的表现却有些不同往常。这里没有几个人记得医生姓甚名谁，但是提起那个最豪放的酒客，九成九指的都是他不会错。医生是他的自称，没有谁真的验证过他是否真的拥有行医的从业资格，但他的海量可是每天都在被检验，完全货真价实。往常在这里，医生都是最豪放和聒噪的那一个,但今天,从上一位故事讲述者说出第三银河开始,他就若有所思。

很快,医生也来到了吧台边,他清了清嗓子,将自己的故事娓娓道来。

首先我也要感谢一下刚才这位先生,或者是小姐?请原谅我有些失礼,总之他的故事也勾起了我很久远的回忆。哈哈,别担心,我还是你们认识的这个医生。我是土生土长的地球人,绝不是什么天外来客,但是我曾在年轻时登上过一艘宇宙飞船,短暂地享受过一段星际航行,那是我迄今为止的生命里最值得铭记的一段日子之一。

感谢这座酒馆,我每天晚上都在这里听着别人的故事,你们讲的每一个故事都离奇、有趣,满溢出幻想与躁动的气息,刺激着大家伙儿的神经。但是我还是觉得,没有哪个故事比得上我曾经历的一切。直到今天,听了前两位分享的故事,我才觉得,是时候把我珍藏在心底多年的这个故事拿来与你们分享了。既然已经下了两剂猛药,那么干脆再火爆一些也无妨吧。

不知在座各位对医生这个行业有多少了解?无论如何,如果你们愿意相信我接下来要说的话,你们就会发现,自己所了解到的,只不过是这份职业的冰山一角。

地球医术的起源,远比大家所知道的更古老。早在数千年前,人类文明还处于蒙昧的时期,那个时候地球的医术就已经形成了独特的体系。然而到了今天,只有极少数的医生传承了自上古时期流传下来的医术。反而由于银河大联邦很早就造访了地球并与那时的医生产生了接触,导致在银河大联邦之中,源自地球的医术得到了广泛的传播。

真正源自古老医术的传人,也被称为秘医。医学是地球上最古老的科学之一,这些秘医是最早跟宇宙产生接触的人。在银河联邦中,素来流传着许多关于地球医生的传说,因为从古代起就开始有一些医生被邀请进入宇宙,跟随那时的星际飞船展开了探索之旅。这些医生后来大多都定居到了其他星球,极少有再回到地球的,所以地球人为银河医学的早期进步也做出过很大贡献,但在地球这个发源地,真正的医术反而衰落了。是的,我知道,我当然知道这听起来有点儿像天方夜谭,信不信且随你们吧。

实际上,地球现在流传下来的医术,有一些并不完全是给地球人使用的。就比如古老的望闻问切,这是宇宙通行的诊疗方式,在面对不同物种时,有了最基础的判断依据,再配合银河医疗体系中的其他专属设备使用的,才能得到正确的诊断结果。只是后来很多学艺不精、不明就里、半路出师的人,将这套手艺流传出来,才会变成现在这个样子。

我要讲的这个故事,也是从我成为秘医开始的。我出生于一个秘医世家,医术对我来说是家学。从很小的时候开始,我就显示出了在医术方面卓尔不凡的天赋。从我八岁开始学习医术,了解到刚才说的这些知识起,就一直期盼着什么时候能够有机会进入太空,展开一场惊心动魄的冒险之旅。不自谦地说,我天生就有一颗七窍玲珑心,再加上一双远比常人灵活的巧手,在这一行上有着远超绝大多数人的天赋。我和其他年轻人一样按部就班地学习,下课后,大家总会三五成群找一处阴凉地方喝酒谈天,在这样友善的氛围里,我度过了自己的青葱岁月。到了我十八岁时,我的几位老师都承认,自己已经没什么可以教给我的了,剩下的路,我只能在实践中自己去开拓了。于是,那个机会也在这一年不期而至。

飞船来访的那天,我正在老师们的实验室里,按照《翠玉录》①中记载的原理,试着改良一种现有的复合药剂。猛然间,窗外爆发出一阵气浪爆破的声音,惊天动地。我心头大动,猜想这一定如师长们所说,是外星来客降临的标志。于是我一脚踢翻了坩埚,飞奔而出。

那艘飞船比我想象中要破旧许多,外壁上沾了一层不知是什么的污垢,一眼望去全是灰黑色的点点瘢痕,仿佛一只巨大的斑蛰。听他们介绍说,这艘名为"惊蛰号"的飞船已经有五百年的飞行历史,现在刚刚从第三银河执行任务归来,途经地球希望顺路补充一下船员。

"惊蛰号"的船长外表和地球人没有太大区别,只是四肢格外修长,当他站起来时,我才发现他竟然是一位身高达到了三米多的巨人,除此之外,他和我们一样热情、友善。接下来的流程并不复杂,船长了解到我是这里最出色的年轻医生,又得到长辈们的极力推荐,便很愉快地录用了我。

根据船长带来的消息,因为整体文明的落后,地球早已不再是星际飞船的热门中转地,在接下来的百年里,我们这个小村子都未必能迎来另一艘飞船,所以我也没什么可选的,"惊蛰号"

---

① 一块刻有炼金术知识的绿宝石石板。

虽然看起来破旧，但船上也有几十名经验丰富的同伴，是有过非常多航行经验的商船。于是我满怀对无垠宇宙的憧憬，飞速收拾好行李，跟家人告别后，兴高采烈地登上了飞船。

刚上船时，这里的一切对我来说都格外新奇，尤其是那些与地球人迥然不同的外星种族。他们各自拥有不同的习俗，但无一例外都对生活在银河联邦里所必须遵守的统一标准和条例了然于心，只有我像一个乡巴佬进城一样，一天到晚总是闹出笑话，成了大家的笑柄。

有一次，飞船停泊在一颗气态行星的卫星轨道上补充燃料，当天是一位副船长的生日，我因为平时多受他照顾，原本想要为他烘焙一块蛋糕作为惊喜，却因为弄混了我平时用的微波炉和蜥蜴人处理腐食用的微型焚烧炉，搞得臭气熏天，还触发了飞船的警报，结果宴席上只剩惊没有喜，我的笨手笨脚还害得副船长遭到一片哄笑。类似的事情不止一次发生，鸡飞狗跳的厨房、涕泗横流的餐厅，这些地方都留下了我闯祸的痕迹。

在我登船一个月后，已经没有那么手忙脚乱了，但还是会不时犯些令人啼笑皆非的低级错误，比如某一次我因为记错了八爪人左上肢和右上肢的叠放顺序，误把某位尊贵乘客的哭当成了笑，跟人家说了一通不着边际的笑话，惹得对方当场大怒，直接向船长投诉。这次事件导致我被罚关了半天禁闭，出来后还被其他船员起了个"坏小子"的绰号。天可怜见，我只是在焦急又笨拙地努力学习这些规矩，担心他们把我赶下船还不够呢，可从来不敢有任何的坏心思。

当然了，把能够犯的错误全都踩过一遍之后，我对这个环境越来越熟悉，也逐渐能够融入群体之中，甚至可以主动跟大家开开玩笑了。我分清了鹿头马身人和马头鹿身人的不同习惯，跟鸟人学会了用籽类杂食酿酒，还尝试着将更多新材料入药，印证了许多在地球时一知半解的古老秘医原理，给大家提供了越来越多可靠的帮助。但即便如此，很长时间内我依然还是大家的开心果，就这样和所有船员相处得像家人一样其乐融融。不，应该说只是绝大部分人吧，有一个人总是无法融入这样快乐的群体之中，他也是飞船上我觉得最特别的一位船员。

我说的这位船员，名字叫作大卫，是船上的领航员。他的业务能力无可挑剔，经验之丰富就连船长也要甘拜下风，让他与别人格格不入的是，他很阴郁。相识之初，我以为他就是这样一个冷漠而寡淡的人，但久了之后就发现，他也能迸发出惊人的热情，而他对待其他人的态度，却像是一个谜团，毫无规律可言。主动和他攀谈几次后，我发现大卫有一套独特的哲学理念，我虽然无法认同，却时常对此感到好奇，不知不觉中就和他聊了很多。

大卫对我说，我们的一生，都是在时间和空间尺度上去扩张自身的维度，但与之相反的是，生命的终极归宿却是收敛成一维，也就是我们所说的死亡。这是一个最典型的例子，代表了宇宙间万物运行的规律本身就是在矛盾又统一中并行不悖的。在他看来，苦与乐是一样的，生与死也是一样的，任何事物的不同方面只是表征，本质上仍然等同。如果我们热爱生活，那便应该同等热切地追逐死亡。对我来说，这套理论每一句都奇怪，而直到我进一步了解到他出身的种族"白日族"后才知道，在他们的世界观里，多与寡，热情与冷漠，都是没有分别的东西，他对人的态度完全是随机的。

其他船员对我说，只要尊重白日族的哲学之道就好了，他们是这个宇宙中最古老的存在之一，人丁稀少，每一个都是宇宙中的活化石。这里的每个人都听银河联邦里的前辈说过，大家只要跟白日族人保持距离，就能够在彼此舒适的范围内和谐相处，因而他们从来都不会尝试跟大卫成为朋友。但我不这么想，他越是拒人于千里之外，我就越是想要接近他。现在回想起来，我大概将他当作了自己跨越地球与星空这两种生活中一个必须闯过的关卡，只有跟他成为朋友，我才觉得自己算是真正从地球毕业，成为一个合格的银河联邦成员了，我大概是这样对自己暗示的。

"惊蛰号"的船员们来自银河的天南海北，在漫长的旅途中，人员的变更不可避免。在路过一些文明发达的星球时，总有些人挥手告别下船，然后再有新人补充到船上来，他们就像当年的我一样，一点点适应着飞船上的生活，融入集体，然后在某一天与大家挥手告别。在飞船上埋头度过若干年后，我惊讶地发现自己已经对这些场景见怪不怪，到了这个时候我知道，自己也已经成了船上的老船员。大卫和我一样，这些年一直留在船上，从没有过下船迁居的念头，但是每一次飞船到港，他总会下船采购一大堆东西，包裹得严严实实带回自己的船舱。

在联邦守则允许的范围内，船上没人会理会其他人私下的癖好，经历了飞船上这些年的洗礼，我也以为自己不会对这些再感到奇怪了。但是我错了，当我与大卫越走越近，直到发现了大卫每次下船背回来的都是些什么东西后，还是着实被他吓了一跳。

事情的起因，是大卫主动找到了我，说希望我能帮他一个忙。按照他的说法，只是动一个对我来说难度不大的手术。一直以来他都是靠自己加上一些机器来完成这种手术，但是这样搞起来总是很麻烦的，所以他希望能由我来代劳。作为交换，他会支付我报酬。我对报酬只是抱着可有可无的态度，虽然我知道大卫很有钱，但我的物欲也没有那么旺盛，现在的收入足够我过得很好，我更感兴趣的是，可以通过这样的机会更了解大卫，也能籍此进一步发掘白日族的传统与秘密。然而所有这些想法，在我跟随大卫回舱，并发现了所谓手术的真面目时，统统都化为了乌有。我亲眼看到，大卫在市场上收购回来的特殊材料，竟然是一些濒死老人身上摘下的器官，而他还打算将这些器官移植到自己身上。大卫解释说，这样做的目的，只是希望通过这种迂回的方式来体会那一点儿还未消散的死亡气息。

以我对银河联邦的了解，宇宙中大部分种族对死亡都还是保持着尊重的态度，我从未见过哪个种族会做出像大卫这样的怪异行为。但是经过查询相关条文之后，我也确认了他的行为是合理合法的，随后我意识到这是白日族的特殊习俗。大卫是一名纯血的白日族人，这样的人在银河联邦里比什么都稀少，每一个都被当成了宝，开一些方便之门那也就不奇怪了。为了说服我帮他手术，大卫甚至对我分享了白日族人真正的秘密：每一个白日族人成年以后，肉体都会拥有不老不死的特性，而某种根植于本能层面的直觉，更会指引他们避开所有可预见的危险。

这样无限延续的生命让每一个白日族人都成了哲学家,只要愿意,他们想静坐到宇宙终结都没问题。但白日族人从不会满足于此,无限的生命让他们想要进一步贴近死亡,走近死亡,因为这是他们活在世界上最后才能搞清楚的一件事,具有非同寻常的终极意义。

白日族人成年后大多漂流在宇宙的各个角落,仅有的追求就是亲身破解死亡的奥秘,大卫也不例外。大卫不是他唯一的名字,这个名字在他们的传统语言里是"年轻人"的意思——大卫离开部族,已经是很多年以前了。那个时候他在族群里确实算是个青涩的年轻人,但如今,他也已经活过了几千岁之久。大卫在星海之间漂泊了三千多年,换过许多身份与名字,在"惊蛰号"上的这段岁月,只是他漫长生命中再小不过的时光切片。驱使大卫来找我帮忙的动力很简单:他自己的手术技术不过关,何况被手术的对象是自己,这更增添了难度;结果就是每次手术完他都会引发各种排斥反应,很是辛苦不说,他期望得到的沾染着死亡气息的体验也要大打折扣。

大卫问我,该如何定义生命的长度。他说我们都拥有一生的时间去慢慢死亡,生是过程而死是结果,所以生与死自然是同一样东西的两面。尽管很早就了解到大卫的这种世界观,但直到此刻他向我敞开过去,我才愈加感叹宇宙之大,不同的种族间最大的隔阂仍是彼此认知世界的方式。坦白说我很羡慕他能拥有永恒的生命,无须忧虑死亡。对我们这样生命有限的人来说,以世界之大,一生的尺度实在太短。

我最终还是为大卫操刀了手术,在这之后,我就算成了他唯一的朋友吧。他恣肆的生活态度仍然令我感到新鲜、好奇。据大卫说，他去过病毒肆虐的末世星球，也在战争的最前线上被击穿过身体，但是强大的恢复力和趋利避害的本能让他无法如愿真正觐见死亡之主，所以他才退而求其次选择了移植死者的器官。他会定期委托掮客帮他收集这一类的东西，然后约好了在飞船停靠的港口交易。以这种粗陋的方式来换取哪怕一瞬间面见死亡的机会，对他来说近乎朝圣。

每次为他进行手术之前，我都会按照惯例问他三个问题：你对接下来将发生在自己身上的事情是否确认出于自愿？你是否愿意承担这次行为在你身上带来的全部后果？你确定自己不会在这次行为后追究与此相关人员的任何责任吗？他的回答从来都是确定且坚决的。在屡次手术中，我对白日族的哲学世界有了更深入的了解，我甚至相信自己是除了他们自己之外最了解这个种族的人。渐渐地，我与大卫之间建立起了一种超越种族的信任与同胞之情：我跟船上的每一个人都是好朋友，但我清楚地知道我和大卫的关系跟他们都不一样。

当"惊蛰号"因为一件知识传播任务而来到银河系大图书馆时，大卫的情绪忽然变得热切，他期待这趟旅程很久了。

白日族固然是整个宇宙中最令人惊叹的古老存在之一，但宇宙之大，总会有跟你完全相反的东西存在。造物主在打造一件完美器物的同时，往往会再留下一件可以打破这种完美的器物。而如果要问银河联邦中哪里最可能找到相关信息，除了银河系大图书馆，再无第二个答案。

大卫在银河系大图书馆中逗留了很久，我甚至以为他可能不会回到船上了。所幸在启航前最后一刻，他出现在了登船口。他对我说，有人向他讲了一个故事，关于一个真正获得了死亡的白日族人的故事，而他笃信这个故事真的发生过，按照故事中说的去做，就能让他无限贴近死亡，而且这个过程无比简单：只要找到银河中某处存在的一个无底之洞跳下去就行了，同时需要一个值得信赖的伙伴见证这件事情的发生。那么对他来说，接下来唯一的问题就是找出洞口究竟在哪里了。

他邀请我成为他的见证人，我欣然接受。不久后，我们一起离开了"惊蛰号"，开始了新的冒险。我们一边依靠自己的手艺辗转于多个星球之间维持生计，一边极尽所能寻找和无底之洞有关的消息，就这样流浪了几年。不得不说，我们的运气很好，也许是冥冥中有种因果的力量在推动着什么，在途经一座沙漠星球，为一位银河系知名的大商人完成了治病的委托后，我们竟然真的得到了关于无底之洞的消息。

无底之洞的所在，是一颗极为隐秘的行星。在大多数的星图中，都不会标注出这颗行星的存在，却不知是因为鲜有人知而被无意忽视，还是背后有什么势力刻意隐藏。从太空中望去，这颗无名星球仿佛一整块结晶体，光滑、剔透，在恒星的照射下闪烁着神秘而黯淡的辉光。我们两个租了一艘小型飞船，做好万全准备后，平稳地降落在了大气层内一处谷地。

星球上万籁俱寂，因为空气稀薄，视力和听力在这里都有不同程度的损耗。放眼望去，除了无尽的结晶大地，几乎别无所有。我们按照得到的坐标曲折向前探索，晶体大地的表面反射出我们的影像，仿佛走在镜子做成的迷宫中。

和故事有关的故事

在坐标指向的终点,我们看到一座巨大的结晶岩洞,无底之洞就在岩洞的深处。站在洞口,我感到里面有某种看不见的潮汐喷涌而出,某种不可名状但深入骨髓的寒意沿着体表一点点渗入身体,一瞬间天地似乎昏暗起来。我不禁打了个冷战,感到一阵前所未见的动摇感,仿佛连灵魂都为之悸动,这地方果然不同寻常。

洞口内只有一条狭窄的甬道蜿蜒向前,四壁都是暗色的结晶,走在里面,脚步声引发阵阵回响。倘若一切顺利,那么这就是大卫通往死亡的最后一程,也是他一直以来所期盼的归宿。然而当大卫真正走上这段路时,他的步伐却出现了一丝不易察觉的畏缩,这是我从未在他身上见到过的表现。

等一下。我叫住了他,对他问出了那三个问题:你对接下来将发生在自己身上的事情是否确认出于自愿?你是否愿意承担这次行为在你身上带来的全部后果?你确定自己不会在这次行为后追究与此相关人员的任何责任吗?以往每一次,这都只是基于流程的固定问题,我现在提起,也只是想帮助他静下心来。这几个问题他之前早已听过上百次,这一次他同样对答如流说全部确认,可我还是发现,他害怕了。我很难说清楚这种转变是怎么表现出来的,硬要说的话,他的双眼微微凸了出来,两鬓间有细小汗珠出现,心跳加速的声音依稀可闻,每一步踩得都要比刚才更重——所有这些细节,结合成为一种直觉般的警示向我扑面而来:他在害怕。

我还在地球上的时候,听过一个叫"叶公好龙"的故事:叶公花了一生寻找龙的踪迹，然而当龙真的在他面前现身时，他却吓得落荒而逃。我想大卫现在的情况也大抵如是吧。我们继续向前走了一会儿，那时我满心担忧的还是我们是否白跑了这一趟——即便发现了大卫的不对劲，我也没想到过危险会跟我有关。在甬道的尽头，我们看到了无底之洞。它的直径不大，仅能容一个成年地球人通过的样子，如字面描述一样黑暗、深邃，看不见底。洞的边上一丝风也没有，我们静静地站了一会儿，我在等待大卫做出选择，而他不知道在等什么，也许是在等待自己的心完全被黑暗吞噬吧。

"我想那个故事是真的，我曾无数次追寻死亡的脚步，但只有这一次我感觉到不一样了。"大卫对我说，他的双眸似乎更黑了，"我从没想过真正面对死亡时，原来是这个样子的。"

我对他说，如果他能学会爱惜自己的生命——就像宇宙中包括我在内的其他生命一样——那我们会有更多的话题，这段友情存在世上的时间也会更长。所以我尊重他的哲学理念与个人选择，同时也衷心希望他不要真的死在这里。

大卫的身体已经开始不自觉地颤抖，他伸出双手，试图和我来个拥抱，"死亡是一个无人能够逃开的陷阱，你我都不例外。再见了，朋友。你是个好医生，也是位值得信赖的朋友，我希望你不要因此而怨恨我。"

我察觉到他已经做出了决定，心里松了口气，但他接下来的动作却完全在我意料之外——他佯装拥抱，然后猛地扭住了我的肩膀，将我推下了无底之洞。

在下坠的过程中，我的思绪好像被拉长了，在短短的一瞬间我想了很多东西,比如大卫为什么要做出这样的事,也许是白日族那如直觉一般可以趋利避害的本能操控着他做出了选择?他从死神面前逃离,取而代之的是将我推了下去,这样做是为了保守他的秘密吗?在他最开始邀请我与他同行时,是否就已经做出了这个计划?

死亡的旅途没有想象中漫长,当我回过神时,发现自己仍在无底之洞旁边,刚才的一切仿佛幻觉。然而我却没有在身边看到大卫,紧接着迈出脚步时我发现了不对,我的身体变得更高、更重了。不,这不是我的身体,这是……大卫的身体。我低下头看着自己身上的衣服,再凝视自己的双手,粗糙、巨大,这是大卫的双手。究竟发生了什么?我感到一阵天旋地转,拼命思索却怎样都无法解开自己的迷惑。是我从始至终就活在幻觉之中,从来就没有什么大卫?难道大卫只是我臆想出的另一个人格,根本就不存在什么白日族?除我之外,身边只有暗淡的光,漆黑的洞,没有任何证据能够证明,刚才还有另一个人存在过。

我压抑住要发疯的念头,跑回降落点,启动飞船,独自一人离开了这颗无名星球。在飞船上,我看到了大卫给我的留言,这才明白整件事情的前因后果,以及自己身上究竟发生了什么。

大卫当然是真实存在的,我们之间经历过的所有事情都是真的,这确凿无疑。但大卫并没有告诉我的是,那个关于死亡的故事的所有部分。无底之洞确实可以帮助白日族实现死亡,但是规则和我了解的却不尽相同:无底之洞是一个古老文明最后的遗产,具有某种勾连记忆与灵魂的神秘力量,在洞中坠下去的人,灵魂会找到最近的身体取而代之,这才是真正能帮助白日族接近死亡的方式。

在我掉下去之后,我们的灵魂互相换位,大卫进入我的身体中体验了死亡,而我得到了他这具不老不死的躯体。现在,我使用的就是这具不老不死的白日族身体,我有了无限的生命去探索这世界。但我也要为此付出代价,自从我进入了这具身体,就不断感觉到,我自己的记忆跟身体发生了冲突,我开始忘记很多事情。我很害怕有一天我会遗忘了所有关于地球和宇宙的记忆,所以我回到了地球,回到了熟悉的人群中间,即便我在地球的旧识已经全部离世,我的村落与家人都湮灭在了历史长河之中。实际上,我的年纪比你们想象得更大,距离那个交换身体的故事发生,已经过去了三百多年。但只要我回到同胞之中,像年轻时一样,大家坐在一起喝酒谈天,这个熟悉的氛围就足以让我此刻感到心安。

或许我终究会忘记自己是谁,到那时我也会像大卫一样踏上寻找死亡的旅途吧?或许,在此之前我已经对这个世界看厌,我也会再带一个人去那个无底之洞。这种不老不死的命运,是恩赐,也是诅咒,我不知道应该要把它当作一剂毒药,带一个我恨的人一起去,还是当作一种祝福,带一个我爱的人一起。或许这也是白日族人所说的。两面不同、本质归一了吧。

能够在遗忘这一切之前,把这个故事讲出来,是我的幸运,感谢你们的倾听。

今天晚上的故事一个比一个离奇,时间的脚步也伴随着这些故事悄然走过,陆续有酒客离席。酒饱饭足后,回家睡个安稳踏实的觉。不管此刻关于银河的想象有多么绚烂惊奇，明天太阳再度升起时，人们也还是要回归到平凡无奇的日常生活与工作中去。

  时间已经跨过午夜，喧闹声渐渐低沉，酒馆里稀稀落落，只剩下了不到一半的人。老板为医生调了一杯以苦艾酒为基底的火焰鸡尾酒后，本想穿插些别的活动，再活跃一下气氛，可就在这时，今晚的最后一位故事讲述者粉墨登场了。这位先生的衣着更加奇怪，全身都包裹在一身像是化装舞会上用的宇航服里，简陋又陈旧，好似在身上穿了几个月没有洗过。没人注意到他是什么时候进入酒馆的，按理说这样引人注目的装扮早该引人侧目，可他之前就像是消融在空气中一样，直到此刻才显形出来。

  时间仿佛静止在这一刻，这位奇怪的"宇航员"静静凝望着窗外射灯幻化出的照亮天际的虹光，看了好一会儿，才瓮声瓮气地开了口。

  刚才有两个故事中都提到了银河系大图书馆，真让人感到怀念。我已经很多年没有回到大图书馆，也没再从别人口中听到过这个名字了——虽然，我曾是银河系大图书馆最年轻的管理员之一。接下来我要讲的，就是和这座全银河最伟大的图书馆有关的故事。

  我出生的星系距离这里非常遥远，远到了什么程度呢，不管你现在脑子里对遥远有着什么样的概念，它一定比你们能想象到的都更远一些。我的祖辈、父辈都是史官，一直在从事记录历史的工作，所以我在很小的时候就被送到了银河系大图书馆，在那里一边学习一边工作。如果要我用一个词来形容大图书馆的话，那只能是"奇迹"。这里是全银河的中心，是银河系中最神圣的所在。不夸张地说，没有大图书馆就不会有银河联邦。我要怎样描述大图书馆的伟大呢，我曾为此冥想了一万个夜晚，却仍然觉得难以言说，盖因语言实在无法形容其万一。如果套用地球的说法，我只不过是个摸象的盲人，我可以描述大图书馆的墙壁有多广大，大图书馆一颗星中收藏的著述有多繁杂，在大图书馆工作的长者积累的知识有多渊博，但我无法描述大图书馆的全部，无法穷尽其辉煌，更无法清楚定义大图书馆究竟是什么。

按照银河中流传最广泛的说法，大图书馆是一个恒星系，其中每一颗星上都收藏了浩如烟海的文献。这种说法固然不是完全正确，却已然是便于理解的说法中相当接近真实的描述。这里是一座博物馆，也是一座迷宫；这里有最盛大的展览，也有最隐晦的秘密；硅基生命的母体，上亿年前太空虫族的化石卵，上千万颗星球的地理水文信息，几十个恒星系中流传不衰的传世经典……这一切的一切，穷极想象，包罗万象。

除了我们这些常年在大图书馆里做事的人之外，其实很少有人能意识到，大图书馆里最有价值的收藏究竟是什么。当然，这也并非什么不可告人的秘密，在这里说出来无妨。银河系大图书馆中最宝贵的馆藏，也就是对整个银河联盟来说最重要的资源，无疑是历史——或者更确切地说，是文明史，是银河系中曾存在过的那些璀璨文明的历史。

可以说，每一部文明史都是整个银河得以进步的基石。倘若将银河系曾存在过的文明一一列举，你会发现，星空远比我们想象中更繁盛，但在以亿万年为尺度的时间长河中，绝大部分终归湮灭不见。而正是因为有了大图书馆，将这些文明的盛衰演变收录于此，才给了银河系中现存的文明更多的选择与可能性。

我们以刚才故事中提到的那些事情为例吧，摩罗人能够独立发现读心术的奥秘，这非常了不起。但在更悠久的过去，仅仅大图书馆有记载的，同样发明过读心术的文明就有二百八十七个。这些文明无一例外，全部在发现读心术后进入了低欲望社会的状态，其中一百八十一个是因为遭到外族入侵而灭亡。有九十七个，因为人口越来越少，在最后一个族人自然死亡后，整个文明自我消亡。还有八个文明，留下的资料较少，但是根据合理推测，应该是在面对星际级别的自然灾难时，放弃了所有的求生措施，安然迎接消失。摩罗文明成了现存于世的孤例，大图书馆一直希望能够帮助他们找到新的出路，并且在这方面取得了一些成果。

至于白日族的故事，则要更复杂一些。有关白日族人的记载，在大图书馆已经保存了很多年。对这位医生身上发生的故事，我知道得要比他本人更清楚一些。所谓的白日族，很难说是一个真正的种族。最开始，世界上只有一个名字叫作白日的人。而从古至今，也就只有过这么一个白日族人，或者说，只有过一具白日族人的躯体。白日拥有不死不灭的身体，但他找到了一个方式可以把自己的灵魂换成别人的，所以之后的每一任身体中的灵魂，都以这样的方式脱离了这具身体，再换另一个灵魂入驻。白日的身体非常特殊，进入这个身体的意识会逐渐被消去记忆。当他有一天忘记自己从前是什么样的人之后，他也就真正成了一个白日族人。

之所以白日族会有这样的奥妙，是因为那具身体所具有的不死不灭的特性，并非来自造物主的恩宠，而是被人工赋予的。白日最开始是作为一种生物兵器被制造出来的，他本应是一位不死的士兵，在战争中担起披坚执锐、攻城拔寨的重任。但可惜的是，造出他的种族却比他更早一步灭亡——那个建立了高等文明的智慧种族，最终触碰了不该触碰的领域，整个种族都和星球一起，变成了一颗结晶。从那个时候开始，白日就成了一个孤独的人。他流浪在宇宙之中，独自生存了很多年，一直到他觉得生命成了一种负累。他开始穷尽各种办法想要寻求新奇的刺激，却发现世间的一切都无法引起他的兴趣，他成了一个完全生无可恋的人。于是，白日来到了大图书馆，满心疲惫的他，对世界失去了所有的期待与目标，于是他用那个已化为结晶的种族的文明史，换取了一套改造自己记忆的方法。

当白日离开大图书馆时，他已经编造了一套关于族人、关于自己出身的新记忆，而这当然只是参考了大图书馆里的资料创造出来的故事。他相信了自己是一个刚离开部族的年轻人，正要饱含热情寻找世间一切美好的事物。这之后又过了很多年，白日已经见识了无数生离死别，太多沧海桑田的变迁，他再次对这一切感到厌倦，即便清洗记忆也无法彻底消除这种倦怠感。这一次，他只能使用结晶文明留下的遗产，将自己的意识与另一个人交换，然后满意地迎接自己在意识层面的彻底消亡。

此后发生的事情就好理解了，每一个被交换到白日身体中的意识，最终都会被他那套白日族人的记忆给同化，然后再和他一样,走上寻找死亡的旅途,这个同化的周期有长有短,但大致上都在五百年到一千年间,而且似乎随着在这个身体里流转的意识增多,还有逐渐缩短的可能。就这样,这具不死的身躯中真正的意识换了一个又一个,看似拥有了长生不灭的生命,最终却都走上了自取灭亡的结局,成了一个无可破除的诅咒。

其实,像白日一样,因为存身的文明覆灭,而成为银河中的孤独行者,这样的案例并不少见。银河系大图书馆留下的这些文明史,也是为了更准确地标定每一个文明处在其生命周期的哪一个阶段,进而让银河系能维持在欣欣向荣的发展趋势上,让某些文明的悲剧不要再发生。

但是,在三百多年前,应该就是医生的故事发生后不久,我们发现了一场突如其来的可怕危机。

有那么一段时间,大图书馆中记录的文明灭亡数量突然开始增多,而且这些灭亡的文明之间彼此还有一定程度的联系,比如存在着长期往来的贸易关系,或者是脱胎于同一支文明。以银河系庞大的文明基数,这几个文明灭亡的速度还不算太起眼,但已经超出了正常范畴,如果背后真的存在某种推动力导致了这些文明覆灭,那么对整个银河就有可能造成威胁。要知道宇宙的平衡是很微妙的,文明的数量密度需要维持在一定程度的范围内才算是健康的状况,要是超出阈值太多,就会发生连锁反应,造成更糟糕的后果。也就是说,任这种现象发展下去,最糟糕的情况是,银河未来将化为一片荒芜。

经过深入调查,我们得到了一个奇怪的结论:这几个文明的灭亡的原因各不相同,但只要向前追溯下去,却都与某些故事的广泛传播有关。于是我们对其他繁荣的恒星系进行了样本采集，发现近百年来银河捎客们都在大量派发一些关于故事传播的任务。在不知不觉中，这些故事的数量和传播度已经达到了一个无法忽视的程度。我们试着收集这些故事，却没法从文本中分析出什么有用的信息，还发现其增长速度远超我们的录入速度。我们堆满了一个行星，在快要堆满第二个的时候，发现这些故事依然以肆无忌惮的速度在产生，这绝不寻常。

我们猜想，有一个种族正在以非常规的手段，用超乎想象的速度生产这些新的故事。这些故事看似普通，但却如病毒一样潜伏进银河的每一个角落，最终通过种种手段导致了文明覆灭。面对这个看不见的敌人，我们打起了十二万分的警惕。这是一场无形的战斗，纵然没有硝烟，却同样惊心动魄。如果处理不当，必将会演变为危及整个银河的灾难。

大图书馆委派我为责任人去解决这个问题。而我遇到的第一个棘手问题就是，我翻遍手中所有资源，也找不到有关这个猜想中种族的一丝踪迹，他们不知藏身何处，只是不停生产故事，宇宙每个角落都有他们的故事流传，但是谁也没见过他们的真面目。

我找到了捎客组织，直接表示希望找到那些小说任务的委托人，并声明这关乎银河系的未来。大图书馆在银河联盟中地位超然，但想要追查他们那些任务的来源，依然需要经过层层审批，最后我面见了一位捎客组织的高层负责人。

"捎客是有原则的，想得到您需要的消息，就必须先付出些什么，即便大图书馆也不例外。当然，为了银河系的未来这种大义,我们也不会太过难为您……我可以问一下,您对我们的组织有多少了解吗?"对方态度看似友善,但立场却纹丝不动。

我只好坦诚说,在此之前我很少接触掮客这群人,因为总觉得他们就是一群低买高卖的投机者。虽然这些家伙不至于说是银河联邦中的流毒,但在我看来,他们的存在也没有为银河贡献太多正面价值。然而,经过这次接触之后我却对他们多有改观:我必须承认,他们是一群有原则的人。在这波诡云谲的宇宙之中,能够坚持原则就是令人敬佩的。

"您的看法代表了相当一部分人心中所想,很感谢您能够坦诚相告。"对方没有愠色,继续说道,"正如您所说,我们不事生产,没能为银河更灿烂的未来添砖加瓦,但如果一定要这样说的话,大图书馆不也一样吗?请允许我花几分钟给您讲个故事吧,有关我是如何加入掮客组织的……"

如果有得选择,我并不想听这样一个故事,不过看起来他也无意征求我的意见,接着就讲了下去。

"很多年前,当我第一次接触到掮客时,正急需一种产量稀少的药剂。当时我所知的最近产地距离我的坐标足有300光年,正常流程取用的话根本来不及,是掮客帮我解决了问题。他们在短时间内就为我找来了这种药剂,但当我追问他们来源时,他们却告诉我说,不必在意他们完成任务的方式,只要结果确实达成了我的需求就好。很久之后我才知道,这份药剂是另一艘航船上的应急储备,他们最终以储备物资丢失的名义向上级汇报,还遭到了巨额的经济罚款,但是与此同时,那艘船的船长却从掮客手里得到了另一种补偿:掮客们治好了他的妻子长久以来没能痊愈的病——应该是利用了另一个任务中的报酬。这就是太空捎客完成任务的方式,环环紧扣,因果相连。我从来不会知道,自己付出的报酬会在什么时候、以何种形式,在另一个人身上体现价值。只要交给太空捎客就好了吧,他们总是有办法让需求连接到合适的人。实际上因为捎客们的存在,客观上拓展了每个生命个体的横截面,我们与许多原本牵扯不上的因果产生了联系,甚至你会发现一些与自身有关的因果,往往远在千万光年之外便已埋下,这宇宙间因缘际遇的奇妙,千丝万缕,变得更加超出我们的想象。"

确实十分奇妙,我赞同道。

"没错,因为向往这种奇妙的联系,我加入了组织,也成了一名捎客,并且一干就是很多年。这些年里,我看到很多年轻人像我当年一样,为了自己的抱负加入组织,其中有一些做得非常成功。但也有一些走上了岔路,最终离开了组织,非常可惜。"不知他想到了什么,神态间似乎有些萧索。

接下来他倒是没再找我的麻烦,很快我们谈妥了交易的条件。也是到了这时我才知道,从捎客组织的上层开始,他们会接到很多分发故事的需求,但是,从没有人真正接触到过那些委托人,不过既然他们是连接万物的捎客,自然会通过其他方式来帮助我达成目的。在付出了几份大图书馆独有的情报之后,我如约在他们的帮助下开始联系委托人。然而到这一步也并非一帆风顺,这些小说任务的委托人来自千万个星系,彼此关系混乱,交织成了一张错综复杂的网,让人不知从哪里下手才好。

花费了整整七个月,捎客们终于从那张大网之中找到了最核心的角色,也就是我要找的那个人。即便如此,我依然不知对方身在何处,只是得到了一个可以进行通话的保证。

通话接通,对面只有一个模糊的黑影,他的声音低沉中带着磁性,先开了口道:"我知道你为什么找我,先自我介绍一下吧,我就是那些故事的代理人,你可以叫我版权商人。"

对方已经知晓我的来意,这样我也就不需要绕什么弯子了,直接对他问起,那些无休无止的故事是从何而来,为何会导致文明的覆灭,以及他究竟出于何种意图做这样的事。

对方似乎轻笑了一声,回答说:"故事并非罪魁祸首,它们只是在潜移默化中传递一些古老的信息,拓展了某些人想象力的边界。就像是读心术也好,不老不死的士兵也罢,这些都是在想象力达到相当程度时才会被启迪出现的技术。如果这些技术最终都导致了文明走上末路,你能说这是故事的缘由导致的吗?不,如果没有那些故事,它们只会更晚一些走上灭亡的道路,这是偶然,也是必然。"

这些话在我听来实在有些可笑,这群连露面的胆子都欠奉的野心家,他们明明察觉到了我正在追索他们,又刻意躲起来不见我,还称呼自己为版商,摆出一副悲天悯人的姿态,难道他们还真的把自己当作宇宙中的出版业者了?在我看来他们不过是一群恐怖分子罢了。

我直接表示完全无法认同他的说法,倘若因果之道可以这样简单解释,那么世间也不会有那许多悲欢离合了。

"先生,我当然无法左右你的想法,事实上我左右不了任何人的想法。可能你有所误会,我并不是想说服你,只是告知你一声。即便你真的找到了我的真身所在,我也没有能力帮助到你。正如我刚才所说,我只不过是一个协助传播的代理人,就算你能把我们都干掉也无济于事,因为我们在故事传播中根本就不是关键,我只是为祂服务而已。没有我们,那些故事也依然会传播下去,你、我、任何人,我们谁都无法对祂做什么。"

我注意到他提到了一个新的指代人称"祂",便追问那指的是什么。

"祂就是你要找的东西,但你永远也找不到祂。当然,其实你也早就找到了祂,但是你认不出也捉不住祂。"

就在我对这禅机般的谜语感到不耐烦时,他接下来的话令我大吃一惊。

"你听过那些故事吗?平淡无奇,很难记住,对吧?这就对了,这是最适合祂的伪装。你所以为的故事,本身就是一种极特殊的生命,祂没有固定的形体,其生命形态就是故事本身,只要还有人用口耳相传的方式传播这些故事,祂就在无限地成长与繁衍下去。"

在银河系大图书馆的记载中,生命的形式千变万化,但是都不脱物质范畴,纯波动形式的生命,即便穷尽大图书馆的馆藏,恐怕也翻不出几个实例来。倘若真的如他所说的,这个生命本身就是以故事的形式存在并传播,更以这种方式延续了某种纯波动形式的高级生命,对我来说这仿如怪谈。

"生命的出现,本就是难以想象的奇迹。物质本身都具有波动的属性,波粒二象性的存在,对高级文明来说不是什么秘密。"

诚然如此,但我再想要问些什么的时候,通信却忽然断了线,我尝试再度呼叫但怎么都无法接通。事后,掮客组织也失去了版商的信息,我只能带着深深的困惑与挫败感回到了大图书馆。

试想一下,如果故事自己就在生长,那这种特殊的生命体该怎样定义?我得到了一些故事,这相当于祂生命的片段,那祂的全部又该是什么模样?如果祂是一种波,那么是否一直在以光速旅行,所以没人能捕捉到其全貌?我的头隐隐作痛,感到这问题已经超出了我浅薄的认知能力,就如同大图书馆一样,因为太过宏大,已经达到另一种维度,无法体认。

如果他说的都是真的,那么至此我已无能为力,就算文明继续覆灭,我又如何能够制裁一个超出我认知维度之外的事物?我向大图书馆汇报了我的结论,之后馆长亲自约见了我。

银河系大图书馆的馆长是地位极尽尊贵之人,在此之前,我只远远聆听过他的教诲,这还是第一次有幸接近他的身边。那天,馆长大人了解了一切前因后果,思虑片刻后对我说:"如果这一切属实,那么这个生命就是真正的不死不灭。我们所知的其他不死生命,都会让其所在的文明陷入停滞,那么祂是否例外呢?"

我无法回答馆长的问题,就像海中之鱼难以想象飞鸟的生活,低速宏观的物理规律无法代入到量子领域通用,那我们又如何能揣测那样一个生命,曾发生过什么呢?

馆长打开立体星图,无数星辰浮现在昏暗的空间里,他稍微操作,标记出已知文明的繁荣程度和生命密度。须臾间,我们身周泛起无数红光,并且以难以捉摸的规律时刻变化,忽明忽暗,仿佛呼吸。有生命的地方,几乎就有故事的传播,那么如果有某种非直接的方式可以确认那些故事作为一个生命个体的痕迹，无非也就是这样了吧？

我们无法做什么了，我直率地说出了自己的想法，这是我回到大图书馆一路上反复思考得到的结论。

"或许，我们并不需要做什么。"馆长叹了口气，说，"自然有其平衡之道，宇宙自一无所有中诞生起，便遵循某种既定之规律变化，读心术也好，不老不死之人也罢，都会让文明陷入停滞或消亡，那么祂呢？"

接下来，馆长的声音突然变得深沉起来，似乎是为了刻意营造出一种肃穆感，"以下我还有一些胡思乱想的猜测，说不定你听了后会觉得，要比那位版商所说更加荒诞。面对这样一个特殊的生命，我一直在想，祂的生命起点是从何时开始的呢？在银河系大图书馆里，有过一些特别的记载，涉及在最早的文明史之前，宇宙最初的模样。我们都知道宇宙诞生于一百四十亿年前，它是否已经足够老了？

"生命本是一场难以想象的奇迹。我们每一个人身处奇迹之中，往往便会忽视，这一切是多么惊人。可这场奇迹究竟是如何发生的？不同的文明有许多种解释，但很多人得到的共识都是，在宇宙大爆炸之前的'奇点'，一切法则都不存在效用。

"'故事'这个说法无端让我把祂和那些记录联系了起来。有没有可能，我们也只是故事中的人呢？如果有亿万分之一的可能性，宇宙的起源，就只源自一个故事呢？在我们的宇宙中，正物质和暗物质是等量的，宇宙的本质，是源于一片虚无，那是什么力量从一无所有中开辟出了我们现在的一切？有没有可能，就只是一支笔、一个故事呢？"

这时，我实在难以掩饰自己的失态，因为如果按照馆长所说，那岂不是说……祂就是这个宇宙的造物主？

"我只是说，也许会存在这种可能。或者祂是来自更高维度的空间，因此才能开辟洪荒，制造出奇点与大爆炸。如果是那样，我想我们恐怕永远都无法追上自己的造物主的脚步，因为我们从未存在于同一维度上。

"倘若没有许多戏剧般的巧合，宇宙就不会是今天这个样子。神说要有光，也许这就是宇宙中最初的故事。"

从那时起，一直到现在，我们都没有再次讨论过这个话题。

我们确实没有做什么，从那之后，忽忽便是三百年过去了。根据长期的记录和观察，我们已经确认，那些故事逐渐从一些繁盛的文明中销声匿迹，而纵观整个银河系内，文明消亡的速度也降了下来，维持在了一个可以接受的水平。

对此，我有着自己的一些猜测。我想，宇宙有自己的平衡之道，生命也是。生命确实是一场超乎想象的奇迹，正因为祂的生命形态是故事，所以我们无法捕捉无法抑制祂；但反过来，也正因为这个故事已经是一种生命形态，所以祂并不像我们所理解的那样可以无限传播下去。当故事被遗忘的速度超过了生产速度后，祂也会步入衰落期，甚至可能死亡。但是那些故事的片段依然有所流传，也许这是祂播下了无数的故事种子，当满足某些条件时，这些故事仍有一天可能成长为燎原之势。可是，等到这些羸弱的故事成长到祂那样近乎可以填满一个宇宙的地步，可能还需要一百亿年吧。

"我接收到了一些奇特的信号,听说在这个蓝色星球上,那些故事再度出现了,所以我来到了这里。但我没想到的是,这么多年过去了,我竟在这里找到了你,版商先生。"身穿宇航服的怪人直视着吧台正中,想了想,他说,"但我却不知道现在还有什么想问你的了。"

在他视线的前方,老板刚调出一杯特制加料版的大都会。他嘴角微微扬起,轻笑着说:"管理员先生,以我浅陋的知识,当然无法验证馆长大人的猜测是否属实。但有一句话我非常认同:我们都是身在故事中的人。你能够想象这个宇宙没有了故事的模样吗?就算我们的宇宙里没有,那其他的宇宙呢?你知道会有什么人正在读我们今天发生的故事吗。只有还有生命存在,故事就不会消失,这些有关故事的故事也必将流传下去。"

窗外光彩变换,老板的脸上也被渲染上了一层魔幻与超然的气息,"祂从不曾消失,只要还有生命在传播这些故事,祂就不会被遗忘。任何一个维度,任何一处空间,都可能是祂的藏身之处。祂无形无相,无所不在,远在我们的世界之外,还有很多很多世界都曾迎接过祂的降临。"

"在我们的视线所及之外,那些你我甚至无法想象的世界里,新的种子早已诞生,他们会阅读、传播这个故事……只要有好奇心和想象力在,祂就永远不会消亡。"他的声音渐渐遥远。

"你说呢?看了这么久的故事,你知道我指的是谁,对吧,朋友?"